Oberlin

Loïc Chalmel

Oberlin

Le pasteur des Lumières

La Nuée Bleue

DU MÊME AUTEUR

La petite école dans l'école. Origine piétiste-morave de l'école maternelle française, Berne, Paris, Peter Lang, 1996, 2000, 2005. Le manuscrit support à la première édition de cet ouvrage a obtenu en 1995 le prix de la recherche sur les pédagogues.

Philanthropinisme et pédagogie au XVIIIe siècle, Berne, Paris, Peter Lang, 2004.

Jean-Georges Stuber. Pédagogie pastorale, Berne, Paris, Peter Lang, 2001.

Le pasteur Oberlin, Paris, PUF, 1999.

Page précédente : autoportrait d'Oberlin, 1785.

ISBN 2-7165-0688-4

INVITATION

Un combat éclairé au service de l'homme

Bienvenue sur les terres de l'utopie !

Découvrir le Ban de la Roche et son histoire hors du commun, c'est d'abord assumer courageusement le risque de se perdre dans « une contrée sauvage, peuplée de sauvages qui mangent de l'herbe [...] », si l'on en croit certains auteurs de l'ancienne tradition germanique. Niché au cœur de ce Steinthal, le village de Waldersbach apparaît au voyageur attentif comme un navire échoué sur le fil du temps, articulant l'architecture montagnarde de ses maisons autour d'un triangle d'or symbolique : le presbytère, le temple et l'ancienne école.

Derrière la porte de la *modesta ecclesia*[1], sous l'ombre protectrice du tilleul séculaire, des bancs à la rigidité naturelle s'alignent autour du poêle. La simplicité qui se dégage de l'ensemble résonne en écho aux paroles de Jean-Georges Stuber (1722-1797), pionnier de la réforme pédagogique locale, lorsqu'il décrit ses concitoyens du XVIIIe siècle :

> Les habitants du Ban de la Roche sont généralement très pauvres et on appelle riches ceux dont la misère est moindre. Ils habitent dans des chaumières, vont en sabots et subsistent grâce à leurs maigres cultures et à leur modeste élevage.

Son successeur à Waldersbach, Jean-Frédéric Oberlin (1740-1826), établit un constat similaire dans le commentaire qu'il développe suite à la lecture en 1767 du *Robinson Crusoé* de Daniel Defoe :

1. Dédicace du temple de Waldersbach.

> C'est un bon livre pour des gens qui, comme les habitants du Ban de la Roche, sont obligés de faire presque tout par eux-mêmes, presque comme Robinson.

Pourtant, cette terre déshéritée des Vosges alsaciennes reste un lieu exemplaire de confrontations entre utopie et vie réelle, jusqu'à la mise en pratique de l'utopie «où s'invente l'humanité dans le champ des possibles» (Hameline, 2002). Les murs de la petite église témoignent à leur manière du combat sans merci contre la misère engagé par les deux hommes. La stèle, à droite du chœur, rappelle la mort de Marguerite Salomée, épouse de Jean-Georges Stuber, le 9 août 1754. L'évêque conventionnel Henri Grégoire, lors d'une visite à Oberlin en 1787, y relève un solécisme de bonne facture pour un locuteur germanique natif:

> Son veuf sema près d'ici pour l'immortalité ce qu'elle avait eu de mortel, incertain s'il est plus sensible à la gloire de l'avoir perdue, ou à la gloire de l'avoir possédée.

«Autrefois c'était le Dieu des ténèbres, et nous tâchons à présent d'avoir le Dieu de lumière.» Semeur d'espérance, Stuber le fut sans aucun doute. Le développement de sa «pédagogie pastorale» (Chalmel, 2001) en fait un précurseur autant visionnaire que méconnu de l'éducation populaire, par l'apprentissage du français langue étrangère, la pratique du chant choral, le développement des premières écoles pour adultes, de la première bibliothèque de prêt au monde, de la formation des maîtres, etc.

Un carrefour de la pensée du XVIIIe siècle

Oberlin ensemença à son tour les champs soigneusement labourés par son «excellent prédécesseur». Son visage, bienveillant mais ferme, solidaire du mur au fond de l'église, paraît contempler la chaire du haut de laquelle il prêcha pendant presque soixante ans... «Je suis arrivé dans ma ratière», écrivait-il à sa mère, lors son arrivée en ces lieux le 20 mars 1767. Il avait peut-être alors perçu qu'au-delà des incommodités propres à l'exercice du ministère pastoral à Waldersbach, un piège se refermait sur lui, qui ne s'ouvrirait qu'avec sa mort le 1er juin 1826.

Les murs de ce temple résonnent encore des mélodies du violon de Jean-Frédéric Simon et de la « flûte traversée » de Jean Schweighäuser, lors d'un concert donné le dimanche 18 mai 1775, « en l'honneur de quelques personnes de Strasbourg [...] pour la satisfaction de M. Stuber, alors présent ».

Simon, élève d'Oberlin mais aussi de Basedow, nous invite à quitter le temple suivant les traces des personnalités qui influencèrent la vie et l'œuvre de celui que le poète Pfeffel qualifiait de « grand cèdre ». L'ombre de Goethe plane ainsi derrière celle de son ami Lenz qui, « le 20 janvier [1778], marchait dans la montagne », ou encore sur le visage de Frédérique Brion, l'éternelle fiancée. Oberlin nourrit son utopie éducative à des sources multiples qui se fécondent mutuellement, et font de ce lieu l'un des carrefours de la pensée du XVIIIe siècle. Cette notion de confluent d'influences diverses prend tout son sens dans la présence au fil du temps à Waldersbach de visiteurs et autres pensionnaires, tels les philanthropinistes[1] Kaufman, Simon et Schweighäuser, les piétistes Jung-Stilling ou Mme de Krüdener, les hommes politiques Grégoire, Jullien et beaucoup d'autres encore.

Mais l'utopie éducative oberlinienne se concrétise principalement à travers l'invention des poêles à tricoter, et leur contribution originale à l'éducation des enfants les plus jeunes :

> Depuis les deux années que j'exerce mes fonctions, l'éducation négligée de tant d'enfants dans ma paroisse m'a toujours causé beaucoup de chagrin, c'est un véritable fardeau qui pesait sur mon cœur. Je fis toujours des tentatives pour acheter ou pour bâtir une maison, afin d'en faire un véritable établissement d'éducation, mais mes efforts furent infructueux. J'apprends enfin, c'était en hiver 1769, que Sara Banzet, de Belmont, qui avait été servante chez mon prédécesseur, y avait appris à tricoter de manière très convenable et que, de son propre mouvement, elle enseignait le tricotage aux enfants de son village ; mais son père, paraît-il, en était mécontent parce qu'il y voyait une grande perte de temps. Cette nouvelle me causa un véritable ravissement. J'allai aussitôt trouver le père et m'entendis avec lui pour que sa fille entrât à mon service comme institutrice (Oberlin, 1770, p. 45).

1. « On désigne sous le nom de philanthropinisme, dans l'histoire de la pédagogie allemande, la doctrine de Basedow et de ses disciples. C'est en 1774 que Basedow ouvrit à Dessau, sous le nom bizarre de Philanthropinum, un établissement dans lequel il devait appliquer ses théories sur l'éducation, qui étaient, dans leurs traits essentiels, celles de l'*Émile* de Rousseau » (Buisson, 1911, pp. 1619-1620).

S. Quirin
Saverne.
LORRAINE.
ALSACE.
Strasbourg.
Lac de N.D.
Mouzig.
Salm.
Bruche R.
Molsheim.
Sale.
Schirmek.
Senone.
Bersch.
Barr.
Andlau.
Benfelden.
Ille R.
le Rhin R.
E.
au Marggrave de Bade.
Viler.
S. Diez.
Urbeis.
Viler Ril.
Ebers-Münster.
Ste marie aux Mines.
Lievre R.
Schlée-stadt.
B
Kindringe
au Marggr. de Bade.
Colmar.
Vieux-Brisac.
Neuf-Brisac.
Münster.
Ille R.
le Rhin R.
SUA
Sundgau.
Mülhouse.

La « petite école dans l'école » est ainsi née. Elle éveillera en son temps l'attention d'une République à la recherche de modèles possibles pour établir l'unité nationale et développer l'instruction populaire.

Une histoire et une œuvre toujours à reconstruire

La publication d'une biographie contemporaine à propos d'un tel personnage n'est pas entreprise facile. En effet, lui-même se souciait assez peu de « faire mémoire », souhaitant que l'on oublie son nom, pour ne se souvenir que de Celui qui guida ses paroles et ses actes. Nul ouvrage publié de son vivant, donc, structurant sa pensée et caractérisant son œuvre. Le temps est un bien précieux pour qui cherche à traduire dans la vie quotidienne, au service de l'autre, semblable et différent, les avancées de la pensée et des sciences de son époque.

Dès lors, le biographe, contraint de transgresser la volonté d'effacement de son sujet, se voit confronté à la multiplicité, au désordre apparent, à l'embrouillamini des sources, comme un tribut à payer pour son audace. Pourquoi entreprendre ce que le pasteur et pédagogue du Ban de la Roche n'avait ni voulu ni pu accomplir ? La réponse à cette interrogation constitue une cause évidente de découragement initial. De nombreuses biographies *post mortem*, tant scientifiques que populaires, sont consacrées à cette figure de l'histoire du XVIIIe siècle, dans le couloir rhénan. Pourquoi en ajouter une nouvelle à cette déjà très longue liste ? Gageons que la reconstitution de l'œuvre de Jean-Frédéric Oberlin, induite dans les pages qui suivent, contribuera à alimenter le conflit des interprétations, porte ouverte sur une reconstruction plurielle, mouvante et dynamique du personnage, de son histoire et de son œuvre. L'expérience singulière de ce pasteur d'hommes ne peut guère se satisfaire des modèles explicatifs à prétention universelle : « expliquer plus pour comprendre mieux ». Telle est la devise qui a inspiré notre travail.

D'un point de vue méthodologique, il semble difficile de dissocier le projet éducatif et spirituel du système économique et social mis progressivement en œuvre par le ministre du Ban de la Roche, tant les finalités des différentes institutions constitutives de ce système participent du même esprit de solidarité et de militantisme évangélique.

Carte de l'Alsace dessinée par Oberlin qui a placé le Ban de la Roche comme une enclave entre l'Alsace et la Lorraine. Aquarelle sur papier, vers 1780.

Pour permettre au lecteur de s'y retrouver, au cœur de ce foisonnement d'idées, la mise à disposition de cartes et de boussoles, propres à baliser un itinéraire incertain, s'avère nécessaire. C'est pourquoi les informations disponibles ont été réparties dans le présent ouvrage suivant neuf entrées thématiques : « Héritages », « Ban de la Roche », « Stuber », « Théologies », « Sciences », « Pédagogies », « Société », « Synergies » et « Un pont sur le fil du temps ».

Le principal défi d'une telle présentation de la vie et de l'œuvre de Jean-Frédéric Oberlin reste de permettre à tout un chacun de ne pas perdre le fil, quel que soit son niveau de connaissance initial, tissant comme Hélène sa propre toile cohérente, sans doute imparfaite, complexe à défaut d'être complète. Elle présente en outre l'avantage de permettre une reconstitution tant diachronique que synchronique des principaux événements qui jalonnent le parcours du pasteur.

Emboîtons à présent le pas à une personnalité qui synthétise à sa manière l'ambiance spirituelle et temporelle du siècle des Lumières ou, pour mieux dire, de la *Spätaufklärung*, pour suivre les étapes d'un combat au service de l'homme, aux confins de la science et de la religion.

HÉRITAGES

L'apprentissage d'une discipline de vie

Suivant la branche paternelle de son arbre généalogique, Jean-Frédéric Oberlin est l'héritier d'une famille de boulangers dont on retrouve la trace la plus lointaine à Colmar vers 1575. Sous les effets conjugués de la Contre-Réforme et des misères de la guerre de Trente Ans, la descendance se voit contrainte de s'établir à Strasbourg. À la naissance de son fils en 1740, Jean-Georges Oberlin (1701-1770) occupe ainsi un poste de professeur au gymnase protestant de cette ville.

Marie-Madeleine Felz (1718-1787), son épouse, est issue d'une vieille famille strasbourgeoise de souche, au sein de laquelle on rencontre plusieurs pasteurs. Son père, Jean-Henri Felz (1665-1727), professeur de droit, est en particulier à l'origine de l'installation du premier pasteur strasbourgeois au Ban de la Roche. La sœur de la mère d'Oberlin, Catherine Salomée (1695-1766), épouse le professeur Jérémie Eberhard Linck (1658-1743). Leur petite-fille, Madeleine Salomée Witter (1747-1783), est la future épouse de Jean-Frédéric Oberlin.

Les racines familiales du pasteur de Waldersbach recèlent certaines caractéristiques fondamentales de son activité pastorale future : un ancrage théorique profond, une capacité peu commune à fédérer ses innovations autour d'un projet idéologique jamais perdu de vue, une habilité technique dans la concrétisation de ses idées, la capacité de prouver par l'exemple le bien-fondé de ce qu'il préconise. L'idée d'une prédestination idéologique antérieure à la naissance même d'Oberlin peut-elle être soutenue ? C'est ce que lui-même semble affirmer en 1808, dans sa lettre à la Convention de Herrnhut :

> Je suis sans doute en grande partie un enfant de la prière d'un de mes parrains, de M. Franz Christian Lembke qui a blanchi au service du Seigneur et qui est certainement décédé en Amérique. Tout comme mon cher père, il était précepteur au gymnase de Strasbourg, avec beaucoup d'autres hommes pieux il a été persécuté à cause de ses liens avec la chère Communauté de Frères et il est parti en Amérique. Comme j'ai eu un jour la visite du cher vieil Ehrhardt de Schiltigheim (qui m'a fait découvrir la Communauté des Frères sous son bon et véritable jour) ainsi que du Frère Sibike, ou mieux Sibitsky, ils se chargèrent de remettre à M. Lembke une petite missive de ma main et, plusieurs mois plus tard, j'ai reçu une réponse du vénérable vieillard. Oh, qu'il est important de savoir qui on donne comme parrain à ses enfants ! Si on ne peut pas toujours choisir selon son cœur, il faut tout de même veiller à ce que chaque enfant reçoive au moins un parrain qui soit un membre vivant du corps de notre cher Sauveur (Oberlin, 1808).

Le choix de Lembke comme parrain de leur fils révèle un certain courage de la part des parents Oberlin, lorsque l'on connaît les accusations portées contre lui par le Convent ecclésiastique. Ce choix atteste également de l'attachement de la famille à la Société des Frères moraves de Strasbourg. Lembke est à cette époque le collègue de Jean-Georges Oberlin au gymnase protestant et prédicateur du soir à Saint-Pierre-le-Vieux (1735-1745). Converti à la piété des Frères moraves pendant un séjour à Iéna en 1734, il est destitué en 1745 en raison de son enseignement zinzendorfien, accusé par le Convent d'avoir, avec son collègue Schmutz, « infesté le pays ». Il s'expatrie alors en Lusace, dans la communauté de Herrnhut, avant de rejoindre Zinzendorf à Londres, où il séjourne quelques mois. En raison de ses compétences pédagogiques, il est appelé par la *Brüdergemeinde* de Bethléem en Amérique du Nord, où il dirige pendant trente ans un établissement scolaire pour garçons à Nazareth Hall. C'est donc sous l'égide de ce militant de la foi morave, en rupture avec la hiérarchie luthérienne conservatrice, que Jean-Frédéric Oberlin place lui-même son destin pastoral et pédagogique.

Le pasteur Oberlin, homme des Lumières et héritie
de la tradition piétiste. Gravure de J. G. Gehrard

Desiné & Gravé par J. Gottfroid Gerhardt.

JEAN FREDERIC OBERLIN.

Ministre de Valdersbach

au Ban de la Roche

Étapes d'une conversion à la foi morave

Le tableau idyllique d'une famille unie et heureuse dressé par le pasteur de Waldersbach dans sa lettre du 14 avril 1807 à la Convention des prédicateurs de Herrnhut (texte HÉRITAGES), ne dit rien de la confrontation régulière de ses parents avec la mort de leurs enfants. Jean-Frédéric Oberlin eut au total sept frères et deux sœurs : le plus jeune meurt en 1761, peu après sa naissance. La famille voit également disparaître six de ses membres, âgés respectivement de six ans, neuf ans, dix ans, douze ans et vingt-trois ans à deux reprises ! Si Jean-Frédéric Oberlin parle peu de ces nombreuses disparitions, c'est que, fidèle aux préceptes de la piété morave, il ne considère pas la mort comme une séparation définitive, mais comme une étape nécessaire sur le chemin du retour vers le Créateur. L'année 1756 est particulièrement meurtrière, comme en témoigne la mention suivante dans un registre intitulé : *Sources de réflexions, sujets de prières, actions de grâces ou tableau chronologique des événements qui m'intéressent* :

> 1756. Sept. 3. J'eus la dysenterie et après moi trois de mes frères, Henri, Jean et Charles Louïs.
> 18. Mort de mon frère Jean, de douze ans.
> 25. Mort de mon frère Charles Louïs de dix ans.
> 1765. Juill. 1. Mort de mon frère Christian Henri. Un artisan mercier très doué, mort huit jours après avoir obtenu son brevet de maîtrise, âgé de vingt-trois ans (Oberlin, 1740/1811, p. 44).

L'un des frères de Jean-Frédéric Oberlin résiste comme lui à toutes les épreuves de l'enfance et devient l'une des grandes figures de l'université de Strasbourg : Jérémie-Jacques Oberlin (1735-1806), historien et philologue, que Goethe nomme « son professeur » (1941/1991, p. 306), édite en particulier le premier dictionnaire de patois du Ban de la Roche (1775).

On peut être surpris du jugement critique que porte Jean-Frédéric Oberlin sur la foi de son père (texte HÉRITAGES) :

> Mon père, un homme attiré par le spirituel, précepteur au gymnase de Strasbourg, un honnête homme, droit, dévoué et intelligent, mais qui ne connaissait ni Jésus ni la nouvelle naissance, éleva, avec l'appui de ma chère mère ses cinq fils pleins de fougue, et ses deux filles [...] (Oberlin, 1807).

Ainsi, contrairement à son collègue Lembke, le professeur Oberlin n'a sans doute jamais franchi le pas d'une conversion définitive à la foi morave. Il ne s'en révèle pas moins un éducateur bienveillant pour cette famille nombreuse, à laquelle il consacre tout son temps libre. La famille Felz possède en particulier une propriété à Schiltigheim, dans la banlieue strasbourgeoise. Cette petite exploitation agricole, confiée à un régisseur, est un lieu de polyculture et d'élevage. Jean-Georges Oberlin y conduit toute sa famille pour les vacances. C'est là que « Fritz », le petit citadin, connaît ses premières expériences au contact de la nature, sous la direction attentive de son père. En participant de manière systématique aux travaux agricoles, il acquiert diverses connaissances concernant l'irrigation, l'enrichissement des sols, les greffes, l'élevage de volailles... Ce savoir expérimental, complété par des études éminemment pluridisciplinaires, lui sera bien utile dans son ministère à Waldersbach. C'est aussi à Schiltigheim qu'il apprend à monter à cheval. Si la formation du caractère de son fils et l'acquisition d'une « discipline de vie » reviennent en grande partie à Jean-Georges Oberlin, l'influence de Marie-Madeleine Felz est sans aucun doute à l'origine de son sacerdoce spirituel.

Mme Oberlin, piétiste convaincue, prend en charge l'éducation religieuse de ses enfants. Depuis leur plus jeune âge, elle a coutume de lire à haute voix des textes dont, certes, ils ne peuvent toujours saisir le sens, mais, à l'image des pratiques de Zinzendorf à Herrnhut, elle souhaite éveiller progressivement la sensibilité de ses jeunes auditeurs, par imprégnation. Dans la famille on parle allemand, mais la maîtresse de maison tient à ce que ses enfants s'exercent également à la conversation en langue française. Jean-Frédéric Oberlin conserve beaucoup d'affection et d'estime pour son « excellente mère » tout au long de son existence. Marie-Madeleine Oberlin est en particulier à l'origine de la conversion de son fils à la foi morave.

Entre rationalisme et orthodoxie luthérienne

Dans sa lettre du 14 avril 1807 à la Convention des prédicateurs à Herrnhut (texte HÉRITAGES), celui-ci se remémore comment il découvre, grâce à elle, la terminologie de Zinzendorf au travers des sermons du pasteur Lorenz. La certitude du salut acquise par Jean-

Frédéric Oberlin lors de sa « nouvelle naissance » est ainsi directement liée à l'héritage des milieux moraves. Sigismond-Frédéric Lorenz (1727-1783), principal agent de cette conversion, est le précurseur d'une nouvelle génération d'orateurs qui remet en cause la prédication des orthodoxes luthériens. Utilisant dans ses sermons les conceptions de Zinzendorf, il est suspect aux yeux du Convent ecclésiastique qui s'ingénie à retarder son avancement : professeur de théologie titularisé à trente-neuf ans seulement, il est nommé pasteur titulaire de Saint-Pierre-le-Jeune en 1771, à quarante-quatre ans !

Le peu de sympathie que lui accorde la hiérarchie, agacée par son attitude intransigeante et austère, se voit largement compensé par l'influence considérable qu'il exerce sur les milieux bourgeois et populaires. Lorenz s'efforce de ne pas présenter la pratique religieuse comme une activité annexe à la vie de l'homme, mais plutôt comme l'inspiration du travail journalier, consacré tout entier à Dieu et au prochain. Il s'efforce d'expliquer les textes bibliques par des exemples pratiques issus de l'expérience quotidienne de ses auditeurs (Lorenz, 1783). Cette technique de prédication est largement reprise par Jean-Frédéric Oberlin à Waldersbach ; celui-ci n'hésite jamais à partir de thèmes concrets pour établir un lien entre l'Écriture sainte et la vie de tous les jours.

S'opposant à la fois au rationalisme voltairien et au formalisme intellectuel de l'orthodoxie luthérienne, Lorenz appelle à la conversion personnelle de chacun en communion avec le Christ. Cette continuelle exhortation à un attachement exclusif et personnel au Christ lui vaut le surnom de *Jesus-prediger* (« prédicateur de Jésus »). Outre sa solide réputation de prédicateur populaire, Lorenz, passionné de pédagogie, est apprécié par les parents pour les conseils avisés qu'il procure en matière d'éducation. Il est fréquemment chargé du sermon de rentrée qui inaugure solennellement l'année scolaire le mardi après Pâques. La personnalisation de la foi, la conversion intérieure, l'engagement dans l'action par opposition à la seule contemplation passive séduisent Mme Oberlin et son fils Jean-Frédéric, qui deviennent de fidèles auditeurs de Lorenz. Oberlin se passionne ensuite pour ses cours à la faculté de théologie. Nommé pasteur au Ban de la Roche, il continue de correspondre avec son maître de Strasbourg. Il lui demande en particulier conseil avant de prendre une décision, en 1774, lorsqu'il est appelé à diriger une communauté d'émigrés à Ebenezer, en Amérique du Nord.

Une formation encyclopédique et pratique

La lecture du *Tableau chronologique des événements qui m'intéressent* permet de reconstituer les grandes étapes d'un parcours universitaire strasbourgeois :

> 1756. Sept. 29. Je suis devenu étudiant. Âgé de quinze ans.
> 1758. Avr. 6. Je suis bachelier (*Baccalaureus*).
> 1759. Avr. 12. Mort de mon élève Jér. Eberh. Silberad de sept ans.
> 1762. Août 26. Je soutins mes premières thèses sous M. le Prof. Lorenz : *Episome Rerum Gallicanum ab Origine Gentis usas ad Roman Imperium* [*Résumé de l'histoire française depuis les débuts du peuple gaulois jusqu'à la domination romaine*].
> 1763. Juill. 21. Je suis devenu Maître ès arts (*magister*).
> 1767. Mars 30. Je suis arrivé à Waldersbach comme pasteur...
> 1767. Juin. 12. Je soutins mes thèses théologiques sous M. le Dr Beykert (Oberlin, 1740/1811, pp. 43-45).

Ce qui frappe en première analyse, c'est la longue durée de ses études ; en effet, onze années s'écoulent entre l'obtention du baccalauréat et la soutenance de la thèse de théologie. Une première explication peut être trouvée dans l'insatiable curiosité de Jean-Frédéric Oberlin, qui ne peut se contenter des seules études de théologie, dont le cursus est pourtant déjà fort varié : explication de l'Écriture sainte, dogmatique et histoire des dogmes, histoire de l'Église, théologie pratique et morale, latin, grec et hébreu. Aussi s'engage-t-il dans un parcours universitaire supplémentaire très diversifié, puisqu'il étudie tour à tour la logique, la rhétorique, la métaphysique, l'arithmétique, la géométrie, l'astronomie, l'histoire naturelle (en 1766, il suit les cours du professeur Herrmann et commence une collection relative à l'histoire naturelle), la philosophie, le droit, l'Antiquité (égyptienne, grecque, romaine et hébraïque). Découvrant les théologiens anglais, (Doddridge, Leadc...), il éprouve le besoin de se perfectionner dans cette langue.

Ce parcours éminemment pluridisciplinaire est commenté par Jean-Frédéric Oberlin lui-même dans sa thèse intitulée *Brevis disquisitio de commodis et incommodis studi theologici* (*Avantages et inconvénients des études de théologie*, 1767) en ces termes : l'un des inconvénients des études de théologie est « le nombre extraordinairement élevé des matières nécessaires à la formation et à la préparation d'un serviteur de l'Église *[sic!]* » (Koch, 1967). Le caractère encyclopédique de cette formation initiale reste gravé dans la mémoire du pasteur jusqu'au crépuscule de sa vie, comme en témoigne sa «réponse à un étudiant de théologie catholique à Nancy au séminaire, où il y a quelquefois jusqu'à trois cents élèves enfermés dans un même bâtiment[1] »:

> Monsieur, vous me demandiez: «Si l'étude de la langue grecque et hébreue faisaient, après le latin, nos principales études ?»
> Non, monsieur. Il me fallut étudier toutes les sciences suivantes dans l'espace de plusieurs années, mais pendant lesquelles je n'étais pas enfermé dans un séminaire ou maison quelconque, mais en instruisant et donnant leçon à d'autres, petits et grands, je gagnais de quoi payer mes professeurs.
> Voici la liste de mes études, sauf omission par faiblesse de ma mémoire octogénaire:
> Grec, hébreu, logique, rhétorique, métaphysique, arithmétique, géométrie, trigonométrie et astronomie, géographie ancienne et moderne, histoire universelle, physique, histoire naturelle, c'est-à-dire l'étude de toutes les créatures sur terre partagées en trois règnes: le règne animal, végétal et minéral, histoire philosophique ou l'étude des principaux systèmes des philosophes anciens et modernes, le droit naturel, les Antiquités égyptiennes, grecques, romaines et hébreues.
> Dogmatique, exégèse, histoire ecclésiastique toujours accompagnée de la géographie qui y est relative, étude de la doctrine des différentes Églises ou communions comparée avec la doctrine de la Sainte Bible, étude pastorale, étude journalière de la Bible depuis le commencement jusqu'à la fin.
> Tout comme le pain accompagne tous nos autres aliments jusqu'à la fin de notre vie sur terre, de même l'étude de la parole de Dieu doit accompagner toutes nos autres études; et elle continue de même jusqu'au bout de notre carrière ici-bas, en suppliant le Seigneur qui en est l'auteur, de nous en faire connaître le vrai sens, et de nous donner les forces de nous y conformer fidèlement (Oberlin, 15 juillet 1820, p. 270).

La lecture de cette lettre nous permet d'avancer une seconde hypothèse, pour expliquer la longueur particulière de ses études: le jeune Oberlin doit travailler pour les financer, en donnant par exemple des leçons particulières, comme l'indique la mention qu'il porte dans son journal dès 1759 sur la mort d'un de ses élèves. Le 1er juillet 1762, Jean-Frédéric Oberlin écrit dans son journal: «Ai conclu un accord avec M. Ziegenhagen: je donne trois heures de cours à ses deux fils et une heure à ses deux filles par jour, les fils viennent dans ma chambre; en échange, il m'a promis soixante-douze *Gulden* de pension par an, plus quinze *Gulden*.»

1. *Annales du Ban de la Roche*.

Le docteur Daniel-Gottlieb Ziegenhagen (1706-1771) est un chirurgien aux origines modestes, qui a su par sa compétence et son travail acquérir une certaine notoriété à Strasbourg. Le poste de précepteur (en allemand *Hofmeister*[1], littéralement « maître de cour ») occupé par Oberlin n'est pas toujours enviable, en particulier lorsque les parents ont tendance à considérer le maître comme leur domestique. Celui-ci montre à l'occasion de son préceptorat sa force de caractère, en veillant scrupuleusement à ce que son rôle d'éducateur ne soit pas commué en fonction de valet ou de nourrice.

Pendant les trois années passées au service des Ziegenhagen, Jean-Frédéric Oberlin apprend la patience nécessaire à l'éducateur, étudie le caractère de ses élèves, s'intéresse aux démarches à mettre en œuvre pour faciliter l'apprentissage, organise des promenades ou des excursions pour compléter les études livresques, modère les excès de son caractère...

Ziegenhagen a bientôt une estime particulière pour l'instituteur de ses enfants. Il lui propose la lecture de livres sur les premiers éléments théoriques et pratiques de médecine et de chirurgie, l'initie à l'art de calmer la douleur grâce aux vertus thérapeutiques des plantes, au maniement du bistouri, à la pratique de gestes médicaux élémentaires comme la saignée. Toutes ces connaissances nouvelles seront particulièrement utiles au pasteur Oberlin dans son ministère à Waldersbach, où il aura parfois à remplir les fonctions de médecin, voire celles de vétérinaire...

Lorsque Jean-Frédéric Oberlin quitte sa fonction de précepteur en 1765, il emporte avec lui l'estime et le soutien de son employeur. L'une de ses élèves, Salomée Ziegenhagen, épouse le notaire Jean-Daniel Stoeber. Son fils Daniel Ehrenfried Stoeber (1779-1835) sera le biographe attitré d'Oberlin (Witt, Erny, 2002, pp. 60-64).

1. Le 20 janvier 1778 arrive à Waldersbach le poète allemand Reinhold Lenz, ami de Goethe, auteur d'une pièce qui le rendit célèbre dans tout le monde germanique : *Der Hofmeister*.

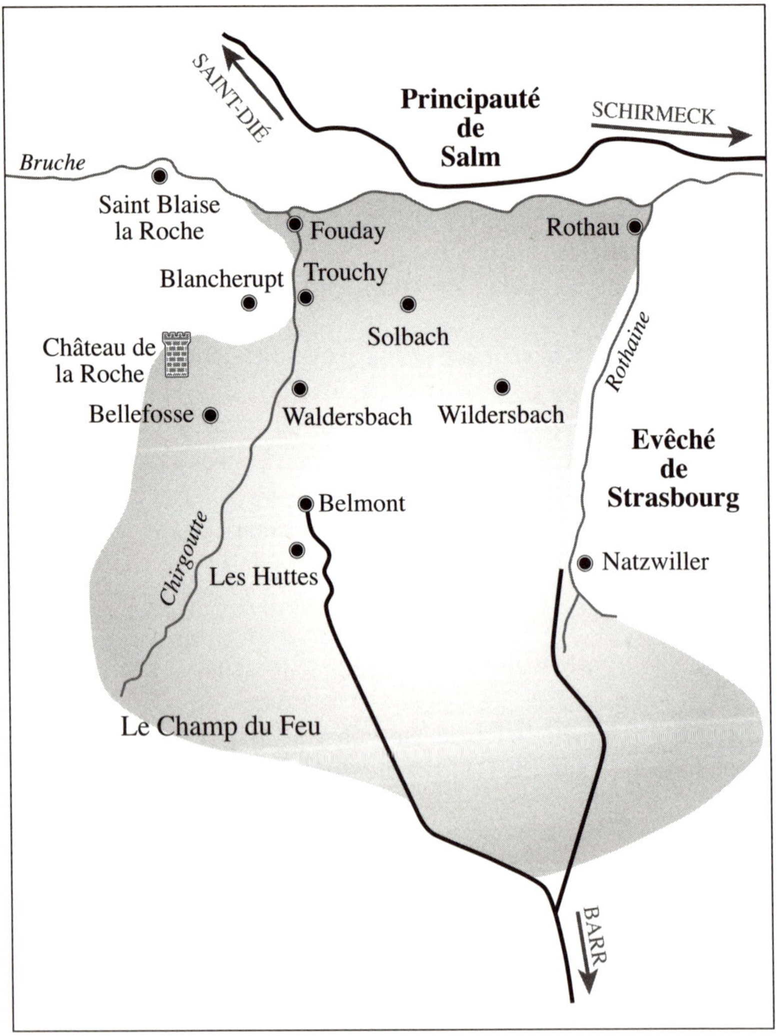

Carte de situation du Ban de la Roche, établie d'après une carte
créée par Stuber et recopiée maintes fois par Oberlin et ses élèves.

LE BAN DE LA ROCHE

Histoire d'une vallée perdue

L'enracinement au cœur d'un environnement socio-économique remarquable représente l'une des nécessités premières de toute velléité de réforme. Qu'il agisse en symbiose ou en réaction avec les idées de son temps, Jean-Frédéric Oberlin est nécessairement un être historique, porteur de son époque et de ses préoccupations. Aussi, pour comprendre le développement de pratiques sociales particulièrement novatrices au Ban de la Roche, est-il nécessaire de s'imprégner au préalable des conditions géographiques, historiques, économiques, politiques et éducatives qui constituent le cadre d'exercice du ministère des différents pasteurs qui se succèdent dans cette contrée isolée, depuis l'introduction de la Réforme.

L'Alsace n'a pas connu les guerres de Religion : le traité de Westphalie, dont la signature en 1648 met fin à la terrible guerre de Trente Ans, assure le maintien d'une certaine liberté confessionnelle. Mais seuls les luthériens sont protégés par la loi ; les réformés, par exemple, doivent faire baptiser leurs enfants chez le curé catholique. De 1685 (révocation de l'édit de Nantes) à 1787, le protestantisme n'a plus d'existence légale dans le royaume de France, sauf en Alsace où il demeure cependant étroitement surveillé. En effet, la révocation de l'édit de Nantes ne peut concerner une province dans laquelle cet édit, antérieur à l'annexion, est sans valeur. Les autorités ecclésiastiques strasbourgeoises ont pleinement conscience de la fragilité de cette liberté religieuse controversée dans un royaume de France où triomphe par ailleurs le catholicisme ; beaucoup de personnalités influentes au sein du pouvoir politique fustigent le privilège maintenu

aux luthériens d'Alsace, et sont prêtes à utiliser le moindre incident pour exiger son abolition immédiate.

Ce statut précaire de la liberté religieuse explique en partie la violence avec laquelle tout écart par rapport à l'orthodoxie luthérienne est réprimé par le Convent ecclésiastique, véritable gouvernement de l'Église luthérienne à cette époque. Pour ne pas donner d'armes aux adversaires catholiques, il convient aux yeux des responsables strasbourgeois d'éviter tout sujet de scandale, et toute pratique originale. À partir de 1683, l'étau se resserre autour des luthériens d'Alsace, par l'introduction du *simultaneum* dans deux églises de Strasbourg : Saint-Pierre-le-Vieux et Saint-Pierre-le-Jeune. Le *simultaneum* impose l'exercice simultané de deux cultes (catholique et luthérien) dans un même édifice religieux, mais d'une manière espacée dans le temps, l'un des deux cultes relayant l'autre. Cette mesure insidieuse empoisonne les rapports entre les deux communautés et provoque de nombreux motifs de contestation... Le *simultaneum* fut imposé à environ cent soixante paroisses alsaciennes au total.

Réveil piétiste et répression en Alsace

C'est dans ce climat général difficile que le piétisme apparaît dans la région au début du XVIIIe siècle. Compte tenu de la situation politique difficile de l'Église luthérienne, la répression est immédiate et

Planches panoramiques extraites de la *Chorographie du Ban de la Roche,*
la thèse du fils aîné d'Oberlin. Gravure sur cuivre de M. Eckel, 1805.

beaucoup plus violente que dans les provinces allemandes : il est plus facile de composer avec des princes souvent acquis aux idées de la Réforme qu'avec un souverain qui impose le catholicisme comme religion d'État ! Le Convent ecclésiastique de Strasbourg doit absolument convaincre les autorités royales de sa parfaite maîtrise interne du corps pastoral et de l'orthodoxie de la doctrine qu'il professe.

Comme dans l'ensemble du monde germanique, le réveil piétiste connaît en Alsace deux générations : la première trouve sa source dans les *Pia desideria* de Spener (1675/1990), et voit sa foi nourrie des prédications de pasteurs formés par Francke (1663-1705) à Halle. Les premiers « conventicules » piétistes (réunions clandestines d'édification) apparaissent à Strasbourg en 1701. Leur nombre exact depuis cette date est impossible à connaître, si l'on se réfère au caractère clandestin de ces réunions, strictement interdites par les autorités religieuses. L'étude des procès-verbaux du Convent ecclésiastique de Strasbourg donne néanmoins de précieux indices sur l'ampleur du phénomène, par la fréquence très régulière à laquelle le problème piétiste est à l'ordre du jour des débats, et par la violence du langage utilisé contre les adeptes de cette « hérésie ». De nombreux Strasbourgeois, insatisfaits de la rigueur excessive de l'orthodoxie luthérienne, et agacés par l'orientation trop théorique prise par les sermons, adoptent à l'évidence cette nouvelle façon de vivre le christianisme, introduite par de jeunes théologiens ayant étudié à Halle ou à Iéna.

La deuxième génération se nourrit des idées des Frères moraves de Herrnhut. En 1735, deux étudiants en théologie strasbourgeois, Friedrich Schmutz et Friedrich-Christian Lembke (le parrain d'Oberlin), reviennent en Alsace après avoir rencontré à Iéna le comte Nicolas Louis de Zinzendorf. Ils entreprennent aussitôt de créer dans leurs propres paroisses des conventicules d'un style nouveau. La réaction du Convent ecclésiastique à cette «deuxième vague» de conventicules est plus violente encore qu'à l'origine, le langage utilisé pour décrire les Zinzendorfiens se radicalise: on parle de «terrible peste de Zinzendorf». «Zinzendorfiens enragés, Lembke et le jeune Schmutz sont revenus de leurs voyages, infestant le pays» (Chalmel, 2004, p. 87)...

Les autorités alsaciennes reprennent les principaux griefs qui nourrissent à la même époque le débat théologique en Allemagne: la place prise par les femmes dans les conventicules (1744), le risque de perversion des esprits faibles (1755), la crainte de l'étranger (1742, 1751, 1759), le séparatisme et le crime d'assemblée (1755). Ils nous renseignent d'autre part sur l'origine sociologique des coreligionnaires: ecclésiastiques (Klein, Fimbel, Haug, Roederer, Stuber...) certes, mais aussi forgeron, servante, étameur, tisserand, tailleur, boulanger, enseignants, étudiants et bourgeois. L'hostilité contre les piétistes s'atténue progressivement après 1770. Il semble bien néanmoins que la violence redoublée avec laquelle les autorités ecclésiastiques s'opposent aux idées nouvelles développées par Zinzendorf et

Planches panoramiques du Ban de la Roche, 1805. On repère la ruine du château de la Roche.
Gravure sur cuivre de M. Eckel, 1805.

les Moraves est à la mesure de leur impact réel et de leur diffusion rapide au sein de la population alsacienne.

La cour de France a incontestablement été tenue au courant des démêlés du Convent ecclésiastique de Strasbourg avec les piétistes, comme l'attestent les lettres de M. de Klinglin, syndic royal de Strasbourg[1]. Mais l'arsenal répressif mis en œuvre pour faire obstacle à la progression du piétisme n'obtient pas les résultats escomptés quant à la diffusion des idées, qui s'infiltrent progressivement dans toutes les couches de la société. Le piétisme, esprit plutôt que doctrine, n'est assujetti à aucune hiérarchie particulière et peut difficilement être combattu en faisant l'économie d'un débat d'idées.

Les conditions historiques rendant ce débat impossible, le « réveil piétiste » est condamné à la clandestinité, ce qui ne l'empêche nullement de vivre et de se développer. Mais tout affichage public étant interdit, les piétistes alsaciens ne peuvent concrétiser leurs idées dans le domaine éducatif ou social, à l'image d'un Francke à Halle ou d'un Zinzendorf à Herrnhut, en créant des institutions conformes aux idées nouvelles qu'ils professent. À l'exception peut-être d'une vallée vosgienne très isolée, si peu accessible que le contrôle des autorités est beaucoup plus difficile, et dont la population « à demi sauvage » présente un intérêt limité pour l'élite intellectuelle luthérienne...

1. Voir par exemple la lettre du 25 janvier 1705 à M. de Charmillard sur la conduite à adopter envers les sectateurs piétistes de la première génération, et celle d'octobre 1740 dans laquelle il dénonce une forte pénétration dans sa ville des idées du comte de Zinzendorf (Chalmel, 2004, p. 87).

Un ancien repaire de seigneurs pillards

La dénomination Ban de la Roche (en allemand *Steinthal*) provient du nom de l'ancien château médiéval dit « château de la Roche » (*Steinschloss*) qui fut jadis le repaire de seigneurs pillards, les Rathsamhausen zum Stein. À cette époque, on désignait par « Ban » l'ensemble des territoires qui se trouvaient sous la bannière du châtelain : Waldersbach (anciennement Waldbach), paroisse qui nous intéresse plus particulièrement, mais également les villages de Fouday (anciennement Foudai, en allemand Urbach), Belmont, Bellefosse (Schoenfuss, littéralement « Beau pied », car Bellefosse est construit au pied de la colline au sommet de laquelle se dressait le château de la Roche), Solbach (Zollbach, « le ruisseau du péage ») et les hameaux du Trouchy (de *Trotschy*, mot patois qui signifie « coudrier »), de Bambois (anciennement Pendbois ou, en allemand, *Hangholtz* car ce hameau est construit dans la forêt sur une pente abrupte) et de La Hutte, ainsi nommé car pendant longtemps il n'y eut à cet endroit qu'une seule maison construite en 1705 par Christophe Claude et Marguerite Morel. Waldersbach est traversé par le ruisseau de la Schirgoutte, qui se jette dans la rivière Bruche à Fouday.

Cet habitat relativement dispersé s'étage depuis Fouday, dans la vallée de la Bruche (410 m), jusqu'au Champ-du-Feu qui culmine à 1 100 m[1]. L'implantation géographique du Ban de la Roche, sur le versant occidental du massif vosgien, le situe dans une zone climatique à fortes précipitations en toutes saisons, sous forme de pluie en été ou de neige en hiver. De plus, son sous-sol granitique constitue un élément supplémentaire pour donner à cet endroit un véritable microclimat froid. Le 29 mars 1818, François de Neufchâteau donne une intéressante description des conditions climatiques du Ban de la Roche dans son rapport à la Société royale d'Agriculture à Paris :

> Ce pays forme trois régions : chaude, tempérée et froide, qui correspondent, à savoir, la région chaude au climat de Genève, la région tempérée au climat de Varsovie, la région la plus étendue, très froide, à celui de Saint-Pétersbourg. Les brumes, les pluies et les neiges commencent au mois de septembre et les neiges ne fondent qu'au mois de mai. Le proverbe du pays dit que la neige d'avril est un engrais et celle de mars un poison. Les fortes neiges de trente pieds quelquefois, en certains endroits, sont redoutées par le dégât qu'elles causent en détachant le sol

1. Fouday : 410 m ; Waldersbach : 520 m ; Bellefosse : 640 m ; Belmont : 740 m ; le château de la Roche : 820 m ; La Hutte : 850 m ; le Champ-du-Feu : 1 100 m.

> cultivé de dessus le sol inculte et donc, en le faisant glisser dans les fonds, ainsi qu'il arrive à la suite des pluies (Neufchâteau, 1818).

Ce climat rude, et la difficulté d'accès à une région montagneuse en retrait par rapport aux principales voies de communication, a donné à la population autochtone un caractère grégaire peu propice aux échanges. Oberlin relate dans une de ses lettres aux Frères moraves les difficultés qu'il connut à l'aube de son ministère pour communiquer avec ses paroissiens, à cause du patois qu'ils utilisaient comme unique langue véhiculaire :

> Le patois, que je ne comprends pas, est en fait la langue maternelle des gens d'ici et au début de mon ministère [...] j'ai parfois dû emmener un instituteur comme interprète au chevet des malades... dans les affaires publiques, entre eux, tout est traité en patois car c'est leur vraie langue qui s'étend jusqu'à l'autre bout de la France, avec cependant des différences locales qui sont même déjà perceptibles entre les huit villages du Ban de la Roche (Oberlin, 2 mai 1808).

Ainsi, la pratique du patois comme langue véhiculaire représente un obstacle (ou une protection) supplémentaire à la communication vers l'extérieur, aussi bien vers la Lorraine francophone que vers l'Alsace germanique. Oberlin rappelle avec raison que la langue parlée au Ban de la Roche n'est autre qu'une forme de la langue d'oïl, dialecte roman utilisé au nord de la Loire avant la codification du français.

Sur un plan plus spécifiquement historique, le Ban de la Roche fut donc la propriété des Rathsamhausen zum Stein jusqu'en 1584. En 1467, Ulrich de Rathsamhausen lègue la seigneurie à son fils Gérothé, qui devient *Raubritter* (« chevalier pillard »). Son activité essentielle consiste à rançonner les convois de marchands sur la route du sel, qui de Saulxures via Saales, le col de la Salcée et le col de Steige, se dirigent vers la plaine d'Alsace et le Wurtemberg. Excédé par les exactions des seigneurs de la Roche, l'évêque de Strasbourg s'allie au duc de Lorraine pour mener une expédition punitive qui aboutit, en 1469, à la destruction pure et simple du château de la Roche. La famille Rathsamhausen continue néanmoins de régner sur son fief jusqu'en 1584, date à laquelle il est vendu au comte palatin de Veldenz-La Petite Pierre pour la somme de quarante-sept mille florins.

Le comte Georges-Jean de Veldenz (1543-1592) achète le Ban de la Roche pour compenser la perte de Phalsbourg à la suite de difficultés financières. Seigneur allemand éclairé, alchimiste et inventeur, il développe l'artisanat dans la vallée (papeterie, verrerie...) et installe près de Rothau une industrie minière et métallurgique. Avec l'extinction de la branche masculine des Veldenz, le fief devient en 1674 la propriété de la princesse palatine Dorothée, duchesse des Deux-Ponts. En 1720, le Ban de la Roche entre en possession de la couronne de France et est cédé par Louis XIV au sieur d'Angervilliers, commissaire militaire du roi en Alsace, sur les conseils de M. Felz, éminent juriste et grand-père maternel d'Oberlin, puis est confié au marquis de Paulmy d'Argenson qui vend son comté au baron de Dietrich, *Stettmeister* («bourgmestre») de Strasbourg, en 1770. Celui-ci se trouve particulièrement intéressé par l'exploitation des forêts et relance l'activité minière autour de Rothau.

Arrivée des premiers pasteurs au Steinthal

La Réforme s'installe de manière définitive au Ban de la Roche, avec l'arrivée en 1584 du comte palatin de Veldenz. Georges-Jean de Veldenz épouse en 1545 Anne-Marie, fille de Gustave de Wasa, roi de Suède. Le couple a les faveurs de la Réforme et, sous leur protection, le pays devient une terre d'accueil pour les réfugiés venus de Lorraine et de France, victimes des guerres de Religion. Un personnage haut en couleurs de l'époque, un certain Papellier, curé de son état, échange sa soutane contre l'habit de pasteur, si bien que Veldenz consent à le laisser en place, pourvu qu'il se conforme aux exigences de la Réforme. On le reconnaissait «prêt à tout, pourvu qu'il fût maintenu dans son emploi [...] [et] qu'à défaut d'éloquence, il fut intrépide danseur et joyeux compère[1]».

C'est du gouvernement de Jean-Auguste de Veldenz (1575-1611), qui épouse Anna-Elisabeth, fille du Grand Électeur Frédéric II, que date la nomination d'un premier pasteur à Waldersbach: «À la Saint-Michel 1593, le pasteur Michel Sutter est parti pour Ban de la Roche [*ist abgezogen nach Steinthal*], à quelle fin la fabrique de Lutzelstein, lui a remis dix florins[2].»

1. D'après L. Roehrich, notes manuscrites conservées aux Archives municipales de Strasbourg (AMS), ms 128.
2. *Ibid.* Avec la mention: «Trouvé par le pasteur Ihmé dans les comptes de La Petite Pierre (Lutzelstein).»

Philippe Jacques Spener, grande figure du protestantisme née à Ribeauvillé, publie en 1675 ses *Pia desideria,* à l'origine du mouvement piétiste qui influence tant Oberlin. Gravure de J. G. Wagner, 1683.

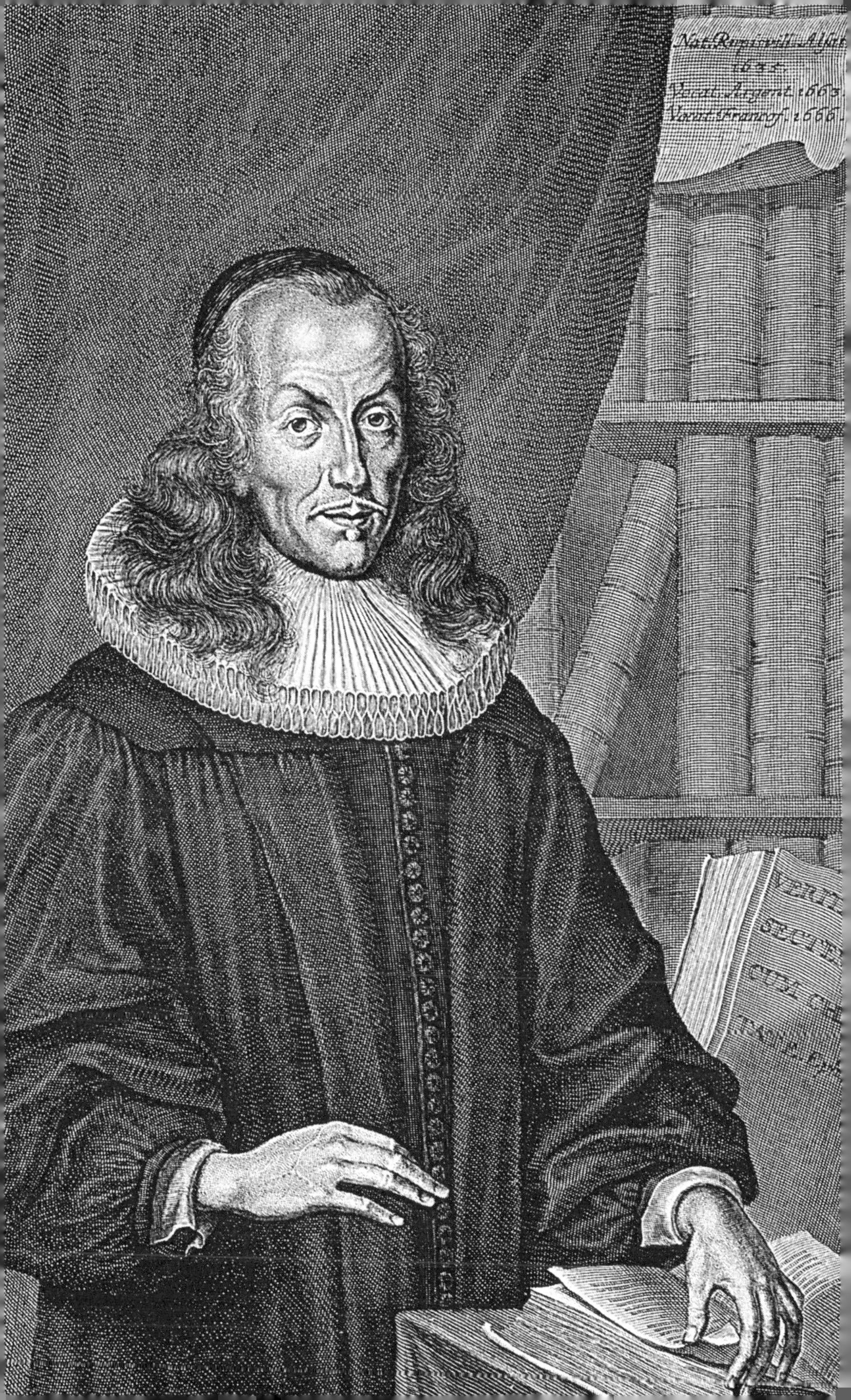
1635.
Vocat. Argent. 1663.
Vocat. Francof. 1666.

Mais, les pasteurs alsaciens ne maîtrisant pas la langue française, il fallut rapidement nommer des ministres familiarisés avec cette langue, ce qui détermine les comtes de Veldenz à recruter leur personnel pastoral au pays de Montbéliard, alors possession wurtembergeoise. Jusqu'au début du XVIIIe siècle, le pays de Montbéliard fournit au Ban de la Roche des pasteurs luthériens de langue française, capables de prêcher aussi en allemand. Une ordonnance de Louis XIV interdisant de faire venir des pasteurs de l'étranger (Montbéliard appartenait toujours au Wurtemberg), la faculté théologique de Strasbourg procure au Ban de la Roche, à partir de 1726, des ministres possédant (en principe) les deux langues.

Compte tenu des conditions socio-économiques particulièrement difficiles liées à l'exercice du ministère pastoral à Waldersbach, le séjour des pasteurs est souvent très court, ne permettant pas de mettre en œuvre une politique éducative durable. Les conditions climatiques et financières du poste rebutent les plus courageux ; être nommé au Ban de la Roche est plus synonyme de punition que d'avancement...

La première présence reconnue d'un pasteur piétiste au Ban de la Roche est celle de Johann Duvernois, ministre à Waldersbach de 1691 à 1695. Né à Montbéliard (Wurtemberg), il effectue ses études de théologie à Tübingen à partir de 1686, d'où il rapporte les tendances piétistes. Il est surtout connu par ses écrits répandus dans l'église allemande de Montbéliard et dans sa paroisse d'Étupes entre 1704 et 1727. On ne trouve cependant aucune trace significative de son ministère dans les archives locales, ce qui n'est pas le cas de l'un de ses successeurs, Léopold-Georges Pelletier.

Né à Vandoncourt (Doubs), Léopold-Georges Pelletier effectue ses études à Strasbourg puis à Tübingen (1698) où, comme Duvernois, il est fortement influencé par la doctrine piétiste. Pasteur à Waldersbach de 1707 à 1712, il exerce pendant cette courte période une influence déterminante sur ses paroissiens. Dans sa lettre à la Conférence des Frères du 20 avril 1806, Jean-Frédéric Oberlin rend hommage à l'œuvre de l'homme qu'il considère comme le véritable fondateur de la communauté évangélique locale. Pelletier s'efforce en effet de sortir ses paroissiens de leur torpeur intellectuelle et organise avec certains d'entre eux des réunions de « réveil », à l'image des *collegia pietatis* imaginés par Spener (1635-1705). Oberlin a noté dans les *Annales du Ban de la Roche* la description faite par une de ses paroissiennes, Catherine Caquelin, du déroulement de ces réunions d'édification mutuelle :

> Ce fut particulièrement dans notre heureuse famille que Dieu fit germer les bonnes semences, qui nous furent données par son valet, M. Pelletier. Il se forma alors et déjà auparavant et du temps même du ministère de M. Pelletier dans le pays, de saintes réunions dans la paroisse ; elles étaient composées de véritables fidèles. Ma grand-mère racontait que ces réunions se tenaient ordinairement chez son oncle Sébastien et chez sa tante, dans une maison du Beaulieu à Waldersbach. Mais Satan mit tout l'enfer en mouvement contre ces réunions, et fit qu'on se moqua de tous ceux qui les fréquentaient ; ensuite on les calomnia. Un bourgeois de Waldersbach tira un coup de fusil au travers de la vitre chez cette tante et la balle vint friser la tête de son mari dans le lit et perça la paroi... On n'osa plus se rassembler, et on fit des réunions privées, chacun chez soi [...] (Oberlin, 1815, p. 27.)

Les innovations apportées par Pelletier ne sont pas du goût de tout le monde : on lui reproche de promouvoir ses amis bien-pensants, au détriment du plus grand nombre qui se sent marginalisé. Ainsi, ses adversaires au sein de la paroisse font tout leur possible pour entraver ses efforts, dénoncent ses agissements piétistes hétérodoxes aux autorités civiles et religieuses, n'hésitent pas à utiliser la force. Pelletier finit par être destitué en 1712, et son successeur s'emploie à persécuter ses amis piétistes. En dépit de cette destitution, il maintient le contact avec ses fidèles. Les rapports du pasteur avec le Ban de la Roche ne sont pas seulement d'ordre épistolaire, mais il semble qu'il poursuive secrètement le travail d'édification mutuelle initié dans les conventicules[1].

C'est finalement Jean-Georges Stuber qui pose les fondements d'un système éducatif et social consacrant le réveil spirituel et pédagogique de cette vallée perdue, et préparant l'avènement des premiers instituts au monde destinés à prendre en charge l'éducation des enfants les plus jeunes.

1. Voir à ce sujet la correspondance échangée entre Pelletier et ses amis du Ban de la Roche, AMS ms 466 et 226.

STUBER

Un défricheur de la culture populaire

Jean-Georges Stuber, élève du célèbre helléniste Frédéric-Jacques Reuchlin (1695-1788), Strasbourgeois d'origine modeste, parcourt les six classes du gymnase de cette ville, avant d'entrer à l'université. Ses études étant interrompues par la mort de sa mère (31 janvier 1735), son père décide de l'envoyer à Montbéliard, pour y apprendre le français. Il séjourne alors chez le recteur Léopold Eberhard Bonsen (1699-1788), et parvient rapidement, sous sa direction, en compagnie d'autres jeunes gens qui partagent sa table, à une réelle maîtrise orale et écrite de cette langue. Sans reniement fondamental, le piétisme de Stuber se voit tempéré par les enseignements de Bonsen, qui lui éviteront dans sa future carrière pastorale les excès et les dérives du séparatisme ou de l'exclusivisme (Chalmel, 2001, pp. 4-8). L'influence de son mentor contribue en particulier à dessiner le cadre de sa future prédication en langue française.

Sans le savoir, Stuber acquiert à cette époque les clefs qui lui ouvriront les portes et les cœurs des Ban-de-la-Rochois, et lui permettront d'entreprendre un chantier pédagogique fondamentalement nouveau pour son époque. Le 11 mai 1746, il soutient sa thèse latine, *Méditation de quelques passages du Nouveau Testament*[1]. Reprenant à son compte le vieil adage selon lequel la valeur n'attend pas nécessairement le nombre des années, il affirme avoir été conduit dans sa

1. *Cogitationes in loca quaedam Novi Testamenti.*

Le pasteur Jean-Georges Stuber,
prédécesseur d'Oberlin à Waldersbach.
Gravure de J. G. Gehrardt.

recherche par une piété sincère. Il demande à ses éventuels détracteurs de le juger sur l'évolution ultérieure de son discours et de ses pratiques, plutôt que sur ses propos: «[...] et si quelqu'un pensait autrement, je chercherais à lui opposer un démenti en actes plutôt qu'en paroles» (Baum, 1846/1998, p. 23).

Un premier ministère qui finit tragiquement

Stuber s'installe à son tour dans le misérable presbytère de Waldersbach le 15 juin 1750, à l'âge de vingt-neuf ans. Le 9 juin 1751, il épouse Marguerite Salomée Reuchlin, fille de son professeur strasbourgeois. Jean-Georges Stuber est le dernier ministre porteur des idées piétistes de la première génération, celles de l'idéal des «pieux désirs» (Spener, 1675/1990), à exercer à Waldersbach. Il bénéficie à son arrivée au Ban de la Roche d'une certaine tradition du réveil et trouve un appui véritable chez les familles restées fidèles aux idées de Pelletier. Cet état d'esprit agit déjà en lui de manière effective, comme une dialectique entre la quête d'une expérience personnelle du Divin et la volonté de s'investir de manière essentiellement pragmatique dans la vie sociale, contribuant ainsi à élever la condition humaine.

Durant son premier ministère au Ban de la Roche (1750-1754), le pasteur néophyte se fait bâtisseur de temples (Waldersbach, Neuvillers, Belmont). S'il ne paraît pas agir de manière concrète et déterminante sur la situation scolaire héritée de ses prédécesseurs, il prend cependant la mesure des difficultés en constatant à quel point il devient urgent de réagir face à la dégradation des conditions d'enseignement (texte STUBER).

La scolarisation des petits paysans du Ban de la Roche est un combat de tous les instants que le pasteur doit mener contre l'avarice des parents, la négligence des autorités et l'ignorance de beaucoup de maîtres. Face à un tel constat, il devient impératif de procurer aux *régents d'école* une position sociale plus enviable, condition indispensable pour leur adhésion à toute velléité de rénovation pédagogique. Cependant, le renouveau éducatif que Jean-Georges Stuber souhaite entreprendre connaît un arrêt brutal et inattendu en raison du décès de son épouse Marguerite Salomée, âgée de vingt ans, le 9 août 1754, dix jours après avoir donné naissance à sa fille Salomée Charité.

Portée dessinée par Jean-Georges Stuber, représentant son nouveau système de tablature de la musique. Ses recherches musicales influencent ses méthodes pédagogiques.

Terrassé par ce deuil soudain et inattendu, Stuber accepte une place de pasteur à Barr, dans la plaine d'Alsace, « une riche petite cité située dans une charmante contrée au pied de la montagne vosgienne, à cinq heures d'ici, sur l'autre versant d'une très haute montagne [...] » (Oberlin, 1807). Son séjour dans cette bourgade viticole (1754-1759) constitue pour le nouveau *diaconus* un temps de reconstruction et de maturation. Ce battant à la foi inébranlable n'a pas un tempérament à se laisser définitivement abattre par les aléas de l'existence. Ainsi va-t-il profiter de bien meilleures conditions d'exercice dans ce nouveau ministère pour donner une forme d'équilibre à sa vie familiale et construire les référents théoriques qui lui ont fait défaut lors de son premier ministère au Ban de la Roche, particulièrement dans le domaine de la pédagogie de la lecture et de la littérature.

Et c'est paradoxalement au travers de recherches musicales, auxquelles Stuber consacre tous ses loisirs, que notre pasteur pédagogue va forger les outils qui lui permettront, par transposition dans le champ pédagogique, de trouver des réponses pratiques aux multiples difficultés d'apprentissage de la langue française rencontrées par ses paroissiens lors de son premier ministère au Ban de la Roche (Chalmel, 2001, pp. 52-62). En dépit de l'incompréhension des habitants de Barr et de la mise en garde de ses amis et des membres de sa famille, qui lui reprochent de mettre à nouveau en danger la vie de son épouse et celle de ses enfants, il regagne le presbytère de Waldersbach en mars 1760.

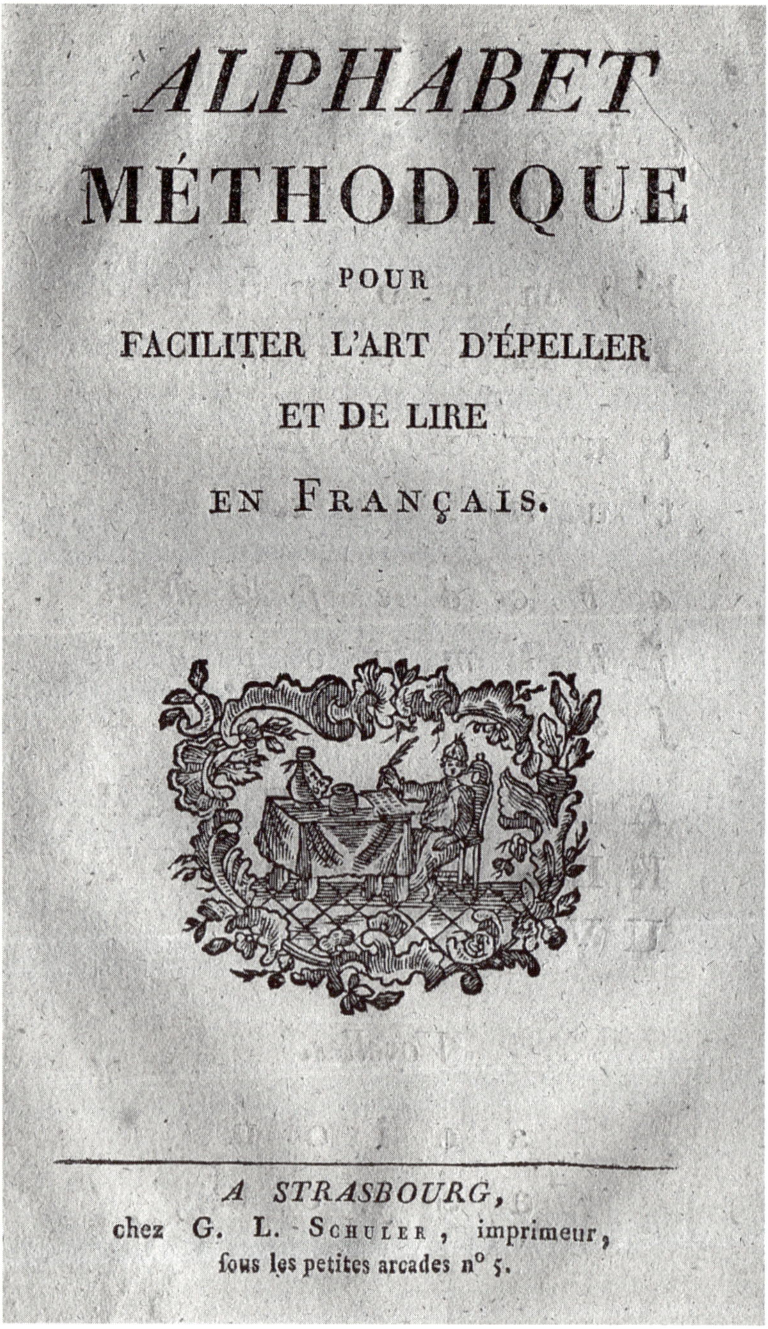

ALPHABET

MÉTHODIQUE

POUR

FACILITER L'ART D'ÉPELLER

ET DE LIRE

EN FRANÇAIS.

A STRASBOURG,

chez G. L. SCHULER, imprimeur,

fous les petites arcades n° 5.

Première page de l'*Alphabet* de Stuber, publié en 1762. Pour le rendre accessible au plus grand nombre en réduisant son coût, Stuber le condense en vingt pages sans reliure. Cet opuscule reste en circulation longtemps après le départ de son promoteur.

Retour à Waldersbach et réforme de l'instruction

À l'orée de ce retour volontaire au Ban de la Roche (1760-1767), celui qui n'est plus le jeune pasteur inexpérimenté de 1750 se met à l'ouvrage et entreprend une réforme complète de l'enseignement, persuadé que seule l'instruction, favorisant l'élévation progressive du niveau intellectuel, spirituel et matériel, permet d'approfondir la foi (Chalmel, 2001, pp. 63-127). L'apprentissage de la lecture représente dans cette perspective un objectif fondamental. Il s'emploie donc à créer des structures où chacun, adulte comme enfant, pourra accéder à cette compétence essentielle dans la quête du savoir. On reconnaît ici les principaux éléments de la pensée piétiste originelle : Stuber répond à l'appel de Spener pour agir dans le cadre du sacerdoce universel.

Conscient qu'un homme seul ne peut suffire à cette tâche, il s'entoure d'une équipe de maîtres suffisamment compétents et issus du terroir, afin que ces derniers s'installent à demeure et inscrivent leur action dans le temps. Stuber met l'enseignement du chant et du solfège au programme de la formation professionnelle des régents puis, par leur intermédiaire, au programme des écoles. Il institue de fait une première forme pratique d'école normale. C'est ce que François Ehrmann (1757-1839) rappelle des années plus tard au Comité d'instruction publique de la Convention nationale, lorsqu'il demande que l'on inscrive sur la liste des gratifications nationales le nom du « citoyen Stuber, premier instituteur d'une école normale en France » (Chalmel, 2004, p. 234).

Les écoles sont réorganisées par classes, en fonction du développement intellectuel des élèves, suivant le plan de Comenius (1592-1670), ce qui n'avait jamais été réalisé jusque-là. On ne peut qu'être frappé par la « modernité » des principes du « système Stuber » : fréquentation obligatoire, allongement du temps scolaire, stabilité du corps enseignant et contractualisation des engagements par rapport aux autorités, revalorisation du salaire des maîtres, égalité de tous devant l'instruction et la rémunération des régents (Chalmel, 2001, pp. 63-127).

À partir de 1763, dans les cinq villages du Ban de la Roche, l'école pour les enfants et les cours du soir pour les adultes se tiennent régulièrement (texte STUBER). Le pasteur réussit à intéresser certaines personnalités strasbourgeoises à la cause des écoles de sa vallée. Il reçoit ainsi plusieurs dons en argent ; ces sommes sont placées sous le nom de « Fondation scolastique », les intérêts étant distribués annuellement aux maîtres d'école en fonction du nombre d'élèves enseignés, et à leurs élèves, par rapport aux progrès accomplis. Les résultats sont proclamés une fois par an, lors d'une sorte d'examen public auquel assiste l'administrateur de la fondation.

Le problème de la maîtrise de la langue française lui paraissant fondamental pour permettre un désenclavement social et économique du Ban de la Roche, il n'est pas surprenant que l'ouvrage didactique le plus remarquable du pasteur soit une méthode de lecture originale, l'*Alphabet méthodique pour faciliter l'art d'épeler et de lire en français*, qui paraît le 16 avril 1762 à Strasbourg chez Schuler. Il l'espère particulièrement bien adaptée pour faire face à la principale difficulté rencontrée par ses élèves : la différence, spécifique à la langue française, entre graphie et phonie.

La méthode mise au point par Stuber représente probablement l'un des tout premiers essais de manuel pour apprendre à lire au plus grand nombre. L'apprentissage y est conçu autour d'un véritable solfège linguistique ; l'effet recherché est autant le déchiffrage que la prononciation correcte et sans accent de la langue. Par mesure d'économie, l'*Alphabet méthodique* ne compte que vingt pages, imprimées sur un petit format, sans reliure. Cet opuscule reste en usage dans les écoles du pays bien après le départ de Stuber, et les résultats obtenus dépassent les espérances de son promoteur (texte STUBER).

Avec le développement du nombre de lecteurs potentiels, Stuber prend conscience de la nécessité de multiplier les supports de lecture. Après l'alphabétisation et l'évangélisation apparaît l'idée de développer une véritable culture populaire. Ainsi conçoit-il le projet d'une bibliothèque de prêt, ses paroissiens n'ayant pas les moyens d'acheter des livres par eux-mêmes. Il acquiert donc une centaine de volumes sur ses propres deniers et les met en circulation parmi les habitants des différents villages.

Premier bilan et passage du flambeau

Le service de prêt, ou « trafic de livres », fonctionne généralement à la sortie des offices et connaît rapidement un franc succès. Les livres circulent de main en main, à la grande joie de celui qui vient de créer la première bibliothèque de prêt au monde (Chalmel, 1999, pp. 84-85).

Parmi les cent premiers volumes mis à la disposition des habitants, on trouve, outre la Bible et différents écrits d'inspiration religieuse, des ouvrages de botanique, de médecine, d'agriculture, d'arboriculture, d'histoire... Jean-Frédéric Oberlin reprendra l'idée de son prédécesseur et portera rapidement le nombre d'ouvrages de la bibliothèque à environ cinq cents.

Ainsi, grâce au système éducatif cohérent, en parfaite symbiose avec un milieu d'exercice particulièrement déshérité, mis en place par son prédécesseur, Oberlin n'hérite-t-il pas d'un terrain en jachère ni d'une organisation sociale anarchique des ouvriers, mais d'un champ soigneusement labouré dans lequel il va pouvoir semer sous le regard attentif de son régisseur strasbourgeois.

Conscient du chemin parcouru depuis 1750, Jean-Georges Stuber ne peut accepter de voir tous ses efforts réduits à néant par un successeur incompétent. Lorsqu'il accepte le poste de troisième pasteur à l'église Saint-Thomas de Strasbourg qu'on lui propose au début de 1767, il décide de ne pas quitter Waldersbach sans avoir trouvé lui-même un remplaçant capable de poursuivre et d'enrichir le travail éducatif engagé avec les difficultés que l'on sait : c'est alors qu'il demande à son jeune collègue Jean-Frédéric Oberlin d'accepter le poste du Ban de la Roche (texte HÉRITAGES).

Dix ans après son départ pour Strasbourg, le pasteur de Saint-Thomas écrit à son successeur une lettre pleine d'émotion, qui montre à quel point une part de lui-même demeure indéfectiblement liée au Ban de la Roche :

> Au Ban de la Roche, il n'a certes pas la considération qui lui est due mais tout est tellement plus naturel. C'est un ami, un père, un frère, quelqu'un qui les enseigne, etc. Ils le nourrissent certes mal, mais ça, ils le savent et ils n'y peuvent rien. Ce sont malgré tout des gens généreux et ils ne supportent absolument pas le reproche qu'on ne se sente pas à l'aise chez eux, qu'on n'y soit pas heureux. Il reste indéniable qu'au Ban de la Roche on est plus heureux que dans n'importe quelle autre paroisse. Oh, revenez au premier amour, à la simplicité, à la cordialité et à la foi originelles, à la ferme confiance en Dieu ! Quelles années heureuses, que de bénédictions j'ai vécues ainsi, *Ignosce carissime*.
> Et comment les Ban-de-la-Rochois comprendraient-ils qu'on ne se sente pas à l'aise chez eux ? Par comparaison avec eux, le pasteur a un train de vie princier. Soyez-en convaincu : toute la bénédiction de votre fonction s'évanouira dès l'instant où les Ban-de-la-Rochois ne pourront plus se réjouir de vous voir avec eux et s'apercevront que vous n'avez plus de plaisir à vivre au milieu d'eux. Voilà une chose que la mentalité française du Ban-de-la-Rochois, noble et digne d'un certain point de vue, ne peut ni admettre ni pardonner. C'est impossible (Baum, 1846/1998, pp. 109-110).

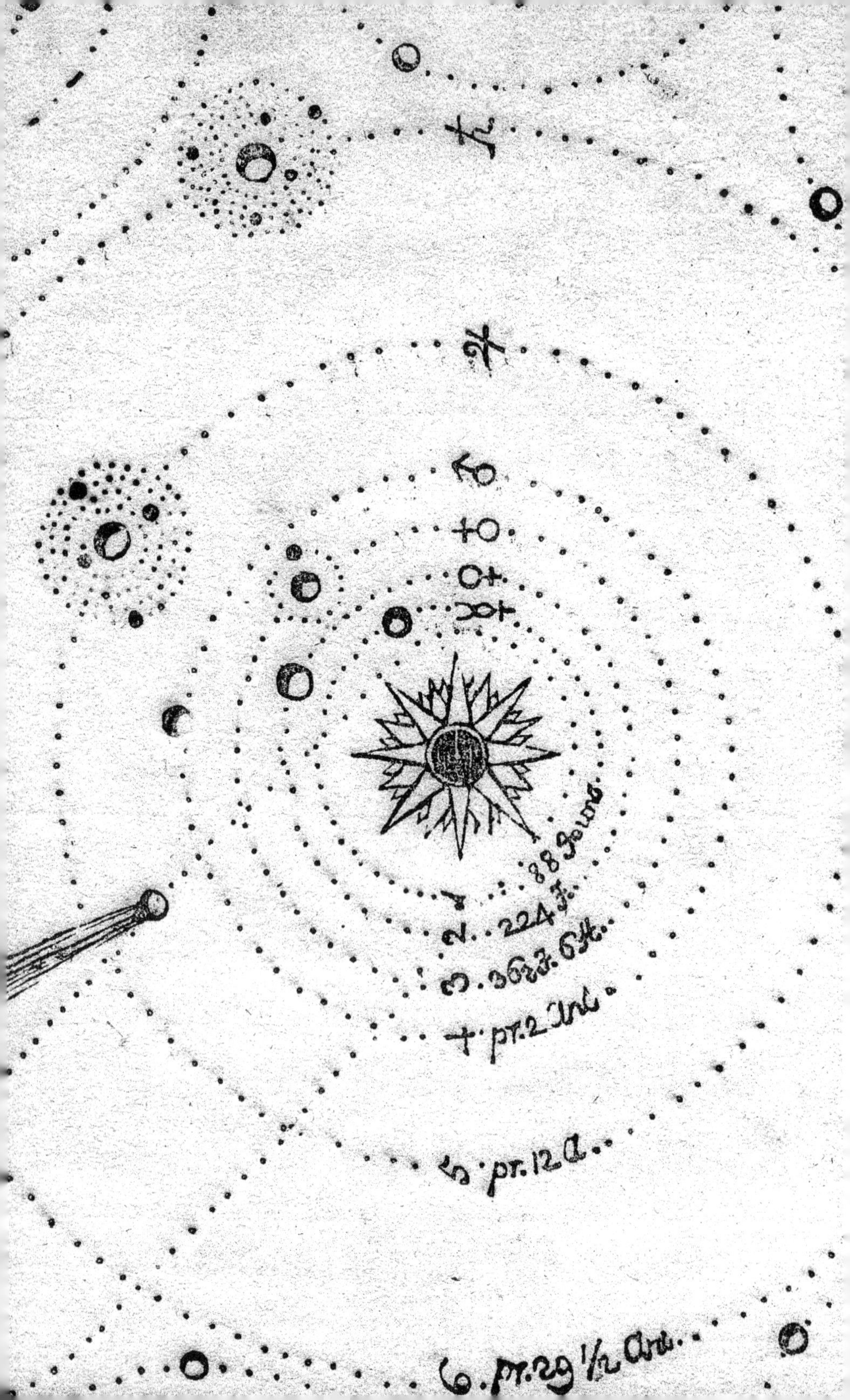

2. 224 T.
4. pr. 2 Jah.
5. pr. 12 J.
6. pr. 29 1/2 Jahr.

THÉOLOGIES

Un prédicateur entre mysticisme et pragmatisme

«Et plus bas, et plus haut!» Le schéma théologique légué par Jean-Frédéric Oberlin, maintes fois recopié par ses visiteurs et ses pensionnaires, résonne comme une invitation à comprendre le développement de sa pratique pastorale à deux niveaux complémentaires: celui de la vérité du «bas», de la terre et des hommes qui la peuplent; celui de la vérité du «haut», dans la rencontre directe avec le Divin:

> L'abaissement mène à l'élévation. La tribulation à la gloire.
> *Je tiefer Gott jemand in die Trübsal (u. Leiden) = Höhle hinunter führet, je höher führet er ihn hinauf in der seligen Ewigkeit.*
> Psaume LXXI, 20-21. «Tu m'as fait voir plusieurs détresses et plusieurs maux, et tu m'as de nouveau rendu la vie, tu m'as fait remonter hors des abîmes de la terre, et tu as accru ma grandeur.»
> Philippe XI, 7-11. «Le Seigneur Jésus-Christ s'est abaissé et anéanti lui-même et a été obéissant jusqu'à la mort, et à la mort même de la croix. C'est aussi pourquoi Dieu l'a élevé souverainement.»
> Ainsi par les abaissements Dieu élève, et plus bas et plus haut (Oberlin, 1811, AMS ms O 84).

«Visionnaire du ciel et ouvrier de la terre», c'est avec cette jolie formule que Rodolphe Peter qualifie la synthèse des deux voies, et les modalités d'association de ces deux manières de vivre sa foi par le pasteur du Ban de la Roche (Peter, 1991, pp. 37-50) : « [...] pour Oberlin, il y a un lien organique entre la vie présente et la vie à venir.»

Préparé à la pastorale du «bas» par une formation universitaire complète, mais aussi par des expériences de précepteur, de botaniste,

Carte du système solaire réalisée par Oberlin vers 1800, émoignant de son goût scientifique et mystique pour les hoses de l'au-delà. Gravure sur bois.

etc., Oberlin met en œuvre au cours de son ministère des choix de théologie pratique, tant au niveau du catéchisme que de la prédication ou encore de la pédagogie. Faisant cela, fidèle à un principe luthérien, il s'intéresse à l'homme intégral. Le Ban de la Roche constitue le lieu géographique de cet alliage entre réalité pratique et justifications spirituelles. À l'image de ceux de son prédécesseur, ses sermons fourmillent en particulier d'exemples de la vie quotidienne, rapportés dans un langage qui rejette toute forme d'hermétisme ou d'ambiguïté.

> Examinons ce que c'est que les amusements des chrétiens. Ensuite nous vous rendrons leur usage légitime et leur abus plus sensible par sept ou huit règles que nous y ajouterons.
> Les amusements des chrétiens sont des occupations agréables et utiles, qu'ils entreprennent avec bonne conscience et comme dans la présence de Dieu, dans le dessein de réparer par là les forces épuisées du corps et de l'esprit, et de se rendre plus propres et plus capables de vaquer aux œuvres de leur vocation, et de leur heureuse destination. Ainsi, pour répondre à leur but, il faut : qu'ils soient utiles, c'est-à-dire qu'ils aident à relever et perfectionner les forces de l'esprit et du corps. Par exemple, l'exercice militaire et le tirage avec le fusil, ou le lancement d'assiettes de bois, ou même le jeu de quilles peuvent aider à avoir un coup d'œil plus exact, et donnent plus d'adresse au corps. Le dessin et l'écriture exercent la main et les yeux, et rendent un homme beaucoup plus adroit, plus capable et plus utile. L'exercice du chant divertit en même temps et peut nous rendre meilleur si la matière des cantiques ou chansons est instructive et touchante. La lecture de beaux livres peut éclairer l'esprit, nous donner des lumières et des expériences rares et admirablement utiles. Le jeune homme de vingt ans, en lisant ce que depuis quelques centaines d'années on a inventé de meilleur, peut par là acquérir plus d'expérience que s'il avait lui-même vécu quelque cent ans. C'est par là que, sans sortir de son pays, il apprend les usages, les merveilles et les pratiques de tous les autres pays. Enfin la lecture peut anoblir le cœur et nous inspirer de plus en plus des sentiments célestes et divins. Quelquefois un petit voyage instructif peut aussi nous faire du bien à plusieurs égards.
> De tous les amusements il faut choisir ceux qui sont les plus utiles, les moins coûteux, les moins séduisants à l'abus (Oberlin, 3 septembre 1775).

« Dieu ne permet pas que notre travail soit vain »

Au regard de sa prédication dominicale, en particulier celle des premières années, un brin autoritaire, Jean-Frédéric Oberlin peut paraître à l'observateur contemporain comme une sorte de despote ecclésiastique, cherchant à contrôler les faits et gestes de ses paroissiens (texte THÉOLOGIES). Mais au fil du temps, l'image d'un Dieu d'exigences et de commandements est présentée par un homme dont la compétence technique pour anticiper et prévenir les maux du quotidien, propre à inspirer confiance, s'affirme :

> Mauvais grain aux maîtres d'école.
> Chers amis !
> Il arrive quelquefois qu'il repose sur une famille des sujets de malédictions dont on ne s'avise pas des péchés graves devant Dieu, qu'on n'avait pas reconnus pour tels, que par conséquent on n'avait ni confessés, ni réparés, et qui depuis toujours sont demeurés une gouttière, dont découlent des châtiments et des malheurs sur les familles.
> Tel est le cas dont je veux parler pour l'amour de ceux qui pourraient en être coupables sans y penser.
> Une partie du salaire des maîtres d'école consiste en grain. Or il est arrivé plusieurs fois que l'on a envoyé aux maîtres d'école du grain éminemment rempli de mauvaises graines et de semences d'ivraie.
> Cela marquait le mépris qu'on faisait des instructions données aux enfants, de plus le mépris qu'on fait des enfants mêmes, et du Seigneur Jésus-Christ notre souverain juge et Dieu.
> Dieu a même défendu de semer un mélange de grains pour dire : « Employez avec vos enfants les moments de loisirs pour nettoyer soigneusement le grain que vous voulez semer, au lieu de passer ce temps à jaser et oisifs. »
> Or si même pour le semer en terre le grain doit être propre, combien plus pour en donner le salaire à ceux qui donnent instruction aux enfants, enfants de Jésus-Christ et de Dieu !
> Ceci est d'autant plus criminel que Dieu, qui donne tous les revenus tant du travail que des produits de la terre, s'est réservé la première dîme de toute espèce de revenu et l'a déclarée être une chose sacrée, qui doit uniquement être employée aux objets relatifs au salut, au culte divin et à l'instruction, et dont par conséquent on doit prendre de quoi payer honnêtement et gaiement et devant Dieu le salaire des maîtres d'école.
> Cela suffit maintenant. Ce que j'en ai dit, je l'ai fait pour l'amour des personnes qui peuvent être coupables à cet égard, et pour qu'ils puissent s'en ressouvenir, confesser et réparer leur tort, en obtenir pardon et dissoudre la nuée de malédiction qui reposait pour cette cause sur eux et leur famille.
> Que Dieu veuille inspirer à chacun les sentiments de cet homme pieux, qui ne se fiant pas à soi-même avait la coutume de prier : « Ô Dieu miséricordieux, qui n'aime pas à nous frapper, veuille me découvrir les péchés qui me sont cachés, et qui forment et amassent sur ma tête une nuée de pluie de châtiments et de malheurs » (Oberlin, 16 janvier 1814).

Oberlin justifie lui-même cette apologétique de terrain, s'appuyant sur l'urgence de guérir le « pécheur malade ». Dans une lettre à l'intention du révérend Cunningham, il affirme ainsi: «Ne perdons donc pas une heure pour faire valoir nos talents quels qu'ils soient au profit du salut des autres et de nous-même, car Dieu ne permet pas que notre travail soit vain.» L'analyse de ce texte amène en particulier Rodolphe Peter à en conclure que «spiritualité et engagement vont pour lui de pair. En cela, il dépasse à la fois les piétistes qui n'insistaient que sur la consécration personnelle et les physiocrates qui ne recherchent que le progrès économique» (Peter, 1981, p. 351).

Les quelque huit cents sermons de Jean-Frédéric Oberlin qui sont parvenus jusqu'à nous témoignent de cette démarche anthropologique, visant à insérer le destin des hommes dans une cosmologie référentielle. Construit autour d'événements de la vie quotidienne, comme l'éducation des enfants, la marche des écoles, l'éducation familiale, l'organisation du travail et des loisirs, un projet pédagogique global s'écrit, confronté aux vicissitudes de l'histoire. Le référentiel théologique en fournit le cadre. Fortement marqué par les idées piétistes moraves à l'origine, il s'enrichit au fil du temps d'apports contradictoires: la prise en compte des idéaux républicains d'une part, et l'attrait du pasteur pour une certaine forme de mysticisme d'autre part.

L'appellation «catholique évangélique», volontiers utilisée par le pasteur du Ban de la Roche pour caractériser sa profession de foi, peut apparaître comme une autre facette du caractère militant d'un christianisme social, qui puise ses racines au cœur du message évangélique universel (*Katolikos*). Oberlin justifie en particulier le caractère résolument tolérant que recouvre ce néologisme auprès de ses correspondants à Herrnhut (20 avril 1806). Cet esprit d'ouverture, postérieur à la grande Révolution, paraît à cet égard conforme (toutes proportions gardées) avec le système des tropes, réformés, luthériens et moraves, mis en place par Nicolas Louis de Zinzendorf (1700-1760). En garantissant l'appartenance institutionnelle des Frères à leur confession d'origine, il coupait court à toute velléité de sectarisme (Chalmel, 2004, p. 54) :

> Avant la révolution, je n'aurais pas pu admettre d'âme catholique romaine à notre sainte Cène, afin de préserver notre liberté religieuse. Mais depuis la révolution chacun a la liberté de confesser la religion de son choix. Certes je n'accepte pas de prosélyte et exhorte chacun à être lumière et sel dans sa religion de naissance. Mais lorsque j'annonce la sainte Cène, j'y invite quiconque désire s'unir au Seigneur

> Jésus sans distinction de religion, car il ne s'agit pas de la sainte Cène du défunt Luther, mais de celle du Seigneur Jésus. Aussi n'est-il pas exceptionnel d'y retrouver des membres des trois religions: réformée, luthérienne et catholique romaine. (Ici on n'aime pas les désignations «luthérienne» et «réformée», on préfère «catholique évangélique»). De même on n'aime pas dire «protestant» parce qu'auprès des catholiques romains qui ne connaissent pas la signification de ce mot, il prête à une confusion qui nous fait du tort. En effet ils supposent que nous protestons contre les plus importantes et les plus saintes doctrines de leur religion. J'ai été convoqué chez le sous-préfet catholique romain du district français dont mon domicile fait partie[1]; et il m'a demandé si nous croyons aussi en Dieu et aussi au Seigneur Jésus et aussi en une résurrection, etc., etc. Comme je répondis oui à toutes ses questions, il fut très étonné et me demanda pourquoi donc nous nous nommions protestants etc., etc.
> Je lui dis entre autres que s'il voulait connaître notre profession de foi, il lui fallait lire le Nouveau Testament: elle y figure. Depuis lors cet homme me témoigne une affection très cordiale et très fraternelle et cela bien qu'il soit l'autorité à laquelle je suis soumis; c'est un catholique romain intègre qui craint Dieu de toute son âme. Quand je lui proposais un Nouveau Testament en français et une sélection de versets choisis dans toute l'Écriture sainte, il les accepta avec joie et reconnaissance. D'une façon générale il y a bien des Français catholiques romains tout autour de notre région qui apprécient et respectent les gens craignant Dieu et qui ne sont pas loin du bon chemin (Oberlin, 20 avril 1806).

Création d'une ecclesiola in ecclesia

La certitude du salut acquise par Oberlin lors de sa «nouvelle naissance», directement liée à la prédication de Lorenz et à l'héritage des milieux moraves, est une première indication concernant la pastorale du «haut». Nommé au Ban de la Roche, le néo-ministre essaie à plusieurs reprises de rassembler autour de lui un cercle restreint d'«élus» de sa paroisse, conformément aux pratiques piétistes moraves. Lorsque ses interlocuteurs lui demandent s'il existe vraiment à Waldersbach une *ecclesiola in ecclesia*[2], celui-ci leur rapporte principalement deux expériences, l'une se soldant par un échec, l'autre étant couronnée de succès à ses yeux. La création de la «Société chrétienne» le conduisit à une impasse:

1. Il s'agit ici de Lezay-Marnésia (1769-1814).
2. «Petite église dans l'église», ou assemblée des «élus».

> Pour rassembler un peuple pour le Seigneur, en 1780, j'ai fait la tentative suivante. J'ai rédigé des articles que j'ai officiellement communiqués à la communauté en l'invitant à de multiples reprises à les accepter et à y souscrire pour constituer ainsi une société. Beaucoup le firent, les uns de bon cœur, les autres par hypocrisie. Je tins une réunion hebdomadaire pour eux, mais ouvertement, à l'église, pour que chacun puisse voir ce qui s'y passe.
> Les choses fonctionnèrent ainsi quelque temps, mais cela rendit furieux et enragés une partie des gens aux dispositions pharisaïques, et ils proférèrent des menaces, certains s'adressèrent au seigneur du territoire du moment, M. le maire de Dietrich. Celui-ci mena l'affaire avec tant d'indulgence et de sagesse paternelle que j'y vis un signe de Dieu : je remerciais officiellement les membres du groupe pour leur obéissance et mis fin à toute l'affaire.
> Je leur fis cependant remarquer que si la société était dissoute, les articles ne pouvaient l'être, mais demandaient à être observés par quiconque désire être sauvé, car ils ne contiennent que les commandements de Jésus-Christ (Oberlin, 2 mai 1808).

Cette tentative pour rassembler de petits groupes d'élus au sein des communautés évangéliques est conforme aux pratiques de la première génération de piétistes, disciples de Spener et de Francke, comme à celles de l'Église des Frères. Elles se heurtent inévitablement à l'hostilité des « exclus » qui réagissent, parfois de manière violente, aux prétentions de ces « sociétés secrètes » bien-pensantes, qui s'érigent en censeurs du reste de l'humanité... Mais une autre initiative, plus inattendue en ce domaine, est présentée par Oberlin comme le paradigme de l'*ecclesiola in ecclesia* locale :

> Le premier mouvement naquit il y a au moins trente ans parmi les enfants, par le biais des leçons de tricot ou des cours des « conductrices de la tendre jeunesse ». Beaucoup de jeunes enfants reproduisirent à la maison une imitation de ce qu'ils avaient vu et entendu au cours de tricot sous forme de récit des épisodes bibliques, de chants, de prières et d'exhortation d'une touchante naïveté, le tout en français, parfois à l'adresse de leurs parents lorsque ceux-ci disaient ou faisaient quelque chose de désagréable au Seigneur [passage surligné : voir remarque page suivante...]. Satan ayant mesuré le danger, il suscita de violentes persécutions sous toutes sortes de prétextes fallacieux. On menaça les conductrices de les fusiller ou de leur casser le crâne, on prétendit qu'elles étaient mes espionnes, voire même mes maîtresses, on me calomnia auprès des autorités de Strasbourg, on alla jusqu'à mobiliser mon excellent devancier Stuber contre moi et contre cette cause, et il me pressa de mettre une fin rapide à toute l'affaire. Mais rien n'y fit : mes sept conductrices, mon excellente épouse et moi-même, tous ensemble nous avons tenu bon et sommes allés de l'avant avec courage car nous savions et sentions que la chose venait de Dieu et qu'il était

prière et le sentiment religieux sont centraux dans le piétisme, mouvement
marque fortement la vie et l'œuvre d'Oberlin. Illustration de Hans Bendel
r l'ouvrage de Pestalozzi *Lienhard und Gertrud*, 1844.

> avec nous. Peu à peu la tempête s'apaisa et nombre de nos adversaires du début louèrent Dieu que nous n'ayons pas abandonné.
> Ce qui nous a frappés et redonné courage fut le fait suivant : dans tous les villages catholiques romains environnants, mes ennemis répandaient à la ronde le bruit que moi, le pasteur, je ne me contentais pas d'une seule épouse, mais que j'avais encore sept concubines, alors que les prêtres catholiques romains n'ont pas de femme du tout. Or non seulement on ne voulut les écouter nulle part, mais à bien des endroits ils s'attirèrent cette sévère remarque : « Faut-il que vous soyez méchants de répandre de tels bruits, votre pasteur nous le connaissons et nous savons qu'il est homme de Dieu ; nous serions bien heureux que tous nos prêtres puissent lui ressembler » (Oberlin, 2 mai 1808).

Dans cette structure éducative d'un genre nouveau, présentée comme la pierre angulaire de sa pastorale, l'espace de rencontre entre l'humain et le Divin est soigneusement préparé, par une éducation sensorielle naturelle à cet âge, la raison étant perçue par les Moraves comme un obstacle à la quête spirituelle. Les jeunes élèves de la « petite école dans l'école[1] » prennent paradoxalement alors pour le reste de la communauté le statut d'aiguillon des consciences, entraînant par leur exemple la masse des adultes non régénérés. On ne peut comprendre le fondement idéologique de l'institut de préscolarisation voulu par Oberlin, si l'on ne prend pas en compte ce renversement copernicien du mécanisme éducatif traditionnel qui conditionne la réussite de l'œuvre entreprise : c'est à travers l'exemple de leurs enfants que les parents peuvent espérer à leur tour une nouvelle naissance, « au travers de questions ingénues, d'exhortations et de représentations émouvantes » qui ne manquent pas de laisser « une épine dans leur conscience [...] ». La démarche éducative descendante classique est ainsi résolument inversée, sous la conduite bienveillante des conductrices, l'élève n'étant pas, en matière de régénération, celui que l'on croit.

Les parents perdent dans cette perspective leur statut d'éducateurs privilégiés de leur progéniture ; la rencontre personnelle de chaque homme avec son Sauveur, objet essentiel de toute éducation, ne dépend que de la qualité de l'environnement éducatif, et la création d'instituts adaptés se substitue à l'éducation parentale défaillante. Si la rencontre avec le Divin se produit, elle viendra à son heure et la tâche principale des conductrices est de créer les meilleures conditions spirituelles possibles pour permettre à cette rencontre d'advenir.

1. Transposition pédagogique de l'*ecclesiola in ecclesia*.

Parcours initiatique, entre mysticisme et piétisme

L'approche mystique constitue enfin une dernière facette de la rencontre avec le « haut », la plus surprenante sans doute, et par conséquent la plus controversée, au regard d'une pensée contemporaine empreinte de positivisme. Cependant, la quête de l'au-delà est indissociable de l'activité sociale et pédagogique quotidienne du pasteur, et sans doute vaut-il mieux l'accepter et la comprendre plutôt que l'occulter. Lui-même explique combien le commerce avec les « choses du ciel » lui est indispensable pour préserver l'équilibre entre le « haut » et le « bas » :

> Ainsi en est-il pour moi des choses du ciel. Je ne puis vivre sur cette terre sans jeter un regard vers là-haut et je ne sais pas comment j'aurais pu, sans cette vision de l'Au-delà, supporter les terribles souffrances, les douleurs et les épreuves de toutes sortes que j'ai dû endurer. Tous les aliments ne conviennent pas à tous et je ne peux enlever à personne ses préférences [...] qu'on veuille bien être aussi large à mon égard et qu'on ne m'enlève pas une nourriture par laquelle Dieu si souvent et si abondamment a béni mon cœur.
> Je dois donc garder pour moi mes représentations et ne pas les montrer aux Ban-de-la-Rochois (Oberlin, 17 mai 1785).

Ainsi les vérités sont-elles de plusieurs ordres, et la quête mystique n'a de sens que pour celui qui l'entreprend. Les « choses du ciel » sont affaire d'initiés, et, s'il importe de ne pas laisser l'homme du commun dans l'ignorance ou dans l'erreur, il est exclu de porter à sa connaissance des vérités disproportionnées avec les possibilités de son entendement.

De fait, le penchant mystique d'Oberlin ne correspond en rien à un effet de mode, mais constitue depuis ses années d'études à Strasbourg un véritable parcours initiatique. Au fil de ses notes de lecture, on retrouve les commentaires du *Weg zu Christo* de Jacob Boehme (1575-1624) et la copie de nombreux passages des principaux ouvrages de Jane Leade (1623-1704), dans des cahiers aux titres évocateurs : *La Chute des mauvais anges*, *Le Royaume de Dieu*, *Des Épreuves*, *Naissance de l'esprit*, *Description des pierres précieuses* (1782-1787)... Les théosophes piétistes Johann Bengel[1] (1687-1752) et Friedrich Christoph Oetinger (1702-1782), qui élabore dans sa

1. Oberlin a lu et annoté en particulier son *Erklärte Offenbarung Johannis* (1740).

Ce dessin reprend un schéma théologique d'Oberlin « Et plus bas et plus haut » qui représente la liaison entre le monde où nous vivons et l'au-delà. Dans cette copie dessinée en 1814 par le théologien suisse Empaytaz, les enfers, absentes du dessin originel d'Oberlin, ont été rajoutées.

Theologia exidea vitae deducta un système conciliant la nature visible et le monde des esprits, le conduiront jusqu'à Emmanuel Swedenborg (1688-1772).

Cet intérêt pour les grands mystiques amène naturellement le pasteur à s'insérer dans un réseau de relations où mysticisme et piétisme vont de pair. Ainsi, par l'intermédiaire de son fils Henri-Gottfried qui passe trois ans à Riga (1810-1813), Oberlin rencontre-t-il Barbara Juliana von Vietinghoff, baronne de Krüdener (1764-1824), qui sera l'hôte à plusieurs reprises du presbytère de Waldersbach. Cette femme de lettres, correspondante de Mme de Staël (1766-1817), Benjamin Constant (1767-1830) et Chateaubriand (1768-1848), est présentée dans toute l'Europe comme l'apôtre des mouvements piétistes revitalistes. La fille de la baronne, Juliette de Krüdener, épouse François-Charles de Berckheim, ancien pensionnaire du Ban de la Roche. Celui-ci, devenu aide de camp du tsar Alexandre Ier, contribuera à obtenir la protection pour le Ban de la Roche lors de l'invasion de 1814. Aux côtés de Mme de Krüdener, on note de 1810 à 1817 la présence d'Henri-Louis Empaytaz (1790-1853), l'un des animateurs les plus actifs du réveil à Genève. Il est en particulier l'auteur, en 1814, en collaboration avec Oberlin, d'un « tableau des demeures des trépassés ».

Réticences de Stuber face à Oberlin l'exalté

L'étude des échanges épistolaires entre Stuber et Oberlin sur les questions théologiques nous apparaît à cet égard comme une source de premier plan. Elle permet en effet de préciser le positionnement réciproque des deux « réformateurs » du Ban de la Roche, qui personnalisent au niveau local deux générations historiques du réveil piétiste dans le monde protestant en général. Orthodoxe de formation et piétiste de conviction, Stuber réfère volontiers ses propres choix pédagogiques aux *Pia desideria* publiées par Philippe Jacob Spener en 1675 (Spener, 1990), et aux essais réalisés par Auguste Hermann Francke dans ses instituts de Halle.

Qui mieux que lui peut se prévaloir, en effet, d'avoir tenté durant son ministère à Waldersbach de promouvoir les valeurs intrinsèques aux « pieux désirs » de Spener, en rétablissant l'amour comme vertu essentielle de la foi chrétienne, en utilisant ses sermons à l'édification des fidèles, tout en déléguant son pouvoir d'instruire aux régents dans le cadre d'un sacerdoce universel rétabli ? Oberlin, pour ce qui le concerne, correspond avec les piétistes de la seconde génération, sensibles à la « nouvelle naissance » et à la théologie arcane de Zinzendorf. C'est ce qui conditionne en particulier son intérêt pour la petite enfance, période par excellence de prédominance des sens sur la raison. Jean-Georges Stuber l'exhorte à plus de prudence dans son élan du cœur envers la Communauté des Frères et lui fait part des risques de dérives idéologiques possibles liées à leurs pratiques communautaires :

> Vous avez aussi lu la « Vie de Zinzendorf[1] » et je comprends que vous en fassiez l'éloge. Nous savons combien cette chère communauté a de mérites qui la rendent supérieure à toute autre. Mais il convient de nous préserver très sérieusement de ce qui tombe, premièrement dans l'enfantin, deuxièmement dans le fanatique, troisièmement dans le hiérarchique, despotique, presque pontifical et dans un certain sens plus que pontifical. Il vous faut particulièrement vous garder de ce zèle et cette chaleur qui aime à tomber librement dans le piège de l'évidence. Nous voulons nous garder, dis-je, sans toutefois devenir tiède, inactif, froid ou moins fervent, avec sérénité, avec Dieu sans impression personnelle, tout en Dieu sans idée ni volonté propre. Je ne pourrais jamais bien m'entendre avec le comte lui-même à cause de son caractère intriguant (Baum, 1846, p. 114).

Au fil des années, Stuber sent que l'esprit de son successeur lui échappe, et que son émancipation, légitime par ailleurs, emprunte une voie qui n'est plus la sienne. Ses réticences envers la Communauté des Frères anticipent les risques de dérives idéologiques possibles liées à leurs pratiques communautaires : risques conjugués d'élitisme, de fanatisme et de sectarisme... Il ne peut se résoudre à adhérer à l'enthousiasme des propos exaltés d'un adepte de la « nouvelle naissance ». Comment accepter pour sentiments chrétiens ce qui n'est à ses yeux que sensiblerie, sensibilité féminine exacerbée et superstition ? Sous bien des aspects, l'attitude éducative de son collègue lui

1. Dans ses notes de lecture, Jean-Frédéric Oberlin écrit en septembre 1781 : « *Vie de Nicolas Louis comte de Zinzendorf*, etc., écrite par Spangenberg. Tome I jusqu'à la page 176, tome II jusqu'à la page 393, tome III jusqu'à la page 328 : Dieu soit loué et remercié pour ce précieux cadeau ! Jusqu'à présent j'étais plein de préventions vis-à-vis de ce comte. À présent je vois qu'il fut un vrai prophète et un disciple de Jésus des plus sincères ! » (AMS, ms 403.)

paraît enfantine, simpliste. Et les commentaires d'Oberlin concernant le développement de sa « petite école dans l'école » ne sont pas faits pour le rassurer à cet égard :

> Dieu bénit d'une façon extraordinaire nos écoles à tricoter établies à présent, beaucoup de jeunes âmes qui y ont été cultivées sont parties avec une grande joie pour la vie éternelle et après avoir témoigné contre leurs parents, etc., de la manière la plus émouvante, en laissant derrière eux plus d'une épine dans les âmes.
> Au travers de questions ingénues, d'exhortations et de représentations émouvantes, quelques-uns qui vivent encore de quatre, cinq ans et plus, laissent l'âme de leurs parents non régénérés, extraordinairement faible et sans repos.
> Les femmes de Fouday désirent aussi ardemment une telle école à tricoter et il semble que Dieu s'est déjà choisi une jeune fille sérieuse, celle de Claude Bernard. Mais je n'y ai pas encore travaillé avant de savoir où cela mène. À vrai dire, les frais ne doivent pas me retenir, quoique les versements supplémentaires des bienfaiteurs n'étaient pas suffisants l'an passé pour couvrir les dépenses et ceux de cette année jusqu'à présent non plus. Cependant, cela ne retarde rien, c'est l'affaire de Dieu. Dès que je vois le moindre signe je me mets à l'œuvre (Oberlin, 19 mars 1777).

Cette lettre adressée par Oberlin à Stuber, dans laquelle il exalte un certain nombre de valeurs fortement influencées par l'idéologie piétiste de la nouvelle génération, nous permet de mieux situer le cœur de la problématique qui, au fur et à mesure, éloigne les deux hommes l'un de l'autre. Les principes éducatifs, surprenants pour le lecteur non averti, évoqués par Jean-Frédéric Oberlin dans ce récit concernent principalement l'institution des « poêles à tricoter ». Ils sont intimement liés à la doctrine de Zinzendorf, selon laquelle les chrétiens ne sont pas égaux et l'Esprit-Saint, pédagogue par excellence, dispense son enseignement en fonction des aptitudes de chacun, ce qui justifie l'existence d'une assemblée restreinte au cœur du temple visible (*ecclesiola in ecclesia*). C'est dans le cadre de ce référentiel théologique qu'il faut interpréter l'expression « âme de parents non régénérés » utilisée par Oberlin dans son texte. Il convient en outre de préciser que selon le nouveau pasteur de Waldersbach, son « excellent prédécesseur » ne fait lui-même pas partie de l'assemblée des « spirituels » : « Cet excellent homme ne connaissait pas la nouvelle naissance comme M. son beau-frère, M. le Dr Lorenz la connaissait » (Oberlin, 14 avril 1807).

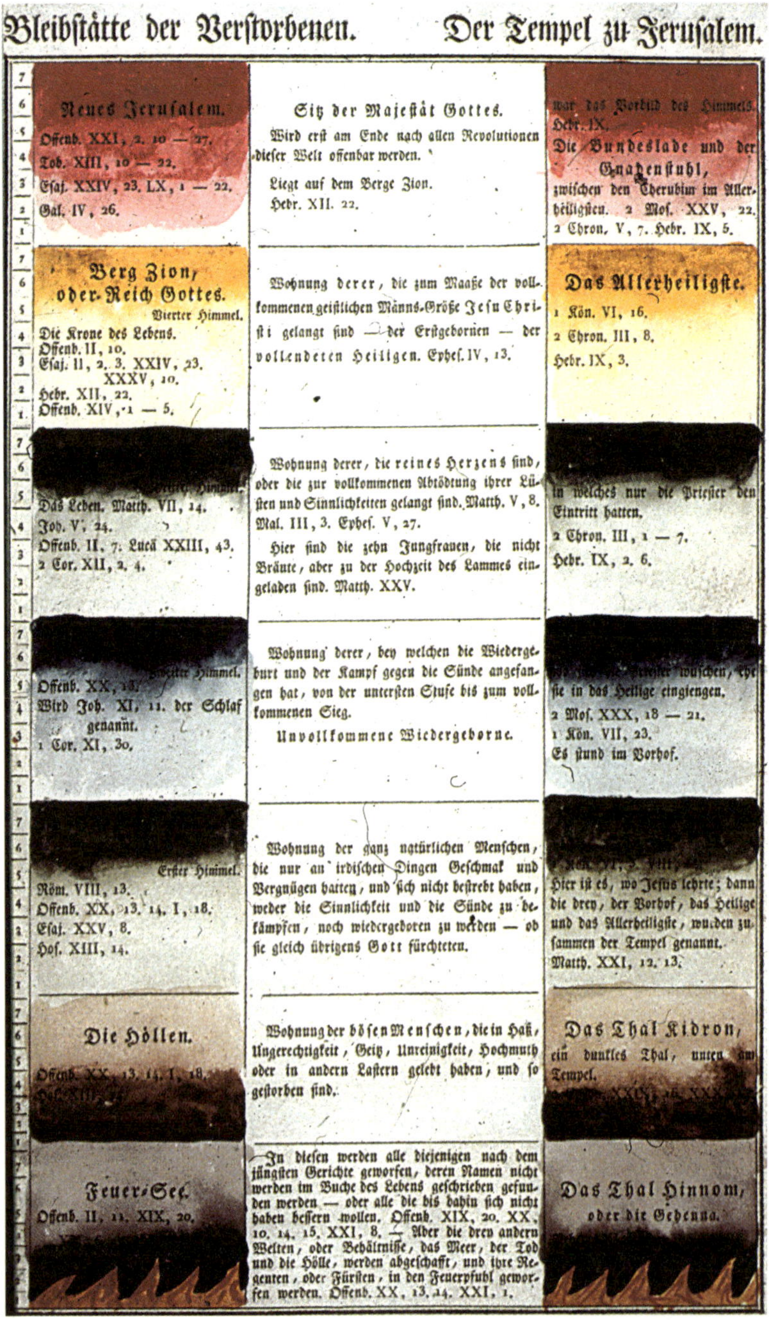

Bleibstätte der Verstorbenen.		Der Tempel zu Jerusalem.
Neues Jerusalem. Offenb. XXI, 2. 10 — 27. Tob. XIII, 10 — 22. Esaj. XXIV, 23. LX, 1 — 22. Gal. IV, 26.	Sitz der Majestät Gottes. Wird erst am Ende nach allen Revolutionen dieser Welt offenbar werden. Liegt auf dem Berge Zion. Hebr. XII. 22.	war das Vorbild des Himmels. Hebr. IX. Die Bundeslade und der Gnadenstuhl, zwischen den Cherubim im Allerheiligsten. 2 Mos. XXV, 22. 2 Chron. V, 7. Hebr. IX, 5.
Berg Zion, oder Reich Gottes. Vierter Himmel. Die Krone des Lebens. Offenb. II, 10. Esaj. II, 2. 3. XXIV, 23. XXXV, 10. Hebr. XII, 22. Offenb. XIV, 1 — 5.	Wohnung derer, die zum Maaße der vollkommenen geistlichen Manns-Größe Jesu Christi gelangt sind — der Erstgebornen — der vollendeten Heiligen. Ephes. IV, 13.	Das Allerheiligste. 1 Kön. VI, 16. 2 Chron. III, 8. Hebr. IX, 3.
Dritter Himmel. Das Leben. Matth. VII, 14. Joh. V, 24. Offenb. II, 7. Luca XXIII, 43. 2 Cor. XII, 2. 4.	Wohnung derer, die reines Herzens sind, oder die zur vollkommenen Abtödtung ihrer Lüsten und Sinnlichkeiten gelangt sind. Matth. V, 8. Mal. III, 3. Ephes. V, 27. Hier sind die zehn Jungfrauen, die nicht Bräute, aber zu der Hochzeit des Lammes eingeladen sind. Matth. XXV.	in welches nur die Priester den Eintritt hatten. 2 Chron. III, 1 — 7. Hebr. IX, 2. 6.
Zweiter Himmel. Offenb. XX, 13. Wird Joh. XI, 11. der Schlaf genannt. 1 Cor. XI, 30.	Wohnung derer, bey welchen die Wiedergeburt und der Kampf gegen die Sünde angefangen hat, von der untersten Stufe bis zum vollkommenen Sieg. Unvollkommene Wiedergeborne.	Priester wuschen, ehe sie in das Heilige eingiengen. 2 Mos. XXX, 18 — 21. 1 Kön. VII, 23. Es stund im Vorhof.
Erster Himmel. Röm. VIII, 13. Offenb. XX, 13. 14. I, 18. Esaj. XXV, 8. Hos. XIII, 14.	Wohnung der ganz natürlichen Menschen, die nur an irdischen Dingen Geschmak und Vergnügen hatten, und sich nicht bestrebt haben, weder die Sinnlichkeit und die Sünde zu bekämpfen, noch wiedergeboren zu werden — ob sie gleich übrigens Gott fürchteten.	Hier ist es, wo Jesus lehrte; dann die drey, der Vorhof, das Heilige und das Allerheiligste, wurden zusammen der Tempel genannt. Matth. XXI, 12. 13.
Die Höllen. Offenb. XX, 13. 14. I, 18.	Wohnung der bösen Menschen, die in Haß, Ungerechtigkeit, Geiz, Unreinigkeit, Hochmuth oder in andern Lastern gelebt haben, und so gestorben sind.	Das Thal Kidron, ein dunkles Thal, unten am Tempel.
Feuer-See. Offenb. II, 11. XIX, 20.	In diesen werden alle diejenigen nach dem jüngsten Gerichte geworfen, deren Namen nicht werden im Buche des Lebens geschrieben gefunden werden — oder alle die bis dahin sich nicht haben bessern wollen. Offenb. XIX, 20. XX, 10. 14. 15. XXI, 8. — Aber die drey andern Welten, oder Behältnisse, das Meer, der Tod und die Hölle, werden abgeschafft, und ihre Regenten, oder Fürsten, in den Feuerpfuhl geworfen werden. Offenb. XX, 13. 14. XXI, 1.	Das Thal Hinnom, oder die Gehenna.

Feuille imprimée et coloriée représentant les « demeures des trépassés », des enfers au royaume de Dieu, qu'Oberlin distribuait volontiers à ses paroissiens et visiteurs.

Stuber tente à de nombreuses reprises de convaincre Oberlin de revenir à une conception plus « pragmatique » de sa pastorale, en comparant en particulier les bienfaits des « nouvelles et des vieilles méthodes ». L'homme qui se croit sauvé court le risque de l'auto-suffisance. La constitution d'une *ecclesiola in ecclesia*, sous quelque forme que ce soit (y compris sous celle d'une petite école), est parfaitement inadaptée à l'exercice spécifique du ministère évangélique au Ban de la Roche. Sous prétexte de toucher parmi ces rudes montagnards les cœurs les plus sensibles, on risque de faire retomber les autres dans l'insupportable despotisme d'une dépendance superstitieuse. Se voyant exclus du cercle des élus, certains risquent au contraire de se retourner contre les autres, remettant en cause l'équilibre d'un système patiemment élaboré par Stuber en son temps.

Des visions de l'au-delà qui font débat

Construit à des fins éducatives, pour asseoir la connaissance de Dieu sur les valeurs traditionnelles de l'étude, du travail, du partage entre les membres d'une communauté unie sur l'essentiel au-delà de ses différences, ce système s'enracine dans un combat contre l'ignorance, source de toutes les crédulités. Par la promotion du savoir à travers les livres, par la maîtrise progressive de nouveaux outils intellectuels, chacun peut s'affranchir de la tutelle extérieure en construisant une pensée autonome, une expérience spirituelle individualisée. Or les populations rurales se méfient naturellement de ce nouveau pouvoir de penser ; seule la confiance absolue dans le jugement de leur pasteur permet à la communauté de se mettre en mouvement. Ainsi Stuber a-t-il peur, peur d'entamer une polémique sans fin avec son collègue, dont il reconnaît les qualités humaines par ailleurs, peur de voir son fragile édifice réduit à néant, peur de son impuissance strasbourgeoise... Et lorsque « l'épine qui habite sa conscience » se fait trop présente, le ton de la correspondance devient pathétique :

> Il y a longtemps que j'appréhendais de répondre à votre longue lettre, mais je ne peux m'empêcher d'affirmer que vous ne m'avez certainement pas bien compris. Sans doute faut-il que je m'en remette à la providence en attendant une occasion pour nous expliquer de vive

> voix. Mes forces n'y suffisent absolument pas et cela m'amènerait à écrire tout un traité. Et de plus nous ne sommes pas des antagonistes qui s'attaquent et se blessent en se donnant mutuellement des ordres. Nous sommes des frères qui discutent ensemble, se consultent, cherchent des solutions, travaillant au salut et à l'avantage de l'un et de l'autre. Que Lui, le Parfait, vous conduise. Lorsque deux jeunes filles sont ensemble, il y en a toujours une qui enlève une poussière sur l'autre, animée d'un amour sincère, pas du tout par esprit de censure, mais pour le bien commun dont elles savent bien ce qu'il est, l'une pour l'autre.
>
> [...] Notre besoin c'est bien une volonté qui ne soit pas simplement animée par une conviction rationnelle mais directement par Dieu, tout en étant rationnellement convaincue, une sainte retenue, un respect, quelque chose qui abatte, soumette, écrase notre mentalité bien trop libre par nature et la rende douce, docile, obéissante et humble. David dit: « Je crains ta droite au point que ma peau frissonne. » Paul parle de crainte et de tremblement.
>
> Certes il ne s'agit pas de craindre Dieu comme s'il était un barbare armé du fouet à esclaves, mais d'appréhender le malheur qui serait d'être, de devenir méchant, d'être, de rester une créature indigne et de devenir source de malheur pour les autres, cause de détresse et de dégoût pour tout notre entourage.
>
> Voilà, me semble-t-il, le critère particulier avec lequel corriger les méthodes anciennes aussi bien que les modernes. On veut se débarrasser de la crainte de Dieu et faire place à la crainte du malheur. Car le déchirement et l'écrasement sont absolument nécessaires pour dompter l'esprit impudent. Et c'est ce que nous dit l'Écriture tout au long. Mais ce résultat ne s'obtiendra pas par de simples convictions ou remontrances, par la seule concrétisation des preuves et des mobiles. Il faut terrasser l'esprit indompté sinon sa prétendue liberté deviendra caprice, indiscrétion ou arrogance. Ce qu'il nous faut c'est une discipline de l'esprit à laquelle doit se soumettre l'homme que Dieu mène à la vie et à la perfection. La volonté propre doit être livrée à la mort de Christ, nous devons mourir à nous-mêmes, nous anéantir en nous-mêmes; alors seul Dieu pourra agir en nous. Voilà pourquoi, malgré toutes leurs erreurs, les chrétiens de Halle (« piétistes ») sont si dociles à la grâce alors que les autres (« orthodoxes ») lui sont si rétifs (Baum, 1998, pp. 106-108).

L'ultime échange entre Stuber et Oberlin, que nous souhaitons porter au dossier, concerne la forme la plus « ésotérique » des pratiques mystiques du second: la question des visions de l'au-delà, consécutives en particulier à la mort de son épouse (18 janvier 1783), qui le conduiront entre autres choses à élaborer les tableaux représentant la « demeure des trépassés » (musée Oberlin). En effet, sans doute influencé par ses lectures des théologiens piétistes tels

Bengel[1], Lavater et Swedenborg, Oberlin semble avoir entrepris une collecte de « visions » dans sa quête théosophique d'informations sur l'au-delà[2]. Au retour d'une visite au Ban de la Roche, Stuber, visiblement très affecté, lui adresse cette longue diatribe :

> Écoutez, cher ami, le fils Oberlin qui a fait le voyage avec nous, a eu l'occasion de nous raconter en route diverses histoires de fantômes et nous a déclaré dans sa naïveté que vous en collectiez de toutes sortes auprès des Ban-de-la-Rochois, que vous en constituiez une collection et que vous lui en auriez raconté un bon nombre. Puis-je vous rappeler d'être prudent. Lorsque les gens de la campagne se voient écoutés et crus, cela encourage leur penchant naturel à croire, à craindre et à colporter de telles choses, à y réfléchir et rapidement la communauté pourrait à son grand dommage être marquée de crainte et d'esprit superstitieux. Il en résulte alors beaucoup de pensées mauvaises, d'histoires de sorcellerie, de suspicion, d'accusation, de haine, de disputes, d'envie et de refus de pardon, entre autres. On s'occupe beaucoup de Satan, d'esprits ; les gens ont des visions d'horreur ; un peu partout les grands et les petits enfants prennent peur et bientôt il y aura des fantômes dans tous les chemins creux. Au lieu de l'amour heureux et de la confiance au Créateur tout-puissant, la préoccupation de Satan et de son pouvoir entraîne des sentiments vraiment noirs et obscurs et pour certains peut-être même l'idée, l'envie d'aller voir si on peut attendre quelque chose de Satan. Dans la pensée de chacun, comme par une sorte d'idolâtrie insinuée dans les esprits, à côté du Dieu bon viendra prendre place un autre, méchant, auquel, comme chez les nègres et d'autres païens, ils penseront davantage et qu'ils honoreront plus que le vrai Dieu. Vous le constaterez vite : là où l'on s'ouvre volontiers à la fois aux esprits, à la crainte des fantômes, il y a peu de crainte de Dieu. La croyance aux esprits rend les gens grossiers, sombres et méchants, alors que la crainte de Dieu doit les rendre doux, patients, gais, simples, fidèles, honnêtes et courageux, croyant au Nouveau Testament. Je ne doute nullement de l'existence du diable, ni du fait qu'il puisse y avoir des fantômes, mais dans ces questions il faut faire preuve de beaucoup de circonspection, à cause de la faiblesse des gens.
>
> 1) Est-il vrai que, sur cent histoires qu'on vérifierait avec soin, il n'y en a souvent guère qu'une qui s'avère authentique ?

1. Bengel, J. (1747), *Sermons sur l'Apocalypse*, Stuttgart. « Cette lecture m'a donné des éclaircissements incomparables » (Oberlin, 2. *Tagbuch*, année 1769. Strasbourg, AMS, ms 401). « Mort du Dr Bengel auquel il avait été donné d'expliquer si admirablement la sainte Apocalypse » (Oberlin, *Tableau chronologique des évènements qui m'intéressent*. Strasbourg, AMS, ms 206 II). Oberlin constitue une *Anthologie des Aussichten in die Ewigkeit* de Lavater en 1772-1773. Swedenborg, E. (1782), *Les Merveilles du ciel et de l'enfer*, Berlin.

2. Le 15 février, Oberlin fait dans son *Tableau chronologique* le récit suivant : « Et le lendemain même danger effroyable en traversant la Bruche sur deux arbres glacés en dos d'âne et sans garde-fous, où nous avons été garantis de la chute dans l'eau prise et coagulée à demi – garantis d'une manière miraculeuse ! par une main invisible. »

Cette image dite de la réconciliation illustre le précepte d'Oberlin :
« Pour comprendre son prochain et son point de vue, il faut se mettre à sa place ».
Grâce aux plis en accordéon, selon qu'on se place en haut ou en bas, on distingue une rose ou un ange.

> ainsi de suite, ce qui peut mener très loin. Oh, j'en suis sûr, vous pourriez causer un grave dommage majeur à la pauvre communauté.
> 3) Vous voyez comment cette affaire peut parvenir jusqu'ici et toucher encore bien d'autres personnes, sans que vous vous en doutiez.
> 4) Et si maintenant on vous discrédite, disant que vous, le pasteur de la communauté, vous lui faites du mal en encourageant la superstition, que ce n'est pas votre rôle, mais une curiosité malsaine à laquelle vous vous livrez de votre propre initiative !...
> J'arrête là. Par pitié, ne vous vexez pas ! Je n'ai pas su m'exprimer convenablement, tout ce que j'écris aujourd'hui est trop long. Je ne suis pas du tout en forme, me semble-t-il, et j'aurais bien envie de déchirer cette feuille. Dois-je le faire ? Non, faites-le vous-même et prenez patience avec moi, votre pauvre et misérable ami. J'ai de nouveau ce sentiment – et il me rend malade pour trois, quatre jours et même plus – que j'ai écrit cette page alors que je souhaiterais tellement ne pas l'avoir écrite. Malheureux que je suis, que dois-je faire ? Je recherche le bien et ce que je fais est tel que je peux à peine le supporter, que je le regrette, que cela me fait honte et me coûte presque la vie (Stuber, 20 juillet 1782).

Nous ne connaissons malheureusement pas la teneur de la réponse... Stuber, toujours soucieux de protéger ses anciens paroissiens de l'obscurantisme, de la superstition qui symbolise l'œuvre de Satan, ennemi de la vérité et du savoir, crie sa révolte contre ce « détournement de la fonction d'instituteur » que représente à ses yeux l'attitude du pasteur. Que dire de la crédulité des élèves lorsque le maître lui-même accorde foi à ce qui n'est pas éclairé par les lumières de la raison ? Stuber semble se faire peu d'illusions sur le devenir de ses conseils... Il se trompe visiblement puisque cette lettre est parvenue jusqu'à nous. La fin de l'écrit témoigne d'une véritable souffrance et d'un constat pathétique d'impuissance autocritique. Le silence lui succédera bientôt.

« Et plus bas, et plus haut ! »

S'interrogeant sur les tendances mystiques, voire gnostiques, de Jean-Frédéric Oberlin, Henri Strohl, moins sévère que Stuber à cet égard, reconnaît au personnage une capacité particulière à explorer l'univers du « haut », ce qui renforce, s'il en était besoin, sa proximité avec l'approche zinzendorfienne :

> Oberlin aurait été une de ces âmes moins limitées que d'autres par le corps et capables d'entrer en contact direct, sans l'intermédiaire des

> sens, avec d'autres âmes et avec un monde spirituel pour lequel l'espace et le temps n'existent pas. S'il en est ainsi, ses intuitions des réalités extrasensibles seraient autre chose que le produit de l'imagination (Strohl, 1926, pp. 201-202).

Au terme de ce tour d'horizon des conceptions théologiques de Jean-Frédéric Oberlin, plus d'une question demeure, qui mérite d'être posée :

– Y a-t-il eu une réflexion globale du pasteur de Waldersbach concernant une apologétique de terrain, s'appuyant sur l'esprit du temps, ou en rupture avec lui ?

– Quelle est véritablement la part des dimensions gnostiques et mystiques, dans la foi d'Oberlin ? L'initiation, la quête d'une relation immédiate avec Dieu doivent-elles être comprises dans le cadre d'un « compromis » avec l'orthodoxie (au sens de l'allemand *Vermittlung*, « accommodation ») dans la lignée des Baumgarten (1706-1757), Michaelis (1612-1674) ou Semler (1725-1791) ?

Oberlin lui-même ne donne pas de réponse construite. En matière de théologie comme dans d'autres domaines, il présente une pensée polymorphe. Fidèle dans ses actes à l'éthique morave, il entretient des relations suivies avec des personnalités civiles ou religieuses d'origines confessionnelles différentes de la sienne. C'est ce qui le conduit en particulier à reconnaître à la Révolution le mérite d'avoir permis une cohabitation pacifique entre les différentes Églises représentées sur le sol national. D'une manière générale, le comportement d'Oberlin pendant les années révolutionnaires atteste d'une adhésion aux grands principes humanistes. Sous la Terreur, il connaît, comme beaucoup d'autres, certaines entraves dans le libre exercice de son ministère pastoral. Pour contourner ces difficultés, il crée alors une structure originale, le « club », au sein de laquelle il tente de faire cohabiter morale civique et édification spirituelle[1].

Rappelons pour conclure que le « tableau de réconciliation » constitue une pièce maîtresse de l'historiographie de Jean-Frédéric Oberlin : c'est aujourd'hui encore, par exemple, la carte postale la plus vendue au musée de Waldersbach :

> On raconte qu'Oberlin, le bon pasteur du Ban de la Roche, lorsque

1. « 1794. Avril 9. Voulant commencer le service divin à l'église de Waldersbach, je fus interdit de toute fonction ministérielle quelconque. Et j'établis d'abord un Club ou Société populaire, et sous ce nom nous pûmes continuer nos assemblées religieuses » (Oberlin, J.-F., *Sources de réflexions, sujets de prières, actions de grâces ou tableau chronologique d'évènements qui m'intéressent*, Strasbourg, AMS, ms 206-II, p. 49).

> deux de ses paroissiens venaient le trouver pour lui demander de juger entre eux dans quelqu'un de leurs différends, avait coutume de leur montrer un tableau qui représentait d'un côté une rose, de l'autre un oiseau. « Que représente ce tableau ? » demandait-il à l'un de ses paysans. « Une rose », répondait celui-ci. « Et vous, que voyez-vous ? » continuait Oberlin en s'adressant à l'autre. « Mais c'est un oiseau », répondait-il, étonné de la méprise de son adversaire. Oberlin les engageait alors à changer de place. « Vous le voyez, leur disait-il, il ne s'agit pour chacun de vous que de quitter son point de vue pour se mettre au point de vue de l'autre, et vous voilà d'accord. Essayez de faire de même pour la chose qui vous divise ; cela vous réussira aussi bien. Savoir se mettre à la place des autres, c'est là le grand secret de vivre en paix avec eux et avec nous-mêmes » (*Almanach des familles*, 1854).

Dans les collections actuelles du musée existe un exemplaire du « tableau de réconciliation » réalisé de façon différente. Les deux images doivent se regarder non de la gauche vers la droite, mais du haut (un petit ange tenant une couronne tressée à la main) vers le bas (une rose), ce qui oblige le spectateur à se baisser... Sans vouloir tomber à notre tour dans le piège de l'historiographe, osons une interprétation de cette image, comme une métaphore de la doctrine oberlinienne : « Et plus bas, et plus haut ! »

L'immense herbier d'Oberlin, dont voici une planche, se compose de quarante-cinq liasses de vingt-cinq dossiers dans lesquels les plantes sont regroupées par espèces ou groupes d'espèces.

SCIENCES

Le savoir, instrument de progrès social

Parmi les multiples activités développées par Jean-Frédéric Oberlin dans son long ministère au Ban de la Roche, les sciences de la nature constituent autant de référentiels dans l'étude desquels le pasteur d'hommes puise des éléments nécessaires à sa compréhension du « divin ordre du monde ». Cette alliance objective entre science et théologie peut paraître paradoxale pour le cartésianisme latin. Elle l'est beaucoup moins dès lors que l'on accepte de se référer aux débats des philosophes de l'*Aufklärung*, animés en particulier par Gottfried Wilhelm Leibniz (1646-1716) puis Christian Wolff (1679-1754) :

> En faisant son devoir, en obéissant à la raison, on remplit les ordres de la suprême raison. On dirige toutes ses intentions au bien commun, qui n'est point différent de la gloire de Dieu ; l'on trouve qu'il n'y a point de plus grand intérêt particulier que d'épouser celui du général (Wolff, 1981, p. 27).

Or, qu'il agisse en symbiose ou en réaction avec les idées de son temps, Jean-Frédéric Oberlin est nécessairement un être historique, porteur de son époque et de ses préoccupations ; il ne peut ignorer les débats idéologiques qui la traversent.

Sur les traces du « divin ordre du monde »

Les traces laissées par le locataire du presbytère de Waldersbach, témoignages d'un rapport dialectique et mutuel entretenu entre théologie et raison, se cristallisent dans deux dimensions au moins : ce que nous appellerons dans un premier temps, par commodité de langage, la « recherche pure », et, à un second niveau, la vulgarisation et la transposition didactique de cette recherche.

La quête d'Oberlin chercheur en sciences naturelles s'articule autour de la question centrale de classification. Elle apparaît dans les nombreux manuscrits qui trient, répertorient, décrivent, représentent en particulier les plantes, en fonction de leurs attributs, de leur utilisation pour la nutrition, les soins, la teinture.

Le grand herbier[1] et la collection d'histoire naturelle se distinguent à cet égard comme le chef-d'œuvre du pasteur naturaliste. Pour autant, l'entreprise est-elle scientifique ? Certes, Oberlin utilise pour construire son herbier la classification (aujourd'hui obsolète) du naturaliste suédois Carl von Linné (1707-1778), système basé sur le nombre et la disposition des étamines, auquel on ajoute la classe des cryptogames (Bierry, 1969, pp. 21-40 ; 1977, pp. 25-29). Mais cette classification, introduite dans l'enseignement universitaire strasbourgeois par le botaniste Jacques-Reinhold Spielmann (1722-1783), qui devait servir de base à une *Flora alsatica* rédigée par Jean Hermann (1738-1800) et son fils Jean-Frédéric (1768-1793), n'a rien d'original pour l'époque. Oberlin pouvait en outre s'appuyer sur les travaux de Marc Mapp (dit Mappus, 1632-1701), terminés et publiés par Jean-Chrétien Ehrmann (1710-1792) en 1742, l'*Historia Plantarum alsaticarum : postuma opera et studio*, qui proposait une liste d'espèces régionales avec leurs localisations. Ses notes de lecture font également mention d'une *Flore d'Alsace* (1802) de Jean-Chrétien Stoltz (1764-1828), professeur d'histoire naturelle au gymnase de Strasbourg, ainsi que d'une *Histoire des plantes* (1753).

Quid novi ? En fait, ces principes d'organisation naturalistes ne représentent en rien une finalité pour la quête d'Oberlin. Sont projet est autrement plus vaste et foisonnant. En témoigne, à titre d'exemple, le rapprochement pour le moins ésotérique qui l'amène à rechercher, au-delà d'une apparente diversité, les constantes cachées des êtres et des plantes, par le biais de la physiognomonie (Oberlin, 3 vendémiaire

1. Quarante-cinq liasses, chaque liasse comprend environ vingt-cinq dossiers dans lesquels les plantes sont regroupées par espèces ou groupes d'espèces.

an IX)[1]. La science naturelle n'est de fait qu'un outil, parmi d'autres, d'autant plus utile qu'il est perfectionné, au service de la connaissance du « divin ordre du monde ». Il ne peut y avoir conflit entre Raison et Révélation car Dieu ne révèle rien qui ne puisse être connu par la Raison, comme l'exprime bien le philosophe Hermann Samuel Reimarus (1694-1768) :

> Dans le vaste plan du système de toutes choses où nous apparaît d'emblée la religion purement rationnelle, règne une totale cohérence qui non seulement ne laisse subsister dans l'âme aucune obscurité et aucune confusion mais la forme à toutes les perfections et assouvit ses aspirations naturelles. Nous y trouvons l'archétype de toute perfection, dont la contemplation nous plonge continuellement dans l'admiration, le respect, la vénération et l'amour. Nous commençons nous-mêmes à devenir intelligents et sages dans la mesure même où nous prenons conscience de la grande intelligence qui se révèle dans cet arrangement et cet ordre du monde, ainsi que de l'infinie noblesse des intentions qui y sont mises en application avec la plus grande sagacité (Reimarus, 1781, p. 692 et suiv.).

L'apport de Jean-Frédéric Oberlin à la recherche fondamentale n'est sans doute que marginal. Même la volonté systématique de faire entrer dans ses classifications le patois du Ban de la Roche participe d'une tradition philologique initiée par son prédécesseur Jean-Georges Stuber et consacrée par son frère Jérémie-Jacques (dans son *Essai sur le patois lorrain des environs du comté du Ban de la Roche*, 1775). L'alliance entre science et théologie porte du fruit dans un autre contexte que l'on devine par l'examen attentif de ses multiples inventaires, fiches pédagogiques et sermons, en liaison avec les préoccupations quotidiennes des Ban-de-la-Rochois (texte SCIENCES). Car, entre les mains du pasteur pédagogue, la science devient une arme pour soulager la misère, secouer l'inertie, introduire de nouvelles cultures, de nouvelles pratiques sanitaires ou phytothérapiques.

Le propre du pédagogue est de s'ériger en théoricien de sa propre pratique ; son discours se doit d'être critique tant par rapport à la tradition culturelle de référence que par rapport aux concepts auxquels il se réfère. Oberlin n'échappe pas à cette règle comportementale. Offrir une alternative culturelle crédible dans un contexte donné revient à

1. Entre 1775 et 1778, Johann Kaspar Lavater (1741-1801) écrit ses *Fragments de physiognomonie, pour la promotion de la philanthropie et la connaissance des hommes*. À partir de 1784, Oberlin commence à noter et commenter des extraits de cet ouvrage qui l'intéressent particulièrement.

réunir, au moins dans le discours, les conditions qui rendent possible la traduction d'idées nouvelles en actes éducatifs. Le pasteur pédagogue se mue ainsi en «truchement», interface entre le savoir savant et la tradition populaire: traduire l'idée en lui donnant forme d'évidence, tel est l'objectif.

Plus que la «recherche pure», c'est bien cette volonté de vulgarisation ou, pour utiliser une terminologie moderne, de transposition didactique, qui fait œuvre chez Oberlin. Investir l'espace pédagogique, à l'intersection du monde des idées et de celui des réalités pratiques, revient alors à accepter les règles d'une double interrogation: Jean-Frédéric Oberlin questionne, se questionne et, ce faisant, nous questionne. Il questionne l'univers conceptuel, se confronte et confronte des écrits parfois éloignés de sa culture d'origine, au regard d'un «mal être» reflété par le miroir de sa *praxis* au quotidien.

Lire, trier, classer, ordonner, comprendre

Sa quête de sens n'a rien d'un dilettantisme scientiste. Elle reste guidée par un projet évangélique qui place l'homme au cœur de la création. Elle contribue à apporter des réponses au quotidien, à communiquer, à encourager, à rassurer, à consoler... sans pour autant tomber dans l'activisme et perdre le fil qui se tisse inlassablement, par la recherche dans les livres, de ce qui participe à la cohérence qu'il appelle de ses vœux. Certes, Oberlin est curieux de la pensée scientifique, philosophique, religieuse et pédagogique de son temps, comme en témoignent ses nombreuses notes de lecture (*Tagebücher*). Mais cette curiosité reste imprégnée du quotidien, tel par exemple ce commentaire, rédigé en 1774, à propos du *Socrate rustique*[1], la bible des physiocrates de Johann Kaspar Hirzel (1725-1803), traduite en français par Jean Rodolphe Frey: «Un modèle incomparable pour les paysans du Ban de la Roche!»

À la description de la conduite économique et morale d'un paysan philosophe résonne comme en écho cet autre commentaire de 1777, rédigé à propos des *Lettres de minéralogie* (1776) de Ferber:

1. Hirzel, J. K. (1761), *Die Wirtschaft eines philosophischen Bauern.*

> Bon surtout pour un minéralogiste. Pour moi, j'y ai appris la nomenclature française des pierres, que j'avais longtemps par ailleurs cherchée en vain, et puis beaucoup de particularités intéressantes sur les volcans, etc., que j'ai marquées par des traits d'encre verte.

Ainsi Oberlin lecteur n'est guère passif ; il agit, trie, classe, rature, réorganise et laboure inlassablement le champ des idées pour en extraire les fruits utiles à sa quête de cohérence. De la matière première des livres naît une matière transformée, rendue « digérable » sous forme d'innombrables notes, de fiches adaptées tant au niveau des adultes qu'à celui des enfants, mais aussi de sermons. Car, du lieu même de la parole, la science, ou sa forme transposée, n'est pas exclue, bien au contraire (texte SCIENCES).

Doit-on s'étonner d'une pareille utilisation, qui pourrait apparaître contre nature, d'un sermon, outil de vulgarisation scientifique plus que d'édification spirituelle ? Loin s'en faut si l'on se réfère à nouveau à Wolff, qui ne relève lui-même aucune contradiction entre théologie dogmatique et religion naturelle, ou religion selon la raison, puisque la loi naturelle n'est autre que la raison divine. C'est cette cohérence entre nature, raison et théologie que Reimarus résume à nouveau à sa manière : il y a des vérités qui sont communes à la raison et à la foi, sur lesquelles il est aisé de s'accorder. Elles constituent le fonds de la religion naturelle :

> Notre science de la nature, dans toute sa diversité allant du plus grand au plus petit, notre connaissance des lois générales et particulières du mouvement, du cours des planètes, des causes du changement dans le ciel, dans l'atmosphère et sur la terre, de la constitution, de la reproduction, de la nutrition, de la croissance des plantes et des bêtes, et de toutes autres choses encore qu'il est donné à notre entendement de connaître, tout cela n'est rien qu'un pâle reflet de cette sagesse et des règles que Dieu a réellement mises en œuvre dans sa Création. Cette science n'est du reste attirante et nourrissante que dans la mesure où nous y percevons la perfection et la concordance des choses ainsi que l'accomplissement le plus adéquat des fins infiniment bonnes qui furent celles du Créateur. Alors nous trouvons dans l'étude et la contemplation des choses une source inépuisable d'extrême satisfaction, des miracles, des tours de force et des exemples toujours renouvelés d'un entendement infini. Alors nous ressentons aussi les avantages de notre âme puisque nous voyons réunis dans le livre de la nature visible les pensées les plus sages et les témoignages les plus grands de la bonté de l'esprit invisible (Reimarus, 1781, p. 692 et suiv.).

L'ampleur du projet de transposition didactique entrepris par Jean-Frédéric Oberlin au Ban de la Roche, attestée par le récapitulatif qu'il dresse lui-même en 1780, se fonde incontestablement sur une capacité de lecteur hors du commun :

> Récapitulation du nombre de livres que j'ai lus depuis : 1766 – 39 ; 1767 – 30 ; 1768 – 20 ; 1769 – 27 ; 1770 – 13 ; 1771 – 20 ; 1772 – 18 ; 1773 – 31 ; 1774 – 29 ; 1775 – 77 ; 1776 – 29 ; 1777 – 40 ; 1778 – 64 ; 1779 – 50 ; 1780 – 51 ; 538 livres[1].

Suite à l'étude de quelque traité d'optique, par exemple, il rédige un commentaire, dans un langage accessible au plus grand nombre, en réponse à une préoccupation de la vie quotidienne de ses paroissiens : pourquoi les vieillards ont-ils besoin de lunettes ?

> Nous avons dit que : dans les vieillards les cristallins sont trop plats, et leurs masses trop roides ; ils ne peuvent donc pas réunir assez tôt les rayons pour les peindre sur le fond de l'œil, où est la rétine, ou le réseau, ou la tapisserie du nerf optique.
> Pour y remédier ils prennent un verre convexe, ou un verre à grossir, ou verre de lunette, qui par sa convexité rapproche les rayons de lumière, avant qu'ils arrivent au cristallin. De cette manière le cristallin peut réussir à les réunir assez pour qu'ils se peignent sur la rétine, ou la tapisserie, qui est au fond de l'œil (Oberlin, MO).

Mais l'avidité de savoir du pasteur de Waldersbach ne saurait se satisfaire de connaissances purement livresques. La transposition trouve ainsi son origine autant dans l'expérience que dans les livres. Et l'on retrouve en ce domaine une grande cohérence avec l'approche théologique : « Et plus bas, et plus haut ! »

Phytothérapie et médecine naturelle

Les champs de la médecine et de la pharmacie constituent des lieux d'exercice particulièrement symboliques, au sein desquels les données de la quête scientifique sont mises au service du prochain. Au Ban de la Roche, il n'est de science qu'appliquée à l'amélioration de la condition humaine ! Dès son arrivée à Waldersbach, Oberlin lutte sur plusieurs fronts pour améliorer l'état sanitaire de la population : il consacre les premières années de son ministère à étudier et à réperto-

1. Oberlin, J.-F., *Notes de lecture*, Strasbourg, AMS ms 403.

rier l'ensemble de la flore locale, pour pouvoir ensuite diffuser ses recherches par le truchement des instituteurs et des conductrices ; il se préoccupe de former des sujets capables, pour pallier à l'absence de médecin, de sages-femmes, etc.

Il est raisonnable de penser, compte tenu de la richesse de la flore locale, qu'un savoir phytothérapique préexistait chez les habitants du Ban de la Roche. La population connaissait déjà certaines plantes et savait les utiliser à des fins thérapeutiques, comme le précise Henri-Gottfried Oberlin (1778-1817), fils du pasteur, qui cite dans sa thèse vingt et une plantes « naturelles au pays, qui servent d'alimentation à ses habitants, principalement au printemps » (Oberlin, 1806). Cette « liste des herbes sauvages que l'on mange au Ban de la Roche » est actualisée par Carcenac (1986, pp. 149-150). Elle comporte principalement : le pissenlit, le navet sauvage, les orties, le houblon, l'oseille sauvage, les renoncules, le chanvre sauvage, la petite scrofulaire, le bon Henri (épinard sauvage), la bistorte, le plantain majeur jeune, l'épilobe, la rhubarbe des moines (*rumex alpinus*), le cresson de fontaine, le colza (navette), le mouron, le panais sauvage, la grande consoude, la bourrache, la primevère, le trèfle de castor, la benoîte, plantes auxquelles il convient d'adjoindre le gland, à condition de le rendre mangeable :

> Pour rendre le gland mangeable.
> Trempez-le un jour ou deux dans l'eau, faites-le bouillir ensuite dans de la lessive, jusqu'à ce qu'il s'écrase aisément entre les doigts. Il jette une écume abondante, qu'il faut soigneusement ôter. Lavez-le bien lorsqu'il est cuit, et faites bouillir encore un peu, dans une eau où on met d'abord un peu de potasse, ou seulement des cendres liées dans un linge, puis un peu de sel commun, alors il est très mangeable, et il peut se conserver longtemps dans son eau.
> Ajoutez qu'en tout temps et partout, il sera trouvé assez bon en salade, surtout si on a soin de l'écraser dans l'assaisonnement avant de le manger (Oberlin, MO).

Mais la consommation « intuitive » de plantes sauvages n'est pas sans risques, et Henri-Gottfried relate dans son travail certains accidents liés à l'ingestion de substances toxiques :

> J. G. B., bergeron au Ban de la Roche, ayant mangé deux baies de la parisette à quatre feuilles, qu'il trouva d'un goût agréable et huileux, eut des gonflements au point de manquer d'étouffer, des douleurs cuisantes qui faillirent lui faire perdre toute connaissance, des convulsions affreuses à le jeter par terre. Enfin il eut le bonheur de rendre ces

> baies par vomissement. Une soif ardente l'ayant saisi, il but beaucoup d'eau fraîche, vomit encore et se trouva mieux, quoique épuisé de fatigue. Ses forces revinrent peu à peu, et il fut parfaitement rétabli le même jour (Oberlin, 1806, p. 152).

Si pour le petit berger l'aventure connaît une issue heureuse, tous n'ont pas la même chance, tel cet homme qui ingéra de l'ivraie enivrante : « Elle a causé la mort à un homme qui, par avarice, en avait fait faire du pain, et n'y avait ajouté qu'un cinquième de blé (Oberlin, 1806, p. 153). » Afin de rationaliser les pratiques thérapeutiques de sa paroisse, Jean-Frédéric Oberlin ouvre, dès 1770 dans son presbytère, une pharmacie de charité au sein de laquelle il délivre gratuitement des remèdes et des plantes médicinales. Cette pharmacie est organisée selon les principes de Tissot (1728-1797), médecin suisse qui, en 1761, avait fait une publication dans laquelle il exposait le traitement de certaines affections, afin de le mettre à la portée du peuple : *Avis au peuple sur sa santé*. La mise à disposition de remèdes s'accompagne de conseils relatifs à l'hygiène et à l'alimentation. Progressivement, par le biais des leçons des instituteurs et des conductrices, tout un chacun sera mis en demeure d'apprendre à se procurer par lui-même les plantes utiles, et à savoir préparer tisanes, pommades et décoctions en respectant une recette préalablement établie. Au programme des écoles figure en particulier la connaissance des vertus thérapeutiques de végétaux répartis en huit classes : les nourrissants, dont les astringents ; les fortifiants ; les émollients ou relâchants ; les irritants ; les anodins endormants ; les atténuants ; les évacuants ; les toxiques.

L'accès aux soins pour tous s'est aussi concrétisé par la rédaction de fiches associant conseils d'hygiène et indications thérapeutiques pour les pathologies communes : l'hydropisie, les éruptions, la variole, les pneumonies, les maladies aiguës. L'on enseigne aussi les « gestes qui sauvent », en informant sur l'attitude correcte à tenir envers les noyés, asphyxiés ou engelés. Précisons encore que, dès 1800, cette pharmacie de charité permet la diffusion de la vaccination contre la variole. L'officine d'Oberlin cesse d'exister en 1825, lors de l'ouverture de celle de Rothau.

L'intérêt du pasteur de Waldersbach pour le soin des corps, complémentaire à celui des âmes, s'est visiblement transmis à ses deux fils, qui furent à leur tour pasteurs et médecins, Charles Conservé (1776-1853) à Rothau puis à Fouday, et Henri-Gottfried, qui assista son père à Waldersbach.

Former des médecins et des sages-femmes locaux

L'absence au Ban de la Roche de personnel médical convenablement formé, à l'orée du ministère de Jean-Frédéric Oberlin, constitue un handicap supplémentaire au développement social de la vallée. Henri-Gottfried prétend, dans son ouvrage de 1806, qu'avant l'arrivée de son père le principal remède connu par la population locale était un mélange d'huile d'olive et d'eau-de-vie, et que les seuls soins dont ils bénéficiaient étaient des saignées par routine, à certaines époques de l'année, pour lesquelles des gens de passage venaient offrir leurs services. Les autorités locales semblent s'être émues de cet état de fait, puisqu'en 1771 elles soumettent au baron de Dietrich le projet de faire s'établir à Rothau un sieur Muller, médecin et chirurgien, avec une pension assignée par le pays. Visiblement consulté sur ce projet d'installation par de Dietrich, Oberlin s'y oppose, en raison du manque de compétence de ce « bon opérateur de descente » en matière médicale :

> Il se trouve dans nos environs un homme appelé Muller, qui se mêle de chirurgie et de médecine. Quant à la première, il a fait des opérations de descente, ou hernies, qui ont bien réussi. Hormis celle qu'il a faite sur un enfant qui n'eut pas deux mois encore, ce qui est défendu en Hollande, sous peine de fouet, et en France sous peine de galère.
> Mais pour ce qui regarde les maladies intérieures, il y est aussi ignorant qu'il est hardi. La vitesse de sa langue en expliquant les causes des maladies sait un peu cacher la profondeur de son ignorance, mais celle-ci transpire malgré lui et se fait sentir à quiconque a la moindre peinture de la médecine, aussi a-t-il donné des conseils si mal digérés et souvent si contraires, que je me vis forcé d'avertir plusieurs paroissiens de se garder de lui, puisqu'on peut être bon opérateur de descente sans être bon médecin.
> Et voilà, Monsieur, le sujet que les officiers ont dessein de vous présenter de l'établir à Rothau moyennant une pension qu'il lui serait assignée sur le pays qui a l'honneur de s'appeler le Vôtre.
> Nous avons à Fouday un habile garçon, maître d'école, qui s'applique beaucoup à l'étude de la médecine. Il en sait plus qu'il ne faut pour apercevoir les saillies du susdit M. Muller. Peut-être le pourrait-on un jour donner en apprentissage à quelqu'habile chirurgien, pour lui procurer le droit d'exercer lui-même ce qu'il sait. Son entretien ne tomberait pas à charge au pays puisqu'il est maître d'école (Oberlin, 1771, p. 49).

La requête pour la formation médicale d'un enfant du pays symbolise une constante dans la politique de développement local, menée d'abord par Stuber et poursuivie par Oberlin: point de secours à attendre de l'extérieur. La formation professionnelle, la promotion des plus méritants renvoient à une image de l'aide au développement qui induit une prise en charge autonome de son destin, par une population qui doit retrouver confiance et sens de l'honneur.

«L'habile garçon» dont il est question ici n'est autre que Sébastien Scheidecker (1747-1821), maître d'école à Fouday, incontestablement le plus fidèle soutien d'Oberlin dans ses velléités de réformes pédagogiques et sociales. Sébastien incarne la réussite du programme local de formation d'adultes. Dans ses *Annales*, Oberlin note en 1772, sous la rubrique «Conduite de nos maîtres d'école»:

> Sébastien Scheidecker, maître d'école de Fouday, de Solbach et du Trouchy. 1) A la charge la plus pénible avec celui de Belmont, l'un et l'autre étant obligés de faire tous les jours deux écoles aux trois différents endroits. 2) Aime les enfants. 3) S'applique encore toujours à la lecture des livres de médecine. 4) A porté les bergerons à s'arranger tellement du temps de l'école, que presque tous en puissent profiter (ce qui ne se fait pas dans les autres villages). 5) A eu un pensionnaire de Barr, il y a deux ans. 6) Emploie bien ses soirées de l'hiver à instruire différents garçons qui veulent en profiter, dans l'arithmétique et autres choses utiles. 7) Est prêt à dresser d'autres garçons à servir un jour de maître d'école. 8) Se rend utile et gagne considérablement en faisant des saignées, pas seulement au Ban de la Roche, mais dans plusieurs villages catholiques des environs (Oberlin, 1772, pp. 68-69).

Oberlin, qui l'a remarqué pour sa vivacité d'esprit, l'initie aux notions de médecine et surtout de chirurgie, acquises lors de son séjour chez M. Ziegenhagen, maître chirurgien de Strasbourg. Le baron de Dietrich n'ayant pas donné suite au projet d'installer Muller à Rothau, Sébastien Scheidecker est envoyé à Strasbourg pour compléter sa formation médicale auprès du même Ziegenhagen, et ceci aux frais de Mme de Dietrich qui paye sa pension. À son retour, il dispense à travers la contrée des saignées, des lavements, fait des pansements, traite des fractures et des plaies, et sera le premier à y introduire la vaccine.

Dans sa topographie du Ban de la Roche, Henri-Gottfried Oberlin ne manque pas de remercier Scheidecker pour son aide précieuse: «[...] soit de l'exécution de la carte topographique de ce pays, sur lequel m'ont encore éclairé le jugement solide de l'instituteur Sébastien Scheidecker, cultivateur à Fouday, ainsi que ses expériences sur la partie économique et médicale de ce canton (1806, p. VIII).» Notons encore que le maître de Fouday occupe tout au long de sa carrière des fonctions publiques et religieuses: maire de Bellefosse (1781), de Fouday (1783), député à Colmar, juge de paix, président du «club populaire» sous la Terreur et premier secrétaire de la Société d'agriculture au moment de sa création, il fut aussi Ancien de Fouday et membre laïc du consistoire de Barr. À sa mort en 1821, Oberlin note dans l'*Ancien Livre des bourgeois*: «Homme extrêmement regretté du public pour les innombrables services rendus à toutes sortes d'égards, mais principalement par ses connaissances médicinales employées charitablement (p. 218).»

De sages-femmes non plus, on n'en trouve pas établies au Ban de la Roche, et cette fois Oberlin ne parvient pas à surseoir au projet des autorités locales:

> Du vivant de M. Fried le père, nous avions dessein de faire apprendre à un sujet capable l'art de sage-femme, par le secours de quelques amis généreux. Apprenant que les Officiers en ont été avertis, et craignant où il n'y avait rien à craindre, ils envoyèrent une femme catholique, Catherine Malaisée à Molsheim, elle y profita si bien qu'au bout de six semaines ayant fini ses études elle retourna. Elle se fit ensuite instruire par la veuve de Jacques Holweck, qui passait pour sage-femme par ici, comme plusieurs autres. Jusqu'ici on n'a contraint personne de se servir de cette nouvelle sage-femme. Les Officiers ont coutume d'avancer doucement (Oberlin, 1771, p. 50).

Oberlin finit par faire instruire des sages-femmes protestantes à Strasbourg, qui s'installèrent ultérieurement à Waldersbach.

Lutte contre la résignation et la mort

Prendre soin du corps pour espérer élever l'âme; combattre la misère sous toutes ses formes, pour rendre à l'homme dignité et sens de l'honneur; faire de la science une arme pour lutter contre le poids de l'ignorance et des préjugés... Un récit intitulé «Les trois prétendues mortes revivifiées. Juliette Spendler, Marie-Paisible Scheidecker et Concorde Caquelin», extrait des *Annales* (1786), nous paraît exemplaire de ce combat engagé au service de la vie.

Oberlin au chevet d'un malade. Le pasteur de Waldersbach était sans relâche engagé auprès de ses paroissiens, luttant contre leurs maux et leur misère. Huile sur toile du XIXe siècle.

C'est particulièrement le cas de Concorde Caquelin qui a retenu notre attention. Oberlin en donne, dans ses *Annales*, une première version courte en allemand (18 janvier 1786, pp. 162-166), soit le lendemain même de l'accident, sous forme de copie d'une lettre adressée à sa mère (« *Liebe Mamma!* ») avec l'annotation « Conc. Caq. noyée et rétablie. » Par l'intermédiaire de Mme Oberlin, le récit a dû parvenir jusqu'aux oreilles du Professeur Ehrmann, à Strasbourg, qui réclame plus de détails. Le 27 janvier 1786, Oberlin produit donc un second compte-rendu du cas Caquelin, plus exhaustif et en français cette fois, à l'intention de son interlocuteur strasbourgeois (pp. 167-176) :

> Je viens à la troisième. C'est Concorde Caquelin de Waldersbach, enfant de onze ans, qui le 17 janvier fut emportée par l'eau et le bois de flotte, resta au-delà d'un quart d'heure sous l'eau, fut retirée pour morte... et vit actuellement. Mais vous aimez les détails de pareilles choses. Les voici : [...]

La première partie du récit nous invite à entrer dans l'intimité du cabinet de travail d'un pasteur polyvalent, qui s'investit « corps et âme » au service du bien public :

> Mercredi 17 janvier 1786, le soir, étant occupé à la cinquantième ou centième de toutes les choses que je trouve à faire dans ma pauvre et grande paroisse, et m'y applique de corps et d'âme, me proposant d'achever avant la nuit, mes yeux virent bien que contre coutume, il passait beaucoup de monde devant mes vitres. J'entendis bien aussi un bruit confus dans l'air. Mais je n'eus pas le temps d'y faire la moindre attention et proprement mon âme ne vit et n'aperçut que mon travail. Vous savez Monsieur, de combien de métiers qu'il me faut être ici.

Survient l'annonce de l'accident. Il est alors frappant de constater de quelle manière l'homme de réflexion (celui du «haut»?), absorbé par son travail, se mue instantanément en homme d'action (celui du «bas»), pour lequel chaque seconde compte. Indifférent aux commentaires fatalistes de la foule, Oberlin le secouriste «vole» à la rescousse de la vie. Sans perdre son sang-froid, il pense à faire prévenir Sébastien Scheidecker, ce qui montre à quel point la présence du maître d'école alors à Bellefosse est devenue essentielle dans pareille situation:

> Une servante entre (elle a de la peine à me tirer de ma distraction ou recueillement!) en me disant: «L'officier Claude Caquelin vous fait prier de venir chez lui, sa fille est tombée dans le ru, elle s'est noyée... Je reviens à moi – je pars – je vole – une longue suite de monde, tous les gens du haut et du moyen village revinrent déjà, ils avaient déjà vu la pauvre jumelle noyée. «C'en est fait, Monsieur!» s'écria-t-on de toutes parts, «elle n'est que trop morte, etc.» Attentif à rien, je poursuis ma course. En passant devant la maison du brave Gros Colas, ou Nicolas Neuvillers, je prie son fils de se chausser, de courir appeler Sébastien Scheidecker, maître d'école de Bellefosse, qui demeure à une bonne demi-lieue de Waldersbach, en montant toujours...

Arrivé sur les lieux du drame, le pasteur secouriste va devoir affronter l'incrédulité d'une foule résignée, spectatrice de la mort. Cette scène nous semble particulièrement caractéristique de son comportement en général: dans un premier mouvement, il vitupère, s'emporte contre l'inertie et s'entête à croire qu'il peut retenir par un fil cette vie qui s'en va. Mais, dans un second mouvement, il excuse auprès de son interlocuteur le manque de réactivité de ces gens, qui, mangés par la misère, sont dans l'impossibilité de lui fournir ce qu'il réclame. Il profite de son récit pour rappeler à cet égard aux Strasbourgeois combien l'indigence de leurs coreligionnaires du Ban de la Roche réclame leur soutien:

> J'arrive à la maison – je fends la presse, j'entre au poêle; je cherche la noyée, je demande après – on ne me voit pas et ne m'entend pas, il

> faisait sombre et le poêle et les avenues étaient remplies de monde, comme un boisseau de grain. La mère, les tantes, les sœurs, etc., remplirent l'air d'horribles cris. Je trouve l'enfant dans les mains d'une voisine occupée à la déshabiller – je m'y joins – spectacle hideux qu'un noyé – nous arrachons les haillons de dessus ce corps glacé ; en y travaillant je demande des cendres chaudes – personne ni entend, ni remue, tout crie, tout hurle – j'entre en colère factice – je frappe du pied, je crie comme un marinier, je gronde les pleureuses et je menace de battre tout le monde si on ne se tait – l'enfant est déshabillée – je la jette sur le lit : « De la flanelle ! » m'écriais-je, « Du drap ! Étoffe de laine ! »... Rien ne vient. J'avais tort et j'avais oublié que nos pauvres gens sont trop heureux quand ils ont assez de toile pour se couvrir, malgré le froid du climat, que bien des gens pour aller à la sainte Cène sont obligés d'emprunter une chemise – que c'est par les aumônes de leur gracieux Seigneur M. le baron de Dietrich, que je leur ai procuré des gilets de *Halbline*, ou droguets. Tout cela je l'avais oublié.
> Mais voici un vieux bas de laine, qu'on me présente. Plein de joie je commence à frotter le corps roide – il nous vient un vieux bonnet de laine – quelque temps après un bas [...] Nous sommes trois à frotter, c'est tout ce qui se put, il n'y eut de place que pour trois. Ne dites pas, Monsieur, « il aurait fallu avancer le bois de lit » – non, Monsieur, dans ce pays où les deux tiers sont sans pain, où on ne peut pas payer le sel, où tout le fruit du travail n'est pas pour l'ouvrier, où les rentes servent à payer des dettes héritées des ancêtres, les deniers à payer, les faux-frais, etc., etc., sont au-delà de ce que l'application toute nue des vieux et des jeunes, jusqu'aux enfants de trois ans peut gagner, où il ne s'agit que de se sauver des mains du sergent exploitant... Dans ce pays la nourriture et les meubles doivent être misérables – les bois de lits pourris, raccommodés, pièces contre pièces, gardez-vous de les remuer, ils se briseraient par éclats !

Suit le récit détaillé et passionné d'un sauvetage, pendant lequel Oberlin se trouve progressivement des alliés, qui commencent à le croire. Force de l'exemple, précision et justification des gestes. La description de la noyée devient clinique :

> Tout en frottant, j'insistais à demander des cendres chaudes – par bonheur la brave Sophie Bernard, fille de l'Ancien, se trouvait parmi la troupe. Sensible, charitable, hardie... elle fit à peu près la maîtresse de cuisine comme moi au poêle... Elle m'apporte le premier sachet de cendres : quelle joie ! Je mets le sachet sous le bras gauche, sur le cœur, et pliais doucement le bras dessus autant que faire se put. Maintenant nous pûmes tant plus faire le tour du reste du corps en frottant – mais quelle surprise ravissante ! J'entends un profond coup d'haleine, comme un long soupir ! Je crie tout haut pour l'annoncer aux père et mère éplorés. Le deuxième sachet arrive, je le pose sur le côté droit de la poitrine, sous le bras. On apporte une lampe...

> L'enfant était blanc par tout le corps ! Pas la moindre tache de meurtrissure, rien de cassé ni de déboîté, rien de bleu ni rouge ! Mais le visage hideux, tacheté de sang – couleur livide – l'œil droit fermé, gonflé, bleu, l'œil gauche ouvert, parfaitement terni, comme dans les morts la bouche ouverte en apparence car les dents étaient serrées. Pourtant l'enfant avait été mêlée avec une énorme quantité de bois, et emportée par un torrent qui en tonnant entraînait tout avec une extrême violence.

Par un effet de ce que les Anglo-Saxons appellent *flash-back*, Oberlin relate ensuite les circonstances de l'accident, reconstitution qu'il n'a pu faire lui-même qu'ultérieurement. On est frappé du style direct, quasi télégraphique, qui donne un rythme haletant à la succession de faits conduisant à une mort certaine, sans l'intervention providentielle du « soldat ». L'analogie de comportement entre la figure de l'ancien militaire et celle du pasteur est remarquable, dans leur lutte contre l'inertie ambiante. Il est peut-être utile de rappeler à ce propos qu'avant d'être convaincu par Stuber de venir au Ban de la Roche, Oberlin avait signé un engagement comme aumônier militaire dans le même régiment, le Royal Alsace :

> L'enfant devait ce soir faire une commission, elle sortit, justement le dernier coup d'étang[1] pour ce jour se fait entendre de loin – c'est un phénomène trop majestueux aussi bien que terrible pour ne pas s'arrêter – la voilà qui arrive. Avec un fracas effroyable, les roches sur les grosses pierres sont roulées avec le bois – l'enfant sur le gazon au bord du torrent, veut y jeter une bûche – elle glisse et le poids de la bûche l'entraîne, elle disparaît. Claudine, sa sœur aînée, ce moment à la fenêtre, voit disparaître sa tendre et maigre sœur Concorde, elle crie à la mère, la mère se précipite hors de la maison, et avec une fureur de mère et une voix effroyable, que malgré le fracassement de la flotte on avait entendue jusqu'au Haut-village, demande son enfant à tout ce qu'elle rencontre... Un des flotteurs, Christophe Kommer, ancien soldat du régiment d'Alsace, survient, ayant entendu le bruit. Il poursuit le morceau de bois qui doit avoir englouti l'enfant, il s'y jette avec une fureur inconcevable, il brise le crochet et la perche de son flottoir, le bois se défait, se débrouille un peu – voici un mince bras blanc qui sort de l'eau – et disparaît – on poursuit toujours – le bois s'arrête un peu – se sépare encore et on retire l'enfant mort et le met là pour l'abandonner à la visite de la justice. Le soldat se fâche : « Emportez-le – Nous n'osons ! – Emportez-le, vous dis-je ! » On se regarde – on tire les épaules – un peuple pauvre ne ressemble qu'à trop d'égards à

1. Dans la lettre à sa mère précédemment citée, Oberlin donne les indications suivantes en allemand : « *[...] der letzte Flos-Zug (*le dernier coup d'étang, *sagen sie hier).* » Et plus haut : « *Floß = Holz.* » Donc *Floß-Zug* peut se traduire littéralement par « train de bois ».

des brebis, etc. Le soldat emporté gronde, regarde d'un œil menaçant, frappe du pied – on s'enhardit, on l'emporte chez elle – le père veut qu'on m'avertisse : « C'est trop tard, elle est morte, parfaitement morte », lui dit-on. Le père insiste et on me cherche. Le brave père ne put venir lui-même, car depuis plusieurs années il est estropié par un coup d'apoplexie.

Soigner et témoigner vont de pair

Avec patience et méthode, le pasteur secouriste s'acharne à réchauffer le corps de la petite noyée, par des frictions et une couverture de cendres chaudes. Le moindre signe de retour à la vie est synonyme de joie et d'espoir, jusqu'à l'apparition de cris continus qui plongent l'assistance dans l'effroi :

> Avec les deux vieux bas et le bonnet, nous continuâmes à frotter – quelques minutes après le premier soupir vint le deuxième – puis dans les intervalles qui allaient se raccourcissant, le troisième, le quatrième. Le troisième sachet étant arrivé, je le mis sur la poitrine entre les deux autres – et nous frottâmes d'autant plus sur le reste du corps – dans les soupirs je commençais à distinguer une espèce de ronflement dans le gosier – je mis l'enfant sur le côté, il se montra quelques bouteilles[1] de sang et de crachat à la bouche qui s'augmentèrent un peu et il en coula même un peu d'eau, de crachat et de sang, mais pas assez pour en remplir une coque de noix. Le frottement continu et les sachets à cendres se multiplièrent ; aux coups d'haleine ou profonds soupirs se joignit un léger son qui augmenta à chaque soupir, devint enfin un cri perçant et effroyable qui nous transit de frayeur et qui ne discontinua pas pendant au moins deux heures et accompagna dès lors toutes nos opérations jusqu'à mon départ presque.

L'arrivée de Sébastien Scheidecker modifie les données du problème. Le maître, soulagé, laisse la place et l'initiative à son élève « qui le surpasse aujourd'hui de beaucoup en habilité », et met son autorité morale à son service. Cette scène est pour nous le paradigme de la réussite du « modèle » pédagogique patiemment élaboré par Stuber et Oberlin : aider les Ban-de-la-Rochois à « s'en sortir » par leurs propres moyens. Et de fait, Sébastien prend aussitôt une initiative aussi surprenante qu'efficace :

1. « Ampoule ou bulle pleine d'air, qui se forme soit sur l'eau quand il pleut, soit sur un liquide quelconque qui bout, soit de quelque autre manière : la pluie fait des bouteilles en tombant. Dans cette acception, on dit mieux bulle » (Landais, N., *Dictionnaire général et grammatical des dictionnaires français*, Paris, Bureau central des dictionnaires, 1836, p. 259).

> Quand elle fut presque couverte de cendres et que les cris perçants étaient bien formés et suivis, arrive à ma grandissime joie le brave et généreux Sébastien Scheidecker, maître d'école de Bellefosse. Jadis mon disciple dans la teinture de médecin, il me surpasse aujourd'hui de beaucoup en habileté, adresse et expérience. Lui arrivé, et moi fatigué, je me retirai du lit, mais je restais dans le poêle pour aider et servir le maître d'école toutes les fois que, dans une aussi grande affluence de monde, il fallait employer un peu d'autorité. Sébastien commençait à faire donner des lavements de fumée de tabac – nous ramassâmes une partie de bonnes gens, qui voulurent bien se prêter à cet ouvrage dégoûtant. Nous mîmes un canon de seringue à lavements dans le fondement de l'enfant, et fîmes approcher un fumeur après l'autre, pour souffler la fumée dans ce canon, en s'enivrant presque soi-même. Concorde était au reste toute enveloppée de sachets de cendres, qu'on changea alternativement contre des sachets chauds ; car ils se refroidirent assez vite – Pendant l'opération Concorde tira un pied – une fois ! – encore ! – un bras se remue ! – le cri perçant continuant toujours – mais point de pouls, et les dents étaient serrées de façon qu'il était impossible de lui faire couler la moindre chose dans la bouche. Nous fîmes cesser la fumée pour envelopper ses jambes et pieds froids de sachets de cendres, nous en mîmes aussi sur les deux mâchoires du côté du cou. Les cris continuèrent toujours et glacèrent d'effroi tous ceux qui n'étaient pas occupés au travail – les mouvements des bras et des jambes augmentèrent visiblement, et devinrent enfin semblables aux efforts désespérés d'un homme en danger de vie. Quelque terrible que tout cela semblât aux spectateurs, nous en fûmes très charmés, Sébastien et moi – aussi le pouls commençait à se faire sentir, un œil s'ouvrit et se referma, et les mâchoires n'étaient plus si raides. « Ah ! Ah ! Ah ! » était la première voix que nous eûmes le plaisir d'entendre. Je mis Claudine, sa sœur aînée, à côté du lit, pour essayer de la faire revenir à elle, en lui parlant fort haut. Longtemps, il ne sembla pas que cela eût le moindre effet. Les cris étaient les mêmes et les mouvements de défense de ses bras et jambes devinrent si violents qu'on ne put presque plus la manier. La sœur continua à l'appeler et lui parler à fort haute voix, et Concorde cria enfin *« D'ja pratte ! D'ja pratte ! »* (« je suis prête ») – avec une inflexion de voix si pitoyable, que nous en fûmes tous touchés. Elle répéta ensuite souvent les mêmes paroles.

Ce passage met en évidence la connivence, la passion qui animent le maître et l'élève. Malgré la douleur, la vie va triompher. Les signes cliniques d'un retour progressif à la conscience jalonnent la description que fait Oberlin à son interlocuteur strasbourgeois. Mais après s'être essentiellement concentré sur la dimension corporelle du sauvetage, et poussé en cela par les réactions de l'assistance, il l'aborde maintenant sous l'aspect psychologique et moral :

> Comme elle avait à différentes reprises ouvert et vite refermé les yeux, et que ses cris perçants et désespérés continuèrent toujours, plusieurs des assistants étaient d'avis que c'était de honte qu'elle criait, s'étant vue nue entre tant de monde. Ils se trompaient, Concorde ne savait rien de tout cela, elle se croyait toujours dans l'eau, prête à périr. Ses dernières pensées avant l'évanouissement étaient ses premières à son réveil, ou plutôt elle n'était pas réveillée encore, seulement le corps commençait à se prêter aux efforts de l'âme. Je cédai et j'ordonnai de lui mettre une chemise, un mouchoir de cou, et un bonnet. Plusieurs se mirent après et il fallait bien de la force et de l'adresse pour en venir à bout sans lui casser ou déboîter un membre, tant sa défense était violente. Enfin la chose fut faite, Didier Marchal, un voisin aimé de l'enfant, homme très grand et fort, l'arracha du lit et la tint sur ses bras malgré ses défenses et cris – il la porte à la mère, la lui présente, la mère lui parla – tout en vain – l'enfant se défend toujours contre les bûches de bois dans l'eau – enfin, sentant le cou de ce grand homme, elle s'y accrocha avec une rapidité et s'y tint collée avec une raideur extrême ; elle commença à respirer, à se tranquilliser ; ses défenses cessèrent, ses cris se calmèrent – elle se crut sauvée – il la porte du côté de son père, la lui montre « Voici ton père ! » « Non, non », répondit-elle, elle était contente d'avoir trouvé à quoi s'accrocher.
>
> En attendant on avait bien accommodé le lit, on l'y remit, elle fut tranquille. Je me retirai après y avoir été environ deux heures et demie, Sébastien y resta. Au bout d'une heure j'y retournai. Elle était tranquille, mais ne se possédant pas encore.

Ainsi, contrairement aux affirmations de la *vox populi*, Oberlin soutient la pratique des lavements de fumée initiée par son élève, faisant le pari que la noyée est inconsciente de ce qui lui arrive, ou, pour mieux dire, que sa perception sensorielle est restée bloquée au stade de la noyade. Toutes les étapes de son sauvetage, depuis la perte de connaissance jusqu'à son réveil, constituent une parenthèse, s'inscrivant dans un espace-temps différent. Soucieux d'aller au bout de sa logique clinique, le pasteur retourne voir l'enfant qui « le lendemain se connut », et le récit qu'il recueille alors de sa bouche lui permet de vérifier la pertinence de son hypothèse de départ, sur le degré de conscience d'un accidenté en état de choc :

> Le lendemain elle se connut, ne sut rien de nos opérations et de son rétablissement – ce qu'elle sut était : « qu'elle était tombée à l'eau, et sentant lever sa jupe par l'eau, elle fit des efforts dans l'eau même pour descendre sa jupe et se cacher le corps – que l'eau voulut lui entrer dans la bouche ; elle serra ses dents, et tâchait de crier en même temps – qu'elle se vit entraînée dessous le pont, passer devant le moulin, qu'elle aperçut une fois des broussailles au bord de l'eau, et qu'elle étendit alors son bras pour les saisir – le coup lui ayant manqué d'au-

Pages suivantes : série de vues du Ban de la Roche et des envir
La Hutte, Waldersbach, Fouday, Belmont et Hohw
Lithographies de T. Muller, 18

> tant plus que ces broussailles étaient plus de six pieds loin d'elle, elle tâcha de s'accrocher au bois, mais que toutes les bûches lui échappèrent – qu'elle heurtait souvent son visage contre du bois – et qu'enfin elle désespérait de sa vie et perdit connaissance».

La fin du récit nous ramène à la triste réalité quotidienne au Ban de la Roche. Certes une jeune noyée vient d'être «revivifiée», mais pour quel avenir? Quelle est la valeur d'une telle vie sauvée? Et Oberlin d'adopter, pour décrire la misère ambiante, la même démarche clinique, le même souci du détail que lorsqu'il représente la scène du sauvetage. Si son interlocuteur accorde quelque crédit à ses considérations médicales, il devra accorder la même valeur à sa description du tableau social. L'un ne se conçoit pas sans l'autre, car celui qui constate n'est pas différent: le pasteur d'hommes se drape tout à la fois du manteau d'homme d'Église, de science, de savoir...

Le secouriste ne se satisfait pas du caractère spectaculaire de son récit; il est présent parce qu'il est utile, témoin tout à la fois solitaire et solidaire. «Dieu exige ici mon sacrifice.» Toute défaillance serait à cet égard synonyme d'abandon. Science, éducation, foi et réformes sociales ne progressent pas au même rythme: le microcosme du Ban de la Roche ne peut se soustraire aux règles du macrocosme environnant, impitoyables pour les plus faibles. Et l'on comprend au final combien les ressources de la science n'ont de sens que dans une perspective de progrès social.

> Les jours suivants et dès le lendemain, le maître d'école lui fit laver et frotter tout le corps avec du vinaigre – alors il apparut des tâches rouges et bleues par-ci et là par tout le corps, qui se perdirent peu à peu.
> Elle est actuellement encore couchée, à côté de sa mère, toutes deux faibles comme un convalescent d'une grave maladie – le père estropié assis derrière le fourneau. La petite sœur jumelle et la grande sœur Claudine, maladive depuis longtemps, un aimable garçon de dix-huit ans seul en bonne santé, et seul chargé de chercher, porter, façonner le bois du ménage et des autres travaux à faire – mais certes trop peu pour gagner ni la nourriture de la famille, ni moins encore les deniers à payer. Cependant les ramasseurs d'argent roulant toujours: «Payez, payez!» «D'où le prendre?» «Il ne s'agit pas de cela, il s'agit de payer!» Et cette famille n'est pas la plus malheureuse de ma paroisse. Dans la même maison il y a la pareille, et dans tous les cinq villages et trois hameaux de ma paroisse il y en a près de quarante aussi misérables qu'eux, quelques-uns encore plus, et plus de cinquante dont la misère approche de la leur. Cependant aucun mendiant, pas un seul – plusieurs réduits trop souvent à manger des orties et autres herbes sauvages, en cachette – [...] misérablement – demi-nus – obligés

souvent d'emprunter tous les habits pour paraître à l'église, pour payer les deniers à Rothau, et pour aller à la sainte Cène. Qui ici a du pain suffisant pour en manger toute l'année, passe pour très riche, et qui, sans pain, sans graisse, a des pommes de terre tous les jours, est digne d'envie. Aussi avons-nous beaucoup de gens faibles, malades et languissants. Vous concevez, Monsieur, qu'à me juger sur vos propres sentiments, il n'y a en tout ceci que trop de raisons qui m'attachent à ce pauvre peuple. Ceux qui sont en santé n'ont pas besoin de médecin, mais ceux qui se portent mal.

J'ai l'honneur d'être, avec les sentiments les plus distingués de reconnaissance, d'estime et de respect, votre très humble et très obéissant serviteur.

PÉDAGOGIES

Expérimentations didactiques tous azimuts

Dès son arrivée au Ban de la Roche (30 mars 1767), Oberlin connaît toutes les difficultés du pédagogue à l'orée de sa carrière : pensant pouvoir réaliser rapidement un certain nombre de transformations, il se heurte à des obstacles toujours renaissants qui surgissent devant lui, bloquent toute initiative, détruisent en un instant les constructions de la veille élaborées au prix de patients efforts. C'est une période difficile et décisive pendant laquelle il lui faut asseoir son autorité, assumer l'héritage d'un homme qui avait su toucher le cœur de ses paroissiens (Stuber), trouver un moyen d'entrer véritablement en symbiose avec ces paysans.

Comment un jeune citadin peut-il être reconnu compétent par la population rurale qui l'entoure, dans des domaines d'activités diversifiés, généralement peu en rapport avec l'image traditionnelle que l'on se fait de la mission d'un ecclésiastique ? Sans doute sa carrière pastorale s'inscrit-elle dans la continuité d'une formation pluridisciplinaire, utile pour mener ses projets à bien. Mais plus sûrement, sous la houlette de Stuber, son « excellent devancier », apprend-il à son tour à se fondre dans le petit peuple du « bas », partageant son sort et ses difficultés à survivre au quotidien.

Le sermon, outil de pédagogie pastorale

Sa prédication témoigne particulièrement de cet enracinement : un sermon n'est jamais conçu comme une simple réflexion plus ou moins mystique sur les textes, et le positionnement de pédagogue pastoral exige la prééminence de l'action sur la parole. En pédagogie, le faire est à la source du dire, que l'on soit pasteur, maître ou parent :

> Si Dieu nous donne des enfants, il veut que nous tâchions de les élever au ciel et que, pour cette raison, nous n'épargnions rien de tout ce qui peut leur être salutaire ; et que nous allions plutôt mendier ou que nous manquions plutôt du nécessaire que de négliger l'âme et le salut des enfants. Personne ne vous oblige de vous marier, mais si vous le faites et que votre mariage vous fournit des enfants, alors Dieu veut que vous fassiez tout ce qui peut conduire au vrai bien et au salut de vos enfants. C'est ce que Dieu prétend, qui demandera compte à tous les hommes [...]. Il y a quatre choses que nous devons aux enfants : la discipline, l'instruction, le bon exemple et la prière.
>
> Nous sommes obligés d'envoyer sans cesse des prières à Dieu pour nos enfants, des prières ferventes, des soupirs assidus, puisque Dieu nous assure et que l'expérience nous confirme qu'alors les enfants ne sauraient être perdus.
>
> Nous leur devons de l'instruction, celle-ci est de deux sortes : instruction que les pères et mères doivent donner eux-mêmes à leurs enfants dans leur plus tendre enfance et continuer tant qu'ils vivent ; instruction que les maîtres d'école et les pasteurs leur donnent. Et à cet égard on ne doit épargner ni peine ni dépense et ne pas les envoyer sans la plus pressante nécessité un été entier au pâturage où ils n'apprennent qu'à rien ou mal faire. Si vous ne laissez à vos enfants pas un sou de valeur après votre mort, mais qu'ils sont bien élevés, bien instruits et craignant Dieu, ils ne manqueront jamais du nécessaire pendant cette courte vie.
>
> Nous devons à nos enfants de bons exemples. Nous devons nous garder de toutes nos forces de parler ni faire devant nos enfants la moindre chose qui soit reprochable. Mais que l'on viole terriblement cette règle ! Car où est-ce que les enfants apprennent à se dire des sottises, injures, jurements, si ce n'est des adultes ? Combien de fois les pauvres enfants ne sont-ils obligés de voir leurs pères être oisifs, frivoles, se quereller, négligents au dernier point pour le salut ? Même ivres ou gris ? Un tel père malheureux ose-t-il après cela dire à ses enfants le moindre mot d'exhortation, ose-t-il leur dire la moindre chose de la tempérance et sobriété, d'un Dieu saint, vengeur du crime, de la préparation continuelle à la mort, d'un dernier jugement, d'un ciel, d'un enfer ? Non, il faut qu'il baisse ses yeux, et craigne devant les plus petits enfants d'ouvrir la bouche pour ne pas les entendre répondre : « Ô mon père, si vous croyiez tout cela, vous y régleriez votre vie. » Et ainsi il faut qu'ils passent aux yeux de leurs enfants ou pour des menteurs ou pour des hypocrites (Oberlin, 30 octobre 1768).

Représentation posthume d'Oberlin
à l'école de Waldersbach extraite du livre de
Mme Guizot, *L'Écolier ou Raoul et Victor*, 1852

Cependant, le message évangélique et la vie quotidienne des hommes du Ban de la Roche ne pourront pas se réduire l'un l'autre. Le quotidien déborde toujours la théorie. Le message biblique ne parviendra jamais à assimiler le vécu des hommes. Ainsi, la médiocrité est l'une des conséquences nécessaires de cette pédagogie pastorale : le théologien n'échoue pas, son exégèse exclut l'homme au quotidien des réflexions sur la doctrine ; le pasteur prédicateur n'échoue pas, il cherche des raisons, des fautes, et renvoie l'échec aux insuffisances des hommes à relier les actes qu'ils posent aux textes qui sont censés les guider. Pour le pasteur pédagogue, si l'échec est une nécessité, il est aussi une valeur, une puissante motivation à redoubler d'efforts. La forme même de ses prédications, analysée hors du contexte de la pédagogie pastorale, peut elle aussi être perçue comme médiocre :

> Chacun comprend le français, néanmoins je dois présenter mon exposé de façon très compréhensible et très simple, ce qui me vaut parfois le mépris des gens plus érudits qui se considèrent comme sages, mais ont une mentalité de pharisiens. Mais qu'importe, moi, en tous cas, j'évite le style pédant des livres que la très grande majorité trouve certes beau, sans toujours le comprendre (Oberlin, 2 mai 1808).

Elle constitue cependant un outil de transposition didactique unique et indispensable, permettant à ces auditeurs de se faire pédagogues à leur tour, dans le cadre d'un sacerdoce universel vécu au quotidien, auprès de leurs enfants, de leurs parents, de leurs voisins... La pédagogie pastorale impose à chacun une élaboration de sa propre recherche en situation par l'analyse de son propre faire. La finalité d'une telle démarche peut, dans cette perspective, être comprise comme la nécessité de proposer des méthodes qui pourront en aider d'autres !

La maison-école, au cœur de la réforme pédagogique

Dans le champ plus spécifique de l'éducation, comment l'argumentation qui permet d'associer le petit peuple du Steinthal à la construction de la nouvelle école libératrice s'élabore-t-elle ? Le dialogue pastoral et pédagogique qui s'engage avec eux, à travers l'analyse et la compréhension de phénomènes quotidiens, induit la modification des données pratiques à l'aide de référentiels théoriques. Il en est ainsi de la renaissance des écoles, de la mise au point de l'alphabet méthodique et de la bibliothèque de prêt portées par les idées piétistes de la première génération, ainsi que de l'émergence des petites écoles portée par le référentiel piétiste de la seconde génération.

Il reste que, pour mener à bien les premières réalisations de son ministère au Ban de la Roche, Jean-Frédéric Oberlin profite largement de l'appui financier et des judicieux conseils de son prédécesseur Jean-Georges Stuber, plus que jamais attentif à l'évolution culturelle de son ancienne paroisse. La construction d'une école à Waldersbach et le développement de la bibliothèque de prêt représentent à cet égard deux aspects significatifs de la remarquable collaboration qui s'instaure alors entre les deux hommes. Stuber compte sur la jeunesse et le dynamisme de son successeur pour mener à bien la seconde phase d'une réforme pédagogique de longue haleine entreprise en 1750.

La construction d'établissements d'enseignement adaptés aux méthodes d'éducation rénovées qu'il a introduites représente un premier défi. C'est dans la lignée de ce projet que prend forme le concept d'une « maison-école ». Véritable lieu de vie, elle ne se distingue des autres habitations que par l'existence en son sein d'une salle spécialisée pour rassembler les enfants (le « poêle d'école ») ainsi que de chambres pour les « pensionnaires », enfants venus de la ville pour un temps de formation plus ou moins long auprès du pasteur Oberlin, ce qui représente une aide financière précieuse pour l'entretien du bâtiment.

> Cependant, nous allons tout de même parler du plan de la maison, mais de façon bien imparfaite, car sans m'en être entretenu de vive voix, je ne peux déterminer avec exactitude l'emplacement de l'escalier en fonction du règlement d'incendie, je ne peux donc qu'échafauder mes idées de façon imprécise. L'emplacement me paraît assez petit. Si nous avions seulement quelques pieds de plus dans la longueur et dans la largeur [...] Je peux à présent décrire l'étage du haut, sans le dessiner. L'emplacement de la salle de séjour et celui de la chambre confondus équivaut à celui de la salle de classe à l'étage. Le mur pare-feu qui sépare cet endroit de la cuisine passe aussi par cet étage. Le poêle doit être placé dans ces environs afin qu'il puisse profiter de la cheminée utilisée en bas. N. B. : je voulais que tous les poêles puissent être chargés de l'extérieur, en partie à cause de la fumée et en partie pour préserver du danger, parce que dans cette maison on a affaire avec des enfants et des jeunes gens dans toutes les pièces. Cette salle de classe est donc bien lumineuse et ceci de trois côtés.

> Mais où entreront les enfants ? Je pense que, comme l'arrière de la maison sera de plain-pied, ils doivent donc entrer à cet endroit, par le champ de même niveau, mais pas directement dans la salle de classe, car une mauvaise porte donnant sur la route apporterait du froid. En revanche, en face de la cuisine, il doit y avoir une porte afin qu'ils entrent dans un petit couloir ou un vestibule et à cet endroit seulement une porte s'ouvrira sur la salle de classe. Le maître d'école, en revanche, monte de sa cuisine.
> À présent je pense qu'il devrait rester de la place au-dessus de la cuisine pour deux petites chambrettes de pensionnaires. Mais j'ai bien peur que si l'on élève la place de l'escalier, de la cheminée et autres, alors il ne restera de place que pour une chambre et son occupant monterait sur le devant ; tout en montant il aurait une belle vue. Si un maître d'école avait des pensionnaires des deux sexes, il pourrait en loger un à l'étage et l'autre dans sa salle de séjour. Cette dernière ne pourrait donc avoir aucun contact avec un tiers sans qu'il ne le sache. Mais il n'en reste pas moins que la place est presque trop petite et nous aurions besoin d'au moins trois pièces en dehors de la salle de séjour. Le maître d'école a lui aussi des enfants. Aussi devrons-nous trouver un arrangement, peut-être au grenier.
> Je veux décrire à présent le second plan. Remarquez que je n'ai en aucune façon prévu de mesures exactes des pièces, j'ai juste fait une esquisse. Là j'utilise toute la face arrière pour l'écurie et la cave parce que de toutes façons elles doivent être placées au niveau du sol, contrairement à la chambre qui serait dans ce cas bien trop humide ou obscure. En contrepartie, la surveillance efficace du maître sur le séjour est rendue impossible [...] À l'étage un espace équivalent resterait destiné à la salle de classe comme dans le premier plan, l'entrée serait identique. Par la suite il faudrait voir s'il est possible de disposer encore deux pièces sur la façade tout en conservant de la place aux deux niveaux pour la cheminée. Mais l'emplacement au-dessus de l'étage et du couloir à fourrage ne serait pas isolé de l'ensemble de la maison par un mur pare-feu, l'entrée étant située au-dessus du couloir à fourrage.
> Je ne peux vous donner d'autres conseils précis [...] Après mûre réflexion, je déconseille la construction d'une sorte de gymnase ou de *paedagogium* que je trouve irréaliste. Nous détaillerons tout ceci une autre fois. Vous m'en donnerez l'approbation. À présent je dois clore, il n'est pas loin de dix heures. « *Gott Wahl* » (Stuber, 2 décembre 1768).

Observation de l'humanisme scolaire d'outre-Rhin

Pour ce qui concerne le perfectionnement des procédés didactiques utilisés avec les enfants, Oberlin entreprend en 1778 puis en 1780 des « voyages pédagogiques » à travers le Bade-Wurtemberg, qui lui permettent de confronter la réalité locale avec ses propres pratiques.

Ces voyages confirment un intérêt pour la doctrine éducative des piétistes de la première génération, inspirée de celle mise en œuvre par le maître Auguste Hermann Francke au *paedagogium* de Halle. Le principal apport de Francke au débat pédagogique de son temps reste sa tentative de synthèse entre les discours de l'« humanisme » et ceux du « réalisme ». Une certaine forme de professionnalisation de l'enseignement introduite dans le curriculum du *paedagogium* est en particulier indirectement à l'origine de la naissance en Allemagne des *Realschulen*.

À Köndringen, le pasteur du Ban de la Roche visite son collègue Nikolaus Christian Sander, ancien élève de Francke et maître de Gottlieb Conrad Pfeffel (1736-1809). Pfeffel écrit à ce propos à son ami Jacob Sarasin (1742-1802) qu'il a reçu une lettre (en date du 11 août 1778) dans laquelle Oberlin se recommande du conseiller ecclésiastique Sander, du conseiller aulique Johann Georg Schlösser (1735-1799)[1], de Franz Lersé (1749-1800)[2] et de tous les « gouverneurs ». La lettre se termine par ces mots :

> [...] que Dieu vous garde longtemps, bien longtemps à travailler dans son vignoble. Je m'amuse parfois en imaginant, comment un jour vos élèves sauteront autour de vous et vous remercieront pour votre remarquable éducation (Pfannenschmid, 1892, pp. 131-132).

Le pédagogue de Waldersbach procède en cette occasion à une observation méthodique des procédés didactiques en usage, et engage avec son hôte un dialogue critique sur la valeur de ces procédés :

> De là, en traversant la Dreisam et l'Elz, j'arrivais à Köndringen, territoire du margrave de Bade [...] On répartit le temps scolaire en classes d'été et d'hiver. En été chaque enfant fréquente l'école durant deux

1. Schlösser devient conseiller aulique du margraviat de Bade en 1773 et épouse la même année Cornelia, la sœur de Goethe, alors âgée de vingt-trois ans : « Schlösser me découvrit qu'il avait noué un commerce d'amitié, puis un commerce plus intime avec ma sœur et qu'il s'efforçait de trouver rapidement une position pour s'unir à elle. Cette déclaration me surprit quelque peu, et pourtant j'aurais dû la trouver depuis longtemps dans les lettres de ma sœur [...] bref, elle se sentit seule, peut-être négligée, et prêta d'autant plus l'oreille aux honnêtes poursuites d'un galant homme qui, sérieux et renfermé, sûr et estimable, lui avait voué passionnément une tendresse dont il était par ailleurs très avare » (Goethe, 1941/1991, vol. XII, pp. 353-354). Oberlin, en route pour Köndringen, fut accueilli à Emmendigen, chez Schlösser.

2. Franz Lersé, « professeur d'ordonnances militaires » au Philanthropinum de Colmar, est par ailleurs familier de Schlösser. Goethe, avec lequel il fut étudiant à Strasbourg, dresse de lui le portrait suivant : « C'était un garçon absolument droit et qui, doté par la fortune, restait modéré et strict dans ses actions. Sa manière de vivre et de s'entretenir était la plus serrée que j'eusse encore connue parmi les étudiants » (Goethe, 1941/1991, vol. IX, pp. 239-240). Il fut admis à la Société helvétique en 1784.

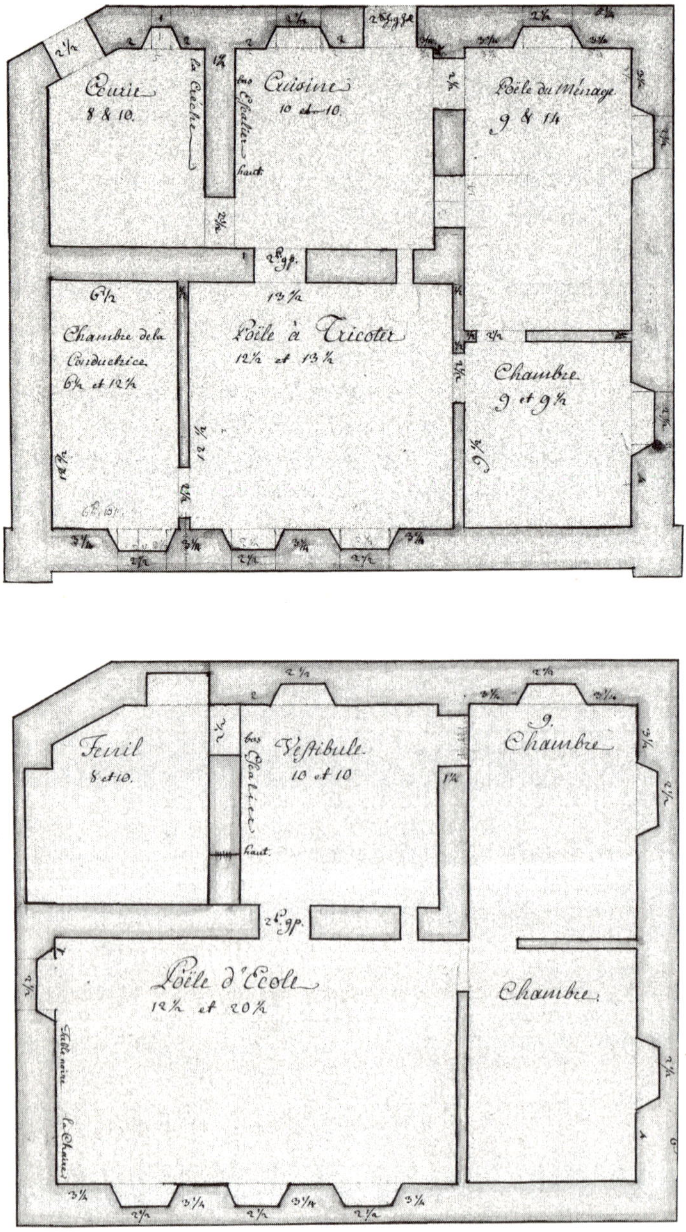

Plan de l'école de Bellefosse, inaugurée en 1779. Il s'agit du premier poêle à tricoter construit suivant les plans du pasteur Oberlin.

heures, ce temps est porté à cinq heures en hiver. (Cinq heures ! Cela me paraît trop. La robustesse si utile aux paysans doit en souffrir : le fait est que les enfants me paraissent assez pâles.) Mais le niveau auquel on arrive à mener les élèves est étonnant. Parfait en lecture, écriture, calcul, beaucoup de connaissances religieuses et d'un grand nombre de proverbes, une habileté quasi professorale dans une partie de la géométrie et de ses démonstrations [...] Au fil du discours je m'aperçois que les pratiques du conseiller presbytéral Sander suscitent de forts antagonismes. Il est de taille à se défendre. Mais comme les deux parties ont beaucoup de bon sens et d'habilité, on ne cherche aucun terrain d'entente, et à mon avis des deux côtés on exagère.
1) La contrepartie ne veut pas que l'on apprenne des chants, etc. par cœur et a même obtenu un interdit officiel à ce sujet. M. Sander rétorque que l'exercice de la mémoire est une semence, la raison et le cœur en feront la moisson. La parole de Dieu est la semence qui un jour sous sa bénédiction germe et prend racine. Enlève la semence ou ne la donne pas, que peut-il alors germer dans un âge avancé ? On pourrait dire que l'argumentation de M. Sander est fondée au départ mais qu'elle perd de sa crédibilité par la suite. Il n'est pas besoin d'apprendre autant par cœur comme on en a l'habitude ici, pour avoir assez de semence. Là où il y en a trop, comme dans un grenier, rien ne pousse.
2) Toutes les classes, petites et grandes, fréquentent l'école de concert sauf pour le cours de géométrie. De cette façon on ne perd pas de temps à traîner dans la rue. On n'a pas l'occasion de prendre de mauvaises habitudes. Les petits apprennent des grands. Tous profitent des mêmes leçons à leur niveau et au même moment dans beaucoup de matières. Comme par exemple en chant. En procédant ainsi, on économise beaucoup de temps. Les enfants arrivent à plus de perfection, et peuvent prétendre être confirmés dès leur treizième année. La contrepartie dit : les enfants doivent être dégoûtés d'entendre la même chose pendant tant d'années. Ils n'ont plus goût à apprendre. C'est comme dans certaines régions de France où en guise de torture, on enfonce un entonnoir dans la bouche des malfaiteurs et on y verse de l'eau à pleins seaux jusqu'à ce qu'ils avouent. La santé et les forces physiques si nécessaires aux paysans en souffrent, deux ou trois heures devraient suffire. Il conviendrait plutôt de rallonger la scolarité de deux ou trois ans.
3) La contrepartie dit : il règne de toute façon trop de contraintes dans le comté du Hochberg ; la liberté naturelle des gens devrait être davantage respectée. Un moindre degré de perfection serait plus bénéfique si l'on n'obtient par là l'adhésion du public (bonne volonté). Au travers de trop de contraintes, de surveillance des faits et gestes, on étouffe la moralité, etc. (Oberlin, 1778).

La façon dont Oberlin légifère à partir de 1778, pour fixer le programme et la méthode des écoles primaires du Ban de la Roche, s'inspire incontestablement des observations faites de l'autre côté du Rhin. Le programme scolaire élémentaire précise désormais la conduite à tenir en matière de discipline, de méthode, d'émulation et de formation des enseignants :

> Méthode concernant :
> 1) La discipline
> La jeunesse doit fréquenter les écoles jusqu'à l'âge de quinze à seize ans. Il faut : séparer les deux sexes dans la même classe ; tenir le registre des écoliers ; lire chaque fois le catalogue et marquer les absents sur la table noire ; marquer sur les listes en différentes colonnes les progrès et les mœurs des écoliers, de même que leur âge.
> 2) L'enseignement
> Pour enseigner les lettres d'une manière enjouée, on s'est servi de pyramides et de dés sur lesquels étaient tracées des lettres que les enfants dessinaient. On leur avait fait chanter auparavant l'alphabet. On leur traçait les lettres sur la table noire, et ils les imitaient avec de la craie. Pour leur faire oublier le patois et apprendre le français, on leur faisait nommer les objets, dont on leur montrait la figure [...]. Ils écrivaient des verbes à l'école et à la maison. Les copies et les traductions étaient examinées et corrigées d'abord par leurs camarades, puis par les régents. Les écoliers apprenaient à lire distinctement, avec connaissance ; on leur racontait auparavant ce qu'ils allaient lire. On les faisait écrire à la dictée. Les chiffres leur étaient présentés à la table ; ils les imitaient en en proposant la valeur. D'abord les chiffres arabes ou vulgaires, ensuite aussi les romains. On les accoutumait à calculer par cœur, ensuite aussi sur le papier. Pour exercer leur mémoire on leur faisait apprendre et réciter distinctement et avec le ton convenable de la voix des hymnes, et raconter ce qu'ils avaient lu à la maison. Chaque école devait durer deux heures. D'abord les trois classes étaient enseignées ensemble. Ensuite on congédiait les plus faibles pour continuer les leçons aux deux autres classes, puis la seconde, enfin la troisième. Le citoyen ministre de la paroisse avait monté une petite bibliothèque de campagne composée de livres amusants et utiles, qu'il prêtait ou qu'il prête encore à tous ceux qui aimaient la lecture. Il possède un petit cabinet d'histoire naturelle et un herbier à l'usage des écoliers. Il est parvenu, pour le dire en passant, à composer un thé national de santé en espèces d'herbes du Ban de la Roche.
> 3) L'émulation
> Les écoliers montaient et descendaient suivant leur degré de savoir et d'attention. Cette attention était stimulée par la chasse ainsi appelée, exercice de vitesse à chercher dans quelque livre des passages indiqués, ou d'exactitude dans la lecture et l'analyse, en indiquant la veille l'exercice du lendemain pour voir qui aurait l'esprit de s'y préparer. De plus, par des récitations publiques faites au temple à la face de

toutes les communes par les écoliers, lesquels en même temps donnaient des preuves de leurs progrès dans le dessin ou la peinture, idem dans la calligraphie.
La diligence et l'attention étaient récompensées de différentes manières : a) Par de petits présents en crayons, papier, plumes, figures, cartes géographiques, couleurs, pinceaux, etc., donnés sur-le-champ ou après les examens solennels de semestre. Là, il y avait même des récompenses pour les régents qui avaient su former le plus de bons sujets ; b) Les écoliers récompensés devaient aider les régents pour quelque temps. On tenait le registre des récompenses. La paroisse donnant à peine de quoi vivoter au citoyen ministre, les fonds pour ces présents ou récompenses proviennent des secours que de bons citoyens, surtout de Strasbourg, fournissaient. Les nombreux pensionnaires envoyés au Ban de la Roche pour fréquenter les écoles y donnaient surtout occasion de par les promotions : d'une classe de la même école à l'autre dans les intervalles de semestres ; d'une école à l'autre tous les six mois.
Livres utiles jusqu'ici : *Orbis pictus* ; *Alphabet* (Stuber) ; *Cantique* ; *Coup d'œil de la nature* ; *Histoire de la Bible* ; *L'Ami des enfants* ; la Déclaration des droits de l'homme et du citoyen ; cartes géographiques gravées en bois sans dénomination à comparer avec les cartes ordinaires (Oberlin, 1778, pp. 9-10).

Du patois au français : bibliothèques et cours du soir

La bibliothèque de prêt instituée par Stuber prend avec son successeur une extension importante : le catalogue des livres de la bibliothèque de Waldersbach atteste de l'accroissement du fonds, aussi bien quant à la quantité d'ouvrages mis à disposition du public que par la grande diversité des sujets traités : religion, philosophie, biologie, astronomie, géographie, littérature... Ainsi les éducateurs du Ban de la Roche, régents ou conductrices de la tendre jeunesse, disposent-ils d'un véritable outil de documentation pédagogique avec ces cahiers thématiques rédigés par le pasteur à partir de lectures ou de connaissances empiriques. La documentation écrite se complète progressivement d'une collection complète d'histoire naturelle (minéralogie, biologie...), de jouets à caractère éducatif et d'herbiers.

Cet édifice pédagogique hétéroclite se construit autour de l'idée centrale selon laquelle la contemplation de la nature et la compréhension des phénomènes qui régissent son fonctionnement rapproche l'homme du divin Créateur. L'être humain n'est pas destiné à subir les phénomènes naturels, mais doit chercher à les comprendre et à les utiliser au mieux. La création est régie par des lois parfaites ; chaque chose, chaque être vivant participe à cette perfection. L'homme, principal héritier de la création, ne peut se contenter pendant son séjour sur terre d'une contemplation passive des phénomènes naturels, mais doit plutôt faire preuve de curiosité et d'ingéniosité pour trouver sa place au sein du monde, en mettant ses compétences au service de ses semblables.

L'accès du plus grand nombre au livre est une préoccupation constante pour Oberlin. Nul ne doit être exclu *a priori* de l'univers culturel contenu dans la langue écrite. Il aide ainsi les plus démunis à acheter des manuels scolaires à moitié prix, sans pour autant en faire le don, la moitié restante du prix étant due, en heures de travail, au régent d'école. Ce système ingénieux permet à la fois de faire considérer le livre comme un bien précieux (son prix devient « mesurable », car il équivaut à une quantité de travail) et, dans le même temps, d'en permettre l'acquisition à ceux qui ont peu de revenus.

> Bientôt on donnera des livres d'école à gagner à ceux seulement qui : 1) sont hors d'état de les acheter à tous leurs enfants ; 2) sont diligents avec toute leur famille, brûlent le soir leur lampe, et y travaillent : 3) promettent, comme d'honnêtes gens, de ne se rendre coupable d'aucune espèce de vol, soit pour faire des traîneaux, soit pour des sabots, hottes ou quoi que ce soit. Les personnes auxquelles ces trois qualités conviennent, s'annonceront à MM. les régents et leur déclareront les livres qu'ils souhaitent de gagner. Les livres qu'on leur accordera ne leur seront évalués qu'à la moitié du prix de sorte que, pour un livre qui coûte douze sols, ils n'aient à travailler que comme s'il n'en coûtait que six. Lorsqu'il s'agira de travailler, les pères et mères viendront eux-mêmes, ou bien n'enverront que ceux de leurs enfants qui ont assez de force pour travailler avec effet (Oberlin, s. d.).

Bon gré, mal gré, les cours du soir pour les adultes se tiennent régulièrement depuis 1763 dans les cinq villages du Ban de la Roche, grâce à l'opiniâtreté de Stuber. Ici comme dans d'autres domaines, son successeur reprend le flambeau, pour faire fructifier un patrimoine unique en son genre :

> Dieu a fait la grâce au Ban de la Roche de faire tenir des écoles où les adultes pouvaient apprendre à lire, encore maintenant, et il y en a d'autres où l'on peut apprendre à chanter à la gloire de Dieu et à l'édification de son âme, outre cela il nous a fourni un nombre de livres édifiants qu'on veut vous prêter. Et pourquoi Dieu nous a-t-il fait tant

> de grâces qu'on ne trouve pas ailleurs et que tout le monde qui vient au Ban de la Roche admire tant ? Si ce n'est pour en tirer profit ? (Oberlin, 30 octobre 1768.)

L'argument linguistique est central pour inciter les récalcitrants à l'étude, car le français devenant très tôt la langue de référence, les petits n'utilisent plus guère le patois, ce qui oblige leurs parents à les accompagner dans l'apprentissage de la langue des livres, à plus ou moins long terme. Si de petits enfants y parviennent, pourquoi les adultes en seraient-ils donc incapables ? Les régents d'école demeurent les chevilles ouvrières de ce plan d'alphabétisation, et sont priés d'adapter leur emploi du temps aux disponibilités de leurs contemporains :

> Le dimanche aussi, un fidèle maître d'école ne manquera pas de se rendre utile, soit aux écoliers dont il est le tendre et paternel conducteur, soit aux adultes, pour leur donner le goût des sciences utiles et libérales, et les détourner des plaisirs frivoles et bestiaux (Oberlin, 1778, p. 11).

Il est néanmoins difficile de convaincre l'ensemble des adultes de l'utilité d'apprendre à lire, certains y voyant même de la sorcellerie, comme le montre le témoignage de Jean David Bohy, maître d'école, recopié par Oberlin dans ses *Annales*. Celui-ci demande un jour à Stuber ce qu'il devait répondre à un homme qui, se plaignant qu'on instruisait les enfants d'une tout autre manière qu'autrefois, lui avait demandé : « Est-ce que nous avons donc un autre Dieu que du temps passé ? » Stuber lui répondit : « Répondez-lui oui, autrefois c'était le Dieu des ténèbres, et nous tâchons à présent d'avoir le Dieu de lumière » (Oberlin, 1774, p. 107). Soucieux de donner un sens aux apprentissages pour une population éloignée par ailleurs des spéculations intellectuelles, Oberlin recommande aux instituteurs de veiller à appuyer leurs sujets d'étude sur des problèmes de la vie courante :

> Pour ce qui concerne le calcul, je vous prie de ne pas donner des exemples vagues et insignifiants, mais des exemples appliqués aux circonstances de la vie et de votre situation. Plusieurs adultes n'en donnent pas d'autre. Par exemple, entre des centaines qu'on peut donner : 1) Vous allez à Barr et y vendez des denrées pour 7 livres 14 sous. Vous y achetez des marchandises pour 3 livres 10 sous. Vous dépensez 5 sous. Combien vous reste-t-il ? 2) Vous devez à un ouvrier 5 livres 3 sous, mais vous lui avez travaillé pour 7 livres 9 sous. Combien cet ouvrier vous doit-il encore ? 3) Quelqu'un donne à Dieu

Invitatio. Einleitung. Meg-szóllitás. Přizwánij.

M. Veni, Puer! disce sapere.

P. Quid hoc est? sapere.

M. Omnia, quæ necessaria sunt recte intelligere, recte agere, recte eloqui.

P. Quis me hoc docebit?

M. Ego, cum DEO.

P. Quómodo?

M. Ducam te, per omnia: ostendam tibi omnia: nominabo tibi omnia.

L. Komm her/ Knab! lerne klug seyn.

S. Was ist das? klug seyn.

L. Alles/ was nöthig ist/ recht verstehen/ recht thun/ recht ausreden.

S. Wer wird mich das lehren?

L. Ich/ mit GOtt.

S. Welcher Gestalt?

L. Ich will dich führen/ durch alle Dinge: ich will dir zeigen alles: ich wil dir benennen alles;

M. Jöszte ide gyermek! tanully okoskodnyi, (böltselkednyi.

G. Mitsoda ez? böltselkednyi.

M. Mindeneket valamellyek szükségeſek. igazán meg-értennyi, igazán tselekednyi, (véghez vinni. igazán ki mondani.

G. Kitsoda tanét meg engemet erre?

M. En, Isten segitségével.

G. Mitsoda formán? (miképpen?

M. Altal viszlek tégedet, mindeneken: meg-mutatok néked mindeneket: meg-nevezek tenéked mindeneket.

M. Pod sem Pacholc! Uč se maudrým býti/ (maudřeti.

P. Co gest to? maudrým býti.

M. Wsse/ (wssecko. Co potřebné gest/ práwě rozuměti/ práwě činiti/ práwě wymlúwiti/

P. Kdo mne tomu wyučj? (winaučj.

M. Ya/ z Bohem.

P. Yakým Způsobem?

M. Prowedě tě (tebe. skrze wssecko ukážem tobě wssecko: pojmenugem tobě wssecko:

P. En!

Planches de l'ouvrage pédagogique quadrilingue de Coménius, *Le monde sensible illustré,* écrit en 1654. Premier livre d'images pour les enfants, il a été réédité à plusieurs reprises dans différentes versions, ici en latin, allemand, hongrois et tchèque. Oberlin utilise une version plus récente, en latin, allemand, français et italien.

Ci-dessus : le pédagogue invite l'enfant à la lecture de l'ouvrage.

À droite : l'agriculture, l'élevage et des détails anatomiques.

Agricultúra. Der Feldbau.
Szántás vetés. (Majorkodás, fôld mûvelése)
Oprawa Rolnij.

Pecuria. Die Vieh-Zucht.
A' Barommal való Bánás.
Chowanij Dobytka.

Caput & Manûs. Das Haupt und Hände.
A' Fej és a' Kezek. Hlawa a Ruce.

> les 3 dîmes de son revenu. Hors de ces dîmes il paye le percepteur pour les impôts, et la mime de ces dîmes il la consacre pour les missions. Or il a gagné 25 francs 50 centimes. Combien y aura-t-il pour les missions ? Au percepteur il doit payer 80 centimes. Combien y aura-t-il encore pour les choses divines, et combien pour les pauvres ? 4) Eux cinq entreprennent ensemble un ouvrage, ils y gagnent 27 francs 60 centimes. Combien chacun en tirera-t-il ? 5) Si une fille tricote tous les dimanches environ un tiers d'un bas d'homme, combien de paires de bas de charité cela donnera-t-il en un an ? Et si elle commence cette bonne œuvre en entrant à l'âge de 15 ans jusqu'à son mariage, supposé à l'âge de 26 ans, combien y en aura-t-il alors ? Et si, étant mariée, elle continue cette bonne œuvre, autant que faire se peut, et que l'un portant l'autre elle emploie environ dix dimanches pour achever un pareil bas, en continuant jusqu'à sa mort à l'âge de 70 ans, combien aura-t-elle fait de bas de charité en tout ? 6) Enfin les conventions des femmes avec les tisserands pour les diverses espèces de toile barrées, combien n'offrent-elles de différents exemples de calcul appliqué ? Quant à ceux qui n'entendent rien à tout cela je les prie de ne pas rester tranquilles dans cet état. Vous jouissez de la vue, de l'ouïe, vous avez du loisir au moins les dimanches, et vous pouvez avoir des maîtres, profitez de ces dons de Dieu, pour que vous puissiez justifier devant lui, quand il vous en fera rendre compte (Oberlin, 1806).

Sara Banzet et l'intuition des « poêles à tricoter »

Si, dans le champ éducatif, la construction de maisons d'école, la formation des adultes ainsi que la gestion et le développement des bibliothèques de prêt représentent les aspects les plus saillants de l'héritage des pratiques pédagogiques de Stuber, Jean-Frédéric Oberlin se détache progressivement de sa bienveillante tutelle. Il n'est à cet égard pas surprenant que leur première véritable pierre de discorde concerne la création des « poêles à tricoter » en 1770. Ainsi le génie pédagogique du disciple de Stuber parvient-il à sa plénitude par l'invention de cette institution originale et sans précédent dans l'histoire de l'éducation, qui vient compléter le système existant en lui procurant le fondement qui fait défaut : la « petite école dans l'école », transposition dans le champ éducatif de la nouvelle *ecclesiola in ecclesia* des Frères moraves.

L'état d'abandon dans lequel sont laissés les jeunes enfants par leur famille est une préoccupation majeure pour Oberlin à l'aube de son ministère. Inutiles aux travaux agraires avant l'âge de six ans, beaucoup restent des journées entières livrés à eux-mêmes, sans aucune surveillance, sans éducation ni chaleur humaine, dans des conditions d'hygiène plus que douteuses. Au printemps de 1769, la crue du ruisseau emporte l'un d'entre eux. Ce fait semble avoir profondément marqué le pasteur qui, depuis cet accident, est à la recherche d'une solution pour retirer les plus jeunes de l'errance dans laquelle ils se trouvent. Depuis son arrivée au Ban de la Roche, il s'emploie pourtant à convaincre les adultes de leur responsabilité devant Dieu en ce qui concerne l'éducation de leur descendance !

Enfin, en décembre 1769, Oberlin se rend à Belmont, où il découvre un petit groupe d'enfants rassemblés autour d'une jeune villageoise, Sara Banzet, qui de sa propre initiative accorde en sa présence l'idée de l'enseignement du tricotage avec celle de l'éducation de la petite enfance :

> Depuis les deux années que j'exerce mes fonctions, l'éducation négligée de tant d'enfants dans ma paroisse m'a toujours causé beaucoup de chagrin, c'est un véritable fardeau qui pesait sur mon cœur... Cette nouvelle [l'initiative de Sara Banzet] me causa un véritable ravissement. J'allai aussitôt trouver le père et m'entendis avec lui pour que sa fille entrât à mon service comme institutrice (Oberlin, 1740-1811, p. 45).

À l'origine, l'institution des « poêles à tricoter » est donc l'histoire d'une rencontre : rencontre entre un pasteur pédagogue, hanté jusqu'à l'obsession par l'état d'abandon dans lequel sont laissés les enfants les plus jeunes, et Sara Banzet (1745-1774), première conductrice de la tendre jeunesse, dont l'initiative apporte comme une évidence une réponse crédible, au moins dans la pratique, à ce problème. Oberlin saisit sans arrière-pensée cette perche tendue par le destin : sans attendre, il institue, il légifère, il développe. À la suite de Belmont, les villages de Bellefosse et de Waldersbach sont les premiers à être dotés d'un poêle à tricoter.

Jean-Frédéric Oberlin donne d'emblée un véritable statut social à ses conductrices et prend soin de passer un contrat écrit avec leurs parents. Il procède de la même manière pour la location des poêles. La teneur de ces contrats témoigne de la volonté du pasteur d'asseoir au plus vite ce nouvel institut éducatif sur des bases légales. Dès l'origine, il ne s'agit nullement d'une œuvre de charité, mais de l'emploi rémunéré d'institutrices qui se substituent aux parents déficients pour l'éducation des enfants les plus jeunes. Les conductrices sélectionnées par Jean-Frédéric Oberlin sont de jeunes filles, célibataires et non émancipées, ce qui l'oblige à obtenir l'accord préalable du chef de famille. Ce choix n'est pas anodin et participe de la finalité éducative même de l'institution :

> Je soussigné Jean-Frédéric Oberlin certifie avoir promis à maître Jean Banzet le vieux de Belmont la somme de deux louis d'or par année, à compter depuis le nouvel an mil sept cent et septante, et cela pour le service de sa fille Sara, qui travaillera pour moi, et aura le logement, nourriture et habillement chez son père. Les petits présents qu'on lui fera seront à elle. La somme ci-dessus se paiera par quatre quartiers, chacun à six florins. Fait à Belmont ce troisième de janvier mil sept cent et septante en présence de Jean Nicolas Banzet, et d'Ullrich Banzet le vieux, tous deux bourgeois de Belmont (Oberlin, 1770).

Au Ban de la Roche, le poêle, c'est la salle commune, endroit privilégié pour se retrouver autour de la chaleur bienfaisante du foyer. Ainsi, à l'origine, le poêle à tricoter ne représente pas une construction originale, mais la salle commune d'une maison d'habitation ordinaire, louée occasionnellement pour accueillir les jeunes élèves des conductrices :

> Je soussigné Jean-Frédéric Oberlin certifie avoir promis à maître Nicolas Hazemann de Belmont la somme de six francs pour le louage de son poêle de derrière, y compris toutes les incommodités que l'école à tricoter, qui doit se faire dans ce poêle, leur peut attirer. Le payement se compte depuis le jour du nouvel an mil sept cent et septante, jusqu'à l'an 1771. Je paierai par deux termes, le premier sera échu à la Saint-Jean, le second à la fin de l'année. Fait à Belmont ce 3 janvier 1770 en présence d'Ullrich Banzet de Belmont (Oberlin, 1770).

On ne peut qu'être rétrospectivement surpris de la fougue avec laquelle Oberlin s'engage et défend son institution naissante, contre vents et marées. Sa femme, Salomée, et les jeunes filles qu'il élève au rang de « conductrices de la tendre jeunesse » sont en effet les seuls soutiens dont il peut disposer (texte HÉRITAGES).

Briser les tabous sociaux, linguistiques et théologiques

On mesure son isolement par l'énumération de ses adversaires : l'environnement social du Ban de la Roche, la hiérarchie luthérienne de Strasbourg, jusqu'à Jean-Georges Stuber, le bienveillant tuteur (texte HÉRITAGES). Et pourtant il persiste et signe, comme l'atteste cet extrait des *Annales* (1771) qui ne laisse planer aucun doute sur son extrême détermination :

> Accord avec elles. Voici l'accord que j'ai fait avec elles et leurs parents. 1) Elles seront entièrement à moi et comme mes servantes, à moins qu'un mariage, maladie des parents ou autre accident n'y mette de l'obstacle. 2) Je leur fournis tout et les entretiens en tout sans exception. 3) Je donne à leurs mères une servante à leurs places et je paye le gage de ces servantes. (Le même accord a lieu pour Madeleine Banzet de Bellefosse.) 4) L'accord commence depuis la semaine avant leur présentation à l'église (Oberlin, 1771, pp. 50-52).

Comment expliquer une telle unanimité dans le concert de protestations qui accompagne la naissance des poêles à tricoter, et comment comprendre en retour l'entêtement de leur créateur ? De fait, cette première institution au monde pour la scolarisation des enfants les plus jeunes se construit en rupture avec les conceptions théologiques, culturelles, politiques et sociales de son époque.

Le premier tabou transgressé par Oberlin est celui du statut des femmes, dans la microsociété du Ban de la Roche, et, qui plus est, le statut de femme éducatrice. Cette situation est sans commune mesure avec les pratiques sociales ségrégationnistes sur la place des filles dans la macrosociété patriarcale du XVIIIe siècle.

Le second tabou transgressé est d'ordre linguistique. Sous l'impulsion du pasteur, les conductrices vont s'employer à promouvoir la pratique de la langue française, et à rendre en quelque sorte les enfants « étrangers » à leurs parents, qui pour la plupart ne parlent que patois. Cette ingérence de l'école dans l'intimité familiale des Ban-de-la-Rochois aura elle aussi ses conséquences dans le macrocosme républicain : l'exemple de Waldersbach viendra en son temps conforter l'abbé Henri Grégoire (1750-1831) dans sa volonté de promouvoir une unité linguistique nationale. Il pourra en effet opposer à ceux qui jugent son projet nécessaire dans les faits, mais utopique dans la pratique, le jugement du frère philologue (Jérémie-Jacques) avec lequel il correspond tout au long de sa vie. Celui-ci écrivait dès 1775, dans la préface de son *Essai sur le patois lorrain* : « C'est en vain qu'on se proposerait de déraciner le jargon populaire ; les savants l'apprendraient plutôt que les paysans et gens de métier ne sauraient s'en défaire. » Mais dans une lettre à Grégoire du 24 juin 1793, le ton est tout autre, et le théoricien loue la réussite des pédagogues :

> Mais déjà avant cette époque les soins de mon frère m'avaient détrompé. Il y a trente ans environ qu'il fut placé au Ban de la Roche. Son devancier, le digne citoyen Stuber, que tu connais, avait commencé à humaniser cette paroisse, composée de cinq villages, dans lesquels presque personne ne savait lire, moins encore écrire. Et, comment l'auraient-ils appris ? Les maîtres d'école étaient traités de vachers ; leurs places se donnaient tous les ans au rabais, et l'école faisait la ronde par semaines dans les pauvres chaumières des paysans, qui étaient obligés de céder leur poêle de ménage, étroit et obscur, pour cet usage. Les maisons d'école bâties, les places de régents rendues stables, les écoles de tricotage établies pour les filles ont produit une nouvelle génération instruite, sachant bien lire, bien écrire et chiffrer, ayant quelques connaissances en herbes utiles et salutaires du sol qu'elle habite. Une petite bibliothèque formée dans la maison ci-devant curiale de livres instructifs et amusants occupe depuis les loisirs de ces montagnards dans les jours consacrés au repos, et a beaucoup contribué à épurer les mœurs dans ces villages. Enfin, une contrée, qui ne lisait pas, il y a cinquante ans, est aujourd'hui en état de lire les décrets de la Convention, que le citoyen ministre s'applique à leur expliquer [...] Il est donc prouvé par cette expérience que, si l'on ne parvient pas tout à coup à expliquer l'usage du patois, on peut au moins introduire l'usage de la langue de la liberté d'abord pour la lecture et l'écriture ; on parviendra par la suite à la faire parler (Chalmel, 1996, pp. 31-32).

Le troisième tabou transgressé est de l'ordre de la controverse théologique, car Oberlin ne fait (rétrospectivement, certes) pas mystère de l'inspiration morave de l'institution créée. Dans son récit du 2 mai 1808 adressé à la conférence de Herrnhut (texte HÉRITAGES), il reconnaît dans les poêles à tricoter la seule forme existante d'*ecclesiola in ecclesia* au Ban de la Roche, c'est-à-dire d'une assemblée d'élus, élément moteur, source de régénération pour toute la communauté évangélique.

Ainsi, l'idéal d'un retour à l'ancienne fraternité des assemblées chrétiennes primitives fait partie intégrante du sacerdoce pédagogique des conductrices. Au sein de sa « petite école dans l'école », il cherche, avec ses collaboratrices, les meilleurs chemins pour toucher l'âme des jeunes élèves, influencer leur comportement conformément à la morale chrétienne, faciliter les apprentissages en vue d'un accès à la culture, nécessaire au rapprochement de l'homme vers son Créateur et à une insertion socioprofessionnelle future réussie.

Plaque pour lanterne magique, datant de 1780, utilisée par Oberlin qu
projetait les images sur les murs des écoles du Ban de la Roch

Les poêles à tricoter, un outil complet et moderne

L'isolement du Ban de la Roche est en cet hiver 1769 un atout précieux ; dans toute autre contrée plus accessible, les autorités auraient vraisemblablement mis un terme rapide à tout le système, prétextant le caractère scandaleux que revêt à cette époque l'idée de confier à des jeunes filles inexpérimentées l'éducation des plus jeunes enfants. De fait, un contrat implicite lié à cet isolement permet au pasteur de poursuivre ses expériences, pour peu que celles-ci restent circonscrites au strict territoire du Steinthal.

La démarche entreprise peut d'abord être comprise dans une logique d'affranchissement progressif par rapport à la bienveillante tutelle du prédécesseur strasbourgeois (Chalmel, 2001, p. 150 et suiv.). Elle s'inscrit également dans la construction d'une personnalité de théologien qui s'affirme. Mais elle est surtout l'histoire d'une rencontre ; car, au-delà de la rencontre humaine, précédemment décrite, l'idée des poêles à tricoter constitue pour Oberlin un précipité (au sens chimique du terme) de ses convictions théologiques, philosophiques, morales, didactiques et pédagogiques du moment.

Pédagogue, il questionne et se questionne... et va chercher à se rendre claire à lui-même l'alchimie qui produit cette synthèse, cette cohérence inespérée. Il ne fait aucun doute par ailleurs qu'il ait compris que cette institution unique constitue sa contribution originale à l'histoire des idées pédagogiques. Il suffit pour s'en convaincre de relire la réponse qu'il adresse à la Convention nationale le 9 vendémiaire III : « 2 septembre (ou 16 fructidor II). La Convention nationale (sur un rapport de M. François Ehrmann, député) décrète mention honorable de monsieur Jean-Georges Stuber, mon excellent devancier, et de moi, pour vingt-sept ans de travaux dans l'instruction publique. » Il y décrit exclusivement les procédés didactiques mis en œuvre dans les poêles à tricoter, s'effaçant derrière l'image de Stuber pour le reste de l'œuvre pédagogique :

> Je reçus, il y a quelques jours, un extrait du procès-verbal de la Convention nationale du 16 fructidor de l'an II de la République une et indivisible, où il fut fait mention honorable de mon bon et loyal prédécesseur Stuber, et de moi, pour nos efforts à franciser, cultiver,

> civiliser les habitants des cinq villages et trois hameaux, sur lesquels nous osions travailler au Ban de la Roche. Je fus extrêmement surpris de cet honneur inattendu, et encore ne sais-je trouver des expressions pour témoigner la vive reconnaissance dont je fus pénétré. Mon embarras est d'autant plus grand que, ma langue maternelle étant l'allemand, sachant à force de lecture assez de français pour ma chère vallée, je reste court vis-à-vis de Français, nés français. Agréez, citoyens représentants, agréez l'assurance, que je vis de cœur et d'âme, de talents et de toutes mes forces pour la République française. La Convention nationale me témoigne son approbation de mes soins pour introduire ici la langue française. Peut-être oserais-je vous présenter une petite description de la méthode, dont je me suis principalement servi (Oberlin, 9 vendémiaire III).

L'historiographie du Ban de la Roche retient principalement que c'est autour du tricotage, proposé aux enfants de Belmont par Sara Banzet, que Jean-Frédéric Oberlin élabore un système de garde compatible avec l'âge de ses jeunes élèves. Le caractère perçu comme exclusivement manuel de l'activité, sans explicitation sur sa portée psychologique réelle, a fortement contribué à l'ostracisme dont Oberlin semble victime dans l'histoire de la pédagogie en France. En effet, s'il conserve la place qui lui revient dans le *Dictionnaire de pédagogie et d'enseignement primaire* de Ferdinand Buisson (1911), son image s'est progressivement effacée du paysage pédagogique national contemporain.

> Il y a environ vingt-sept ans que j'établis huit institutrices pour les huit villages et hameaux. Ces bonnes filles instruites par feue ma femme et moi montraient à leurs jeunes élèves des figures d'histoires, d'animaux et de plantes où j'avais écrit les noms en français et en patois, puis elles les leur disaient et faisaient répéter à tous en français. Pour occuper en même temps les mains, elles leur apprenaient le tricotage, inconnu jusqu'alors dans cette contrée (Oberlin, 9 vendémiaire III.).

Or, derrière l'apparence occupationnelle se profile une intuition remarquable, que l'on peut traduire sous forme d'un principe : occuper les mains (si possible par quelque activité utile) pour ouvrir l'esprit. Le travail manuel accapare le corps et, de ce fait, rend ces petits êtres, habituellement turbulents, intellectuellement disponibles et attentifs. L'exercice physique devient à cet égard indissociable de toute activité intellectuelle. Mais le contenu des enseignements proposés aux élèves des petites écoles est loin de se limiter aux seules leçons de tricot :

> Puis elles les amusaient par des jeux qui donnaient de l'exercice au corps, dégourdissaient les membres, contribuaient à leur santé et leur

> apprenaient à jouer honnêtement et sans se quereller. Dans les beaux jours on les menait à la promenade, là les enfants cueillaient des plantes et les conductrices les leur nommaient et leur faisaient répéter les noms. Toutes ces instructions avaient l'air d'un jeu, d'un amusement continuel.
> J'ai une petite collection d'histoire naturelle, de productions de l'art, d'instruments de joueurs de gobelets, le tout au service des institutrices. Quand le zèle des élèves commençait un peu à se ralentir, un nouveau miracle de notre façon les excitait de nouveau et ravivait leur goût à apprendre. J'ai oublié de parler des petites cartes géographiques que j'ai taillées en bois, par le moyen desquelles mes chers petits élèves se familiarisaient peu à peu avec tous les pays du monde (Oberlin, 9 vendémiaire III).

L'univers du jeune enfant s'ouvre dès la belle saison vers la nature environnante, à la découverte de sa faune et de sa flore et de l'industrie que les hommes y développent. La volonté d'introduire au programme des poêles à tricoter les premières notions de géographie est à replacer dans la continuité de l'action pastorale d'Oberlin, qui cherche par tous les moyens et dans tous les champs de son action à briser l'isolement du Ban de la Roche. Son plan génère l'ouverture, il est synonyme d'éveil au milieu de vie dans sa dimension économique et sociale, de volonté de développement des connaissances utiles à la vie quotidienne.

Cette ouverture sur le monde constitue à nos yeux le principal témoignage du rapport dialectique et mutuel entretenu par Oberlin entre théologie et raison; l'exploration par les élèves de l'espace environnant s'inscrit comme la résultante de ce conflit intérieur, par la transposition didactique des résultats de sa recherche. « Et plus bas, et plus haut ! » L'éducation des plus petits devient le principal vecteur de la transformation sociale du Ban de la Roche. Car c'est paradoxalement à partir de leur exemple qu'Oberlin espère entraîner la population adulte à la conquête des terres de savoir:

> Quand une institutrice m'avertit que les élèves avaient bien saisi leur tâche de plantes, animaux, histoires, cartes géographiques, elle osait produire ses élèves à l'Église assemblée, et les enfants montraient leurs progrès avec une gaieté, avec une extase, qui faisait pleurer les vieux. De plus par cette répétition ou récitation publique je réussis à enseigner aux vieux ce qui leur était utile, mais que je n'aurais pas eu l'occasion de leur apprendre. Par ces moyens cette petite peuplade, jadis parfaitement ignorante, est métamorphosée et le français est quasi la langue maternelle de toutes les familles qui ont bien voulu se laisser civiliser, quoique les leçons de ces institutrices, pour éviter le

dégoût des maîtresses et des élèves, ne se donnassent qu'un ou deux jours par semaine, et qu'elles ne se donnent aujourd'hui qu'autant par décade. Comme par lesdits travaux, j'ai eu le bonheur de prévenir les vœux du Comité d'instruction et de la Convention nationale, je ne souhaite rien tant que d'avoir la satisfaction d'oser consacrer le reste de mes jours à l'instruction de cette contrée. Que Dieu conserve la République et confonde ses ennemis (Oberlin, 9 vendémiaire III).

Une pédagogie d'éveil aux prolongements multiples

La méthode utilisée par les conductrices (texte PÉDAGOGIES) est associée à l'idée d'une pédagogie d'éveil à la nature et à l'activité humaine, résolument ancrée dans le milieu de vie des élèves. Elle répond pleinement aux vœux du pédagogue morave Jan Amos Comenius, qui réclamait en son temps cette ouverture sur l'espace et le temps :

> Il faut savoir tirer le savoir, non des livres, mais du ciel, de la terre, des chênes et des hêtres. Je veux dire qu'il faut apprendre aux hommes à connaître et à comprendre les choses directement en elles-mêmes et non par le truchement des observations et des témoignages d'autrui [...] Que notre loi soit donc la suivante : tout déduire des principes immuables des choses ; ne rien enseigner par voie d'autorité, mais par démonstration sensible et rationnelle ; préférer la méthode synthétique à la méthode analytique (Comenius, 1657/1992, p. 151).

Toute situation d'enseignement s'accompagne d'une production : tricot, dessin, collecte de plantes... permettant, de manière un peu paradoxale, d'installer d'autres apprentissages et de fixer l'attention très fugitive des enfants de cet âge. La répétition régulière de structures langagières, l'utilisation d'objets pour concrétiser les leçons, la pratique de jeux développant un esprit coopératif dans le cadre de règles données sont autant de marques de respect pour le rythme d'apprentissage et la personnalité de chaque enfant.

Le jeu trouve tout naturellement sa place comme moyen didactique privilégié dans la pratique quotidienne des conductrices. Le besoin de jouer, propre à la petite enfance, participe aux apprentissages. Plusieurs « outils » viennent ainsi à la rescousse des éducatrices pour attiser l'envie d'apprendre : jouets pédagogiques imaginés par le

pasteur, jeux collectifs ou dits de « société », objets issus de la collection d'histoire naturelle.

La découverte active, en symbiose avec le milieu de vie, à laquelle les conductrices tentent d'associer leurs élèves se structure autour d'une idée pédagogique, celle de l'enfant collectionneur, et de son pendant scientifique, la réalisation d'un herbier. Elle constitue une véritable pédagogie d'éveil avant l'heure. Tout y contribue, concept et méthode, démarche et organisation pratique, et ceci dans au moins sept dimensions :

1) une dimension spatio-temporelle : la collecte des plantes implique la mise en œuvre d'une stratégie exploratoire qui respecte les rythmes saisonniers et les cycles naturels. Elle impose des déplacements, une conquête progressive de l'environnement proche, puis plus éloigné. Garder la mémoire de ces déplacements revient à conserver le souvenir des gisements botaniques et conduit naturellement à la cartographie locale, qui s'élargira progressivement à celle de la région puis du pays ;

2) une dimension mathématique : la gestion d'une collection génère des manipulations qui engagent des activités mathématiques élémentaires tel les tris, les classements, les sériations, le dénombrement, le partage ;

3) une dimension langagière : la mise en ordre du monde procède de la précision du langage. Ce qui n'est pas nommé n'est pas connu. Ainsi, les plantes collectées font l'objet d'une reconnaissance linguistique orale puis écrite, s'appuyant sur la langue vernaculaire (le patois du Ban de la Roche) et s'élargissant au français, la langue de l'école, au latin, la langue de la science, et à l'allemand, la langue du voisin. On ne peut qu'être à nouveau frappé par la proximité de cet apprentissage langagier avec le projet de Comenius dans son *Orbis sensualium pictus quadrilinguis* (1685), dont Oberlin possède plusieurs exemplaires de l'édition de 1760 dans sa bibliothèque ;

4) une dimension biologique : à la connaissance des biotopes s'ajoute la nécessité d'une nouvelle classification des plantes selon leurs vertus telles la toxicité, la comestibilité, les qualités tinctoriales et médicinales ;

Plaques pour lanterne magique, 1780.

5) une dimension prophylactique : les vertus des plantes collectées doivent être exploitées afin d'anticiper les besoins de la population locale. L'art culinaire peut rendre d'inestimables services dans les temps de disette, tout en permettant de mieux préserver l'équilibre alimentaire. La connaissance des principes actifs permet de développer une véritable pharmacopée locale, de prévenir et de tenter de guérir. À chaque mal sa plante, son remède. L'idée de recette est à cet égard tout à fait centrale. Il faut savoir préserver (sécher par exemple), transformer (tisanes, pommades...), doser ;

6) une dimension artistique : l'un des modes privilégiés de la connaissance consiste en la reproduction la plus fidèle possible du modèle naturel. Les enfants sont ainsi invités à fixer l'image des fleurs collectées qui sont reproduites selon différentes techniques, dont l'une induit la fabrication de couleurs à partir de substances végétales et minérales ;

7) une dimension physique, enfin : le corps est sollicité sous de multiples aspects. Le développement de la force et de l'agilité physique, l'hygiène corporelle, la canalisation des énergies au service des activités humaines sont autant de principes agissant dans les poêles à tricoter.

Le caractère éminemment visionnaire de l'approche didactique des petites écoles du Ban de la Roche peut aisément être mis en évidence, si l'on se réfère au « programme » des écoles maternelles contemporaines. On y recommande en effet de développer plus particulièrement les apprentissages linguistiques, les savoirs logiques et mathématiques, le « vivre ensemble », l'action dans le monde, la découverte du monde, la capacité à imaginer, sentir, créer, les activités graphiques et physiques... N'en déplaise aux amnésiques, la pédagogie mise en œuvre au sein des poêles à tricoter représente historiquement la première réalisation pratique d'une éducation collective de la petite enfance, qui se génère et se développe dans une alliance objective entre science et théologie.

Une société plus fraternelle, au sein de laquelle chaque homme est capable d'entrer en recherche spirituelle, ne peut s'accommoder de l'ignorance et d'une précarité financière et intellectuelle. À cet égard, les poêles à tricoter constituent l'élément moteur de la transformation intellectuelle et sociale au Ban de la Roche et permettent à de jeunes femmes, les conductrices de la tendre jeunesse, d'être reconnues dans leur fonction d'éducatrices. On retrouve, dans les principes directeurs des pratiques pédagogiques mises en œuvre par les conductrices de la tendre jeunesse, l'essentiel de l'approche coménienne, résumé dans la formule: «du bas vers le haut». Un projet éducatif cohérent de la petite enfance à l'âge adulte, effectué dans des structures adaptées, est désormais possible. Cette institution constitue dès lors la pierre d'angle de l'édifice pédagogique et religieux du Ban de la Roche, celle d'où tout part et où tout revient.

«Douce contrainte» et travail en équipe

Dans l'esprit de Jean-Frédéric Oberlin, le jeune âge est synonyme de plus grande «éducabilité» cognitive, d'esprit d'entreprise et d'enthousiasme militant. Un enseignement concret dans un premier temps, suivi d'une distanciation progressive par rapport à l'objet d'étude, permet la construction de concepts par reformulations successives. L'enfant apprend de cette manière à l'intérieur d'une spirale ascendante dont il demeure le centre pendant tout le processus. Le corps constitue dans cette perspective un vecteur physique et sensoriel privilégié pour construire les premières connaissances et il est sollicité sous de multiples aspects.

Enfin, au sein de la petite école, la loi existe, elle est la même pour tous, mais il reste préférable de convaincre les enfants de l'adopter par des moyens accessibles à leurs jeunes intelligences, plutôt que d'utiliser des méthodes coercitives *a priori*. Une adhésion relativement libre du jeune enfant aux principes éducatifs du poêle à tricoter s'obtient alors par l'utilisation de procédés éducatifs adaptés à sa compréhension du monde et empreints d'un caractère ludique en rupture avec l'âpreté de l'environnement familial. On peut alors définir la pédagogie mise en œuvre par les conductrices comme celle de la «douce contrainte», dans laquelle se laisser convaincre est agréable et présente pour l'élève souvent bien plus d'avantages que d'inconvénients.

Oberlin cherche en outre à promouvoir le travail en équipe parmi les éducateurs des différents niveaux: chacun se voit non seulement responsable de sa charge d'éducation quotidienne, mais doit également avoir une vue d'ensemble sur l'activité de ses pairs. Les conduc-

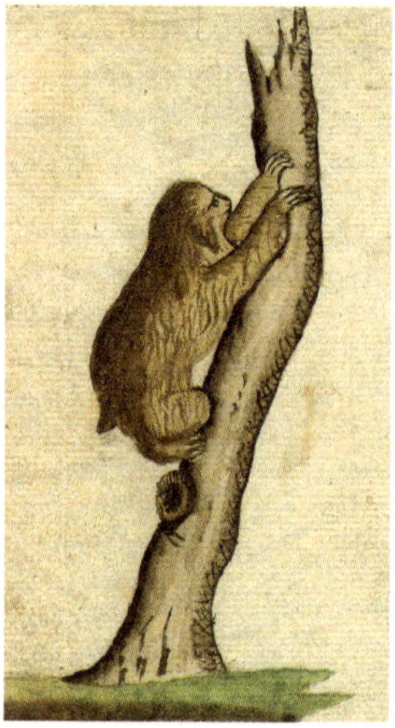
De telles fiches animalières circulaient dans les écoles du Ban de la Roche vers 1800.

trices ne se trouvent aucunement marginalisées par rapport au travail des régents d'école, mais participent progressivement à la mise en œuvre d'un projet éducatif commun :

> Il serait peut-être utile de rétablir aussi vos visites d'écoles. Vous êtes sept. Que chaque semaine l'un d'entre vous fasse à son tour une visite dans telle autre école qu'il lui plaira, après en avoir conféré avec celui auquel il veut faire visite, et que le dimanche auparavant il me dise où et quand. Jamais je n'ai vu écolâtrer un autre sans en avoir tiré quelque profit pour moi. De cette manière le tour de chacun ne reviendra que de sept en sept semaines. Michel Scheppler ferait le commencement, puis Théophile Scheidecker, et ainsi en montant vers l'ancienneté [...] Le dimanche après sa visite, le visiteur voudra bien m'en faire un rapport de bouche. Lors de sa visite, il pourra se faire accompagner par ses écoliers les plus avancés (Oberlin, 1802).

C'est dans le village de Bellefosse que s'ouvre le chantier de la première maison d'école, regroupant un institut préscolaire et une structure d'éducation élémentaire. L'idée a fait son chemin, les paysans prennent en main les travaux dans un élan de générosité conforme à l'esprit de la « petite église dans l'église ». Une dynamique de prise en charge communautaire de la question éducative s'est amorcée, chacun se sent désormais responsable et impliqué à son niveau. Le petit peuple de Bellefosse rassemblé autour du chantier de sa maison d'école se découvre une vocation de bâtisseur :

> Samedi 21 août fut le jour de chance où j'eus l'opportunité d'acheter entre Bellefosse-le-Haut et Bellefosse-le-Bas une petite parcelle d'un champ pour y construire une salle de classe et salle de tricot [...] Ce qui est remarquable dans cette histoire c'est que lorsque l'on demande à ces gens un service important, on essuie habituellement un refus. Ici à mon grand étonnement ce fut exactement le contraire, puisque les bourgeois de là-bas précédèrent ma requête... et plusieurs parmi ces hommes rudes ne purent retenir leurs larmes. Ils m'assurèrent que cet état de fait les avait fait soupirer depuis longtemps et ils me promirent autant que possible de me procurer l'aide nécessaire ; celle-ci ne pouvait guère consister que dans le transport des pierres indispensables, car seulement très peu d'entre eux pouvaient être utiles avec quelque argent. Mais j'espère pouvoir ériger cette petite construction

> avec quatre ou cinq cents *Guldens*. Aujourd'hui 3 septembre tous les hommes de Bellefosse sont dans la forêt de Steige pour couper le bois de la maison d'école. Jusque-là il y en eut tellement sur le chantier lui-même qu'ils réussirent à creuser des fondations profondes de quelques pieds. Les 6 et 7 ils allèrent en masse chercher le bois à Rothau [...]. Le [?] octobre les volontaires des cinq villages allèrent chercher les pierres de grès dans le canton de Salm. On devait pour monter à Bellefosse atteler à une voiture de quatorze à quinze bêtes et encore parmi les meilleures. Tout se passa, Dieu soit loué, sans malheur. Aujourd'hui ils cherchent le bois de construction. (À nouveau les cinq villages) [...] Aujourd'hui 11 août, la petite maison d'école fut inaugurée et bénie. N. B. : c'est en 1772 qu'une veuve de Bellefosse aujourd'hui disparue donna le premier argent de sa propre initiative, soit la somme de six sols, ceci au mois d'août (Oberlin, 1773).

Si la conception générale des instituts pour la petite enfance et de leur programme éducatif est l'affaire du pasteur, leur mise en application dépend en grande partie de la compétence des jeunes filles dont il s'est entouré et auxquelles il a confié la lourde responsabilité de conduire la tendre jeunesse.

Parmi toutes celles qui consacrent une partie de leur vie à la petite enfance, trois fortes personnalités attirent plus particulièrement l'attention, pour des raisons différentes. La première, Sara Banzet, est la seule qui n'ait pas réellement été choisie par Oberlin. C'est grâce à son initiative qu'il conçoit puis généralise le modèle des poêles à tricoter. Sara Banzet représente la pierre d'angle dans l'histoire des petites écoles. Elle symbolise l'esprit féminin, géniteur d'une institution au sein de laquelle les générations futures feront l'apprentissage des valeurs essentielles et développeront leur compréhension naissante du monde dans la perfection de leurs sens.

Anne-Catherine Gagnière (1733-1810) incarne le versant spirituel de la foi morave, la communication privilégiée avec Dieu dans la prière, reconnue comme efficace par le pasteur Oberlin lui-même (14 avril 1807). Les habitants du Ban de la Roche lui accordent leur confiance dans le règlement des affaires privées, convaincus, semble-t-il, du caractère inspiré de son jugement. L'ombre d'Anne-Catherine Gagnière se profile nécessairement lorsque l'on évoque le caractère religieux des petites écoles.

La troisième figure emblématique des conductrices de la tendre jeunesse se nomme Louise Scheppler (1763-1837), infatigable servante de la famille Oberlin, seconde mère des enfants du pasteur (texte UN PONT SUR LE FIL DU TEMPS). Elle contribue personnellement au perfectionnement des méthodes éducatives mises en œuvre et devient rapidement une véritable conseillère pédagogique auprès du maître Oberlin, instruisant les conductrices débutantes et stimulant le zèle des autres.

Les petites écoles sont-elles indéfectiblement liées aux fondements religieux piétistes-moraves qui ont présidé à leur mise en œuvre, ou peuvent-elles évoluer vers une conception plus laïque, conforme aux idéaux républicains ? Si le poêle à tricoter n'est pas sécularisé, il est au moins tolérant vis-à-vis de l'appartenance religieuse, du fait même de son attachement à l'idéologie morave ; le projet pédagogique initial de la petite école est d'éveiller l'intelligence de l'enfant pour le conduire à la connaissance de Dieu, mais il s'enrichit progressivement de valeurs complémentaires au contact de l'humanisme républicain. Ces valeurs sont bien souvent perçues comme la traduction contemporaine de principes propres aux Évangiles ; en effet, l'amour de Dieu appelle l'amour des hommes et implique un engagement militant dans toutes les dimensions et à toutes les étapes de la vie. Elles sont d'autant plus facilement intégrées au projet initial dans la mesure où la pensée morave n'est liée à aucun dogme, et permet à ceux qui s'y réfèrent d'enrichir plus facilement leurs expériences en fonction des aléas de l'histoire.

SOCIÉTÉS

Vers le développement durable et la justice sociale

Au fil des *Annales du Ban de la Roche*, sorte de journal de bord que Jean-Frédéric Oberlin tient, avec plus ou moins de régularité, entre 1770 et 1822, la situation sociale des habitants de sa paroisse est décrite avec une grande minutie. Tout à la fois chroniqueur, historien, anthropologue, témoin et acteur, il dénonce les conditions de vie peu enviables de ses contemporains. L'organisation même des *Annales* atteste d'une volonté de transmettre aux générations futures, sans affétement littéraire, le quotidien de ces gens ordinaires, « sans histoire ».

S'il est un terme qui domine les deux cent soixante-douze pages de cette chronique, c'est bien celui d'une effroyable misère, source de tous les maux mais aussi, paradoxalement, principale cause de l'attachement indéfectible d'Oberlin à ce petit peuple oublié :

> Christian Caquelin, pauvre homme, avait semé du seigle, qui périt l'hiver passé, il y faut maintenant des pommes de terre. Il devait semer de l'avoine dans un autre champ, il en avait préparé et réservé la semence, mais son fils ayant cassé sa jambe, le cheval du chirurgien la lui mangea *(sic !)*, outre les autres dépenses. Maintenant il n'a plus ni semence, ni argent, ni crédit. Il faut payer sur le bien, et n'en rien tirer ? Cela est dur. Le pauvre homme est aux abois, il ne sait où donner de la tête. Il promet de donner un boisseau d'intérêt pour deux boisseaux d'emprunt. Agirait en barbare, qui l'accepterait. J'espère bien lui en procurer sans intérêt (Oberlin, 1770, p. 1).

Témoin « immergé volontaire » dans cet environnement hostile, le pasteur de Waldersbach prend la plume pour dénoncer les abus de toutes sortes, particulièrement l'incompétence et le mépris des autorités locales pour les habitants de la vallée. Indifférentes aux maux qui les rongent, elles renforcent le sentiment ambiant de fatalité et d'abandon en outrepassant leurs droits. Oberlin dresse ainsi, en 1786, une liste d'abus de pouvoir caractéristiques sous le titre: «Échantillons des menées des officiers subalternes», qui donne une idée des pratiques alors en vigueur. Pour remédier à ces injustices, il en appelle régulièrement à l'arbitrage de son coreligionnaire le baron de Dietrich, propriétaire du comté. Ces appels ne resteront pas sans écho, si l'on considère en particulier qu'entre 1771 et 1788 les Ban-de-la-Rochois bénéficieront d'un crédit d'impôt d'environ cinquante mille livres de la part de la nouvelle autorité strasbourgeoise. L'exemple choisi atteste en particulier de l'impossibilité de se défendre face au pouvoir subalterne, qui réclame un argent faisant cruellement défaut:

> D'après le mandement venu de l'intendance, la communauté de Bellefosse avait à payer (outre les vingtièmes et subventions) 131 livres, 17 sols, 3 deniers 1/2. Mais d'après la répartition faite par M. Wolf, prévôt, et Jean Ahne, la somme à payer montait à 186 livres, 1 sol, 5 deniers. Le juré demanda au prévôt ce qu'il voulait faire de cet excédent de 54 livres. Les réponses vagues et éludantes du prévôt n'éclaircissant pas le juré, sa communauté fut d'avis de s'adresser à M. l'intendant pour apprendre ses ordres. Leur requête fut renvoyée à M. le bailli qui la communiqua au prévôt. Peu après la communauté fut sommée par sentence de payer l'excédent, sous prétexte qu'il servît pour les frais communs. La pauvre communauté, de crainte de rencontrer pis encore, paya, tandis qu'elle avait eu à représenter qu'elle payait déjà les frais communs à part, et que sa quote-part montait cette année au-delà de 300 livres. C'est ainsi qu'on en use vis-à-vis d'une communauté dont le gracieux Seigneur, son protecteur et maître, vient si souvent dans le pays. Que ferait-on, si la crainte de sa justice et équité ne mettait quelque frein à la cupidité et ruse des officiers subalternes? (Oberlin, 1786, p. 177.)

Et pourtant, au milieu de ces difficultés quotidiennes et face au spectacle de la misère, s'il est parfois abattu, Oberlin n'est jamais découragé. Sûr de la mission de berger du Ban de la Roche à laquelle il a été appelé, il guide inlassablement son troupeau sur la voie d'un communautarisme exigeant, qui seul lui permettra de forger, avec ses propres forces, les bases d'un monde meilleur. La nature environnante est son terrain d'action: la terre préfigure le ciel. Il faut apprendre à lire dans le livre naturel, et savoir s'émerveiller devant ses productions les plus remarquables:

> 1791, lundi le 5 mai, on m'apporta des forêts de Belmont une petite branche de cerisier en fleurs. La branche avait 1 pied 9 pouces de long (pas aussi longue que le bras d'un homme). Elle eut 22 paquets de fleurs. Le plus gros paquet en eut 27, et le plus petit en eut 13. Tous les 22 paquets eurent ensemble 395 fleurs (Oberlin, 1791, p. 184).

L'entretien des chemins et des ponts

Cependant, le berger ne peut se satisfaire du rôle de spectateur. Si les défis à relever sont nombreux, ils s'articulent autour d'un objectif commun : l'aménagement du territoire. D'un point de vue méthodologique, trois convictions profondément ancrées structurent les choix du pasteur : il est vain d'attendre du secours de la part des autorités locales ; l'émancipation sera collective, ou elle ne sera pas ; la formation permanente est l'indispensable instrument du progrès.

La remise en état de voies de communication dignes de ce nom constitue l'une des conditions essentielles d'un désenclavement du Ban de la Roche, nécessaire au développement économique de la région. La tâche est immense, si l'on en juge par l'état désastreux des infrastructures à l'origine. Oberlin en a souvent lui-même été affecté lors de ses déplacements vers Strasbourg, lorsqu'il lui faut emprunter le « mauvais chemin de Rothau » :

> Le 22 février (1772) les bourgeois de Fouday commencèrent de leur propre gré et sans aucun ordre que celui de leur juré et *Oberchef* Sébastien Bernard à faire un chemin pour Rothau depuis leur pont jusqu'au pont du Bât où on trouve la route que le prince de Salm a fait faire.
>
> L'entreprise de cette communauté est hardie en même temps et généreuse. Hardie : eux ne sont qu'une poignée d'hommes, le chemin est assez long et passe par des amas de grands rochers, dont quelques-uns ont près de douze pieds de long et le reste proportionné, qu'il faut rouler de leur place. Elle est généreuse : eux n'en ont guère affaire, pas plus que d'autres, car leurs prés sont dans le fond [non, ils ont des prés des deux côtés du ruisseau et jusque vers Rothau]. Jusqu'ici le chemin passa entre les prés dans le fond, et était vraiment affreux, il traversa deux fois la Bruche, dont le fond est jonché de cailloux. Bêtes et voitures y souffraient extrêmement et pour peu que la Bruche était grande, il y eut du danger ou il fut impossible d'y passer.
>
> L'an passé m'étant fait mener à Strasbourg dans ma voiture mince et extrêmement légère, je renvoyais celle-ci après l'avoir chargée de quelques mesures de vin, et de quelques coffres. Petite charge pour trois chevaux. Aussi tout alla à merveille. Les neiges défendirent de

> prendre par la hauteur, ou les montagnes. Mais étant venu dans la Bruche, et celle-ci étant un peu grande par la fonte des neiges, on ne put plus avancer ni reculer. L'un des deux voituriers courut implorer le secours de la communauté de Fouday. Tout le monde y va. Les uns voulurent qu'on transportât les coffres, etc., l'un après l'autre. D'autres, qu'on levât toute la voiture avec sa petite charge sur de fortes perches et qu'on la portât jusqu'au village. Mais enfin on y attela plusieurs chevaux, pour la mener coûte qu'il coûte, on se met en partie sur les chevaux, on crie, on frappe, mais l'eau renverse un cheval après l'autre. Enfin on avança pourtant et la quantité du secours l'emporta sur la véhémence de l'eau et la résistance des rochers. Le sentier n'étant guère meilleur, il fallut tantôt passer par des endroits marécageux où, par-ci par-là, la pointe d'un rocher soutint le pied incertain. Tantôt il fallut grimper sur de dangereux tas de rochers, mais il n'y eut pas de choix.
> Les 24 et 25, les bourgeois de Waldersbach firent un chemin pour aller à Solbach. Ils le menèrent jusqu'à la borne de leur ban. Le 29 les bourgeois de Solbach y travaillèrent aussi pour le mener vers leur village. D'autres fois ayant mené la voiture depuis Rothau jusqu'à Solbach, il fallut de là prendre la hauteur à gauche pour descendre par la Berrhoe, ou bien quand on voulait continuer sur la montagne de Saint-Jean, il fallait des hommes pour tenir la voiture qu'elle ne renversât. Car le vieux chemin avait pris la pente de la montagne, de sorte que les roues droites étaient souvent d'un pied plus bas que les roues gauches. N. B.: Ce nouveau chemin passe sur les terres de la principauté de Salm, où passa autrefois le sentier. On obtint aisément les permissions des officiers de Senones (Oberlin, 1772, pp. 64-65).

Ce récit témoigne du double objectif que poursuit Oberlin dans sa volonté de désenclavement: dans un premier temps, il s'agit de développer un réseau interne, propre à assurer le regroupement des différents villages de sa vaste paroisse, et à renforcer chez ses habitants le lien communautaire. Dans un second temps, il souhaite ouvrir ce réseau interne sur la grande route de Strasbourg, seul axe susceptible de permettre des échanges commerciaux avec l'extérieur. C'est alors que se pose la difficile question de la traversée de la rivière Bruche, et donc celle de la construction de ponts. Celui de Rothau peut en particulier se transformer en un piège mortel:

> Le 11 thermidor ou 29 juillet une malheureuse jeune fille de Diesbach y passa avec son père, tomba et se noya. Son père ne put la sauver. Le malheur arriva le matin à neuf heures et on ne put la retirer et retrouver qu'à deux heures l'après-midi. L'eau était très grande.
> Voici ce que dit la loi de notre Dieu:
> Deutéronome, XXII, 8: «Quand tu bâtiras une maison neuve, tu feras des défenses tout autour de ton toit (de la terrasse plate qui est en usage

dans l'Orient) afin que tu ne rendes point ta maison coupable de sang, si quelqu'un tombait de là. »
Exode, XXI, 33 : « Si quelqu'un découvre une fosse, ou si quelqu'un creuse une fosse et ne la couvre point, et qu'il y tombe un bœuf ou un âne, le maître de la fosse donne sa satisfaction et paiera le dommage, mais la bête morte lui appartiendra. »
Exode, XXI, 28-29 : « Si un bœuf heurte de la corne un homme ou une femme et que la personne en meure : le bœuf sera lapidé, sans nulle exception, et on ne mangera point de sa chair ; mais le maître sera absous. Mais si le bœuf avait auparavant accoutumé de heurter de sa corne, et que son maître en eut été averti avec protestation et qu'il ne l'eut point renfermé, s'il tue un homme ou une femme, le bœuf sera lapidé et on fera aussi mourir son maître. Que si on lui impose un prix pour se racheter, il donnera la rançon de sa vie, selon tout ce qui lui sera imposé. »
Exode, XXI, 23 : « Tu donneras vie pour vie, œil pour œil, dent pour dent, main pour main, pied pour pied, brûlure pour brûlure, plaie pour plaie, meurtrissure pour meurtrissure. »
Sans doute que si nos prédécesseurs législateurs avaient pu présumer qu'il y aurait dans la République des préposés aussi insouciants et inhumains, ils auraient fait une loi qui condamnerait les coupables à tâter aussi de l'eau, d'être noyés ou tout au moins de passer chacun par-dessus leur pont sans défense, une fois ou autant de fois qu'ils auraient laissé passer de jours ou de semaines sans prévenir le malheur.

Médiateur auprès des autorités

L'irresponsabilité chronique des autorités locales soulève l'indignation d'un pasteur qui semble d'autant moins enclin à fermer les yeux qu'il s'adresse à des préposés de la République ! L'indifférence transcende malheureusement les systèmes politiques... Ce qui fait l'une des forces de son argumentation, c'est sa parfaite connaissance du problème : il a vécu dans sa chair l'angoisse de la traversée de ce pont sans garde-fous. Et là où la loi des hommes est défaillante, il en appelle à celle de Dieu lui-même, celui de l'Ancien Testament, un Dieu vengeur qui réclame œil pour œil, et exige que justice soit faite. La vie est un bien trop précieux pour se perdre par négligence. Dans un premier temps, sa colère est confiée aux seules pages de ses *Annales*, et, fidèle à sa ligne de conduite, il cherche à bousculer l'inertie par l'exemple :

Le 21 thermidor III, j'adressais à la municipalité de Rothau une pétition et douze livres, dont voici la copie.

Travaux de voirie devant Fouday. Oberlin s'engagea très tôt pour le désenclavement de la vallée de la Bruche, construisant et rénovant routes et ponts. Gravure de W. Brockedon, 1838.

> Citoyens !
> Quelques amis de l'humanité considérant :
> – Que le petit pont qui établit la communication entre le chemin de Rothau et la route est un bienfait pour la vallée, mais que le défaut de défenses ou de gendarmes est très dangereux ;
> – Que la vie d'un homme ne peut être achetée ou conservée à trop haut prix, et que le prix de cette défense ne sera pas bien considérable ;
> – Que personne, quelqu'envie qu'il ait de contribuer à cette bonne œuvre, n'y peut rien faire, que par l'organe de la municipalité de Rothau ;
> Prient en conséquence ladite municipalité, par mon organe, de vouloir bien, par égard pour l'humanité, par amour pour leurs frères et concitoyens, remédier à ce dangereux défaut, et faire mettre une défense ou un garde-fous à ce pont. Ils prient en outre la municipalité, de vouloir bien accepter ces deux gros écus, comme une petite contribution, pour fournir aux frais de cette œuvre charitable. Et ferez bien (Oberlin, 1795, pp. 201-202).

La réponse des autorités coupables à cet égard semble répondre à son attente :

> Sur cette pétition, le citoyen Rochel, officier municipal, m'a répondu d'une manière très obligeante, et promis que, dès les premiers jours, les défenses seraient mises aux frais de la commune, et que l'argent que je leur ai envoyé serait distribué aux pauvres (Oberlin, 1795, p. 202).

Mais le temps est ici ennemi de l'initiative : il passe et rien ne vient. Habitué aux vaines promesses, et soucieux de prévenir de nouveaux accidents, Oberlin le veilleur se lasse d'attendre... La colère privée se mue alors en dénonciation publique ; le Dieu vengeur et l'esprit républicain sont conjointement appelés à la rescousse :

> Cependant voici actuellement un mois, et il n'y a rien de fait, quoique la saison ait été extrêmement favorable, et que le citoyen Ziegler leur ait promis du bois gratis. La saison avance, nous sommes en automne, et je viens de leur écrire la lettre suivante :
> Citoyens !
> Nous sommes frères ensemble, et devons comme tels nous entr'aimer, exhorter et avertir, surtout lorsqu'il y a du danger. Or vous êtes en danger d'être regardés et traités devant Dieu comme coupables au sujet du pont de trajet. Permettez-moi donc de m'acquitter envers vous d'un devoir sacré, comme républicain et chrétien.
> Différentes personnes en passant sur ce pont sont tombées dans l'eau, l'une s'est noyée. Or voici l'ordonnance de Dieu pour les cas où on trouverait une personne qui fut périe par quelqu'accident :
> Deutéronome, XXI, 1 et suiv. « Quand il se trouvera un homme tué, et qu'on ne saura qui l'a tué, alors les anciens et les juges (les préposés) sortiront et mesureront depuis l'homme qui aura été tué jusqu'aux villes qui sont tout autour de lui. Puis les anciens de la ville la plus proche de l'homme tué prendront une jeune vache du troupeau et lui couperont le cou et laveront leurs mains sur la jeune vache et diront : "Nos mains n'ont point répandu ce sang, nos yeux ne l'ont point vu répandre. Ô éternel, sois propice à ton peuple, que tu as racheté, et ne lui impute pas le sang innocent qui a été répandu au milieu de ton peuple d'Israël." » Voilà l'ordre de Dieu ! Mais vous ne pouvez point laver les mains sur la jeune vache, vous ne pouvez dire : « Nous sommes innocents du sang qui a été répandu », vous êtes les magistrats de l'endroit le plus près du pont, c'était à vous à le garnir de défenses, par là vous auriez garanti cent personnes de frayeurs et une de la mort. Vous pouviez le faire, vous deviez le faire. Le péché repose sur vous.
> Deutéronome, XXII, 8 : « Quand tu bâtiras une maison neuve, tu feras des défenses tout autour de ton toit [les toits en Orient sont des terrasses plates]. La maison même devient coupable, et il repose malédiction dessus, quand par la négligence de son propriétaire, il y est arrivé un malheur. »
> D'après ces principes, c'est vous, citoyens, qui avez rendu coupables de sang inondant la communauté de Rothau, le district de Senones, le département des Vosges dont nous sommes membres ; beaucoup de personnes voudraient y remédier, et ne le peuvent pas, et vous qui

> pouviez, et qui ne l'avez pas fait, et qui êtes les seuls vrais coupables, vous ne vous hâtez pas même pour réparer votre faute, et de prévenir le malheur pour l'avenir. Ô je vous conjure d'y mettre ordre au plus tôt. On ne se moque pas impunément des devoirs de l'humanité et de charité, ni des commandements de Dieu, ni de la vie de ses concitoyens. Évitez le jugement de Dieu par votre repentance. Le malheur qui arrive par votre faute tombera sur vous; hâtez-vous car l'âme de la fille noyée crie déjà vengeance contre vous. Mettez, je vous en supplie, mettez ordre à cette affaire au plus tôt.
> Savez-vous, la règle de Dieu en punissant de pareille sorte, c'est de rendre la pareille et d'envoyer aux coupables des malheurs semblables à ceux qu'ils devaient prévenir. Si vous voulez vous épargner des frayeurs mortelles, épargnez-les à d'autres, et si vous ne voulez plus courir le risque d'être noyés, garantissez de ce malheur les autres.
> Mettez, je vous en conjure, mettez tout de suite la main à l'œuvre et réparez votre crime; car vous êtes coupables devant Dieu et devant toute âme républicaine, honnête, généreuse et patriotique.
> Salut et fraternité de votre obligé concitoyen (Oberlin, 1795, p. 202-204).

Les *Annales* restent muettes sur la nature des travaux entrepris par la municipalité de Rothau. L'histoire retiendra que, pour relier sa paroisse à la grand-route de Strasbourg, Oberlin se fait lui-même bâtisseur, avec la construction d'un ouvrage d'art. L'acquisition d'un pré et sa location lui permettent de subvenir aux frais d'entretien de manière autonome. Il donne lui-même à l'édifice le nom de «pont de Charité», en réponse à une demande du maire de Rothau qui lui réclame quelques subsides pour réparation:

> Le pont en question, le pauvre pont orphelin, s'appelle pont de Charité, parce qu'après plusieurs malheurs arrivés, la charité l'a enfin bâti et la charité l'a entretenu. Voilà le seul fonds qui existe pour cet objet (Oberlin, 26 avril 1813).

Pour l'exemple, Oberlin entretient lui-même ce pont jusqu'en 1813, époque à laquelle la route fut classée et où l'État se chargea des frais.

Développement concerté de l'agriculture

Le développement de l'agriculture constitue un autre aspect de l'aménagement du territoire voulu par Oberlin. La littérature physiocratique tel *Le Socrate rustique*, «modèle incomparable pour les paysans du Ban de la Roche», constitue à cet égard un référentiel de

Solbach à l'époque d'Oberlin. Lavis de Benjamin Zix.

premier ordre. Comme le souligne à juste titre Tommy Fallot, dans l'article qu'il consacre à Oberlin au sein du *Dictionnaire de pédagogie* de Ferdinand Buisson (1912), le développement harmonieux de l'instruction et de l'agriculture représente sans doute l'une des plus grandes réussites du pasteur au Ban de la Roche :

> Comment instruire le paysan sans lui donner le dédain des occupations agricoles, bien plus, en lui communiquant, par la nature même de l'instruction qu'on lui confère, un attachement croissant pour la terre, l'amour intelligent de l'agriculture.

La base de sa réflexion en ce domaine comme dans d'autres est de nature anthropologique. Oberlin veut comprendre l'origine des habitudes alimentaires de ses concitoyens, et en particulier leur mode de subsistance dans les périodes de disette :

> Ces couples de nouvelles anciennes furent cueillies à l'occasion des questions qu'un ami de Strasbourg nous avait adressées. [...] Au commencement du siècle ils se nourrissaient de fruits, partie domestiques, partie sauvages. Il y avait tant de fruits, qu'il y avait des bourgeois qui en faisaient des tas, presque comme les pommes de terre actuellement. Les pommes de terre sont entrées dans le pays environ l'an 1709, et cela en si petite quantité, et avec si peu de rapport, que

> l'on ne les mangeait que pour la bonne bouche. Le pays n'était point défriché et l'on ne connaissait point la culture de cette racine dans ce temps-là, parce que le pays était tout en forêts et broussailles, de sorte que, pendant la guerre de Trente Ans, il y avait à Bellefosse une veuve de la famille des Hasemann qui eut pour une miche de pain un arpent de terre labourable de 48,400 pieds. Pendant cette guerre, il y eut un seul homme qui mourut de faim, et on le trouva la bouche remplie d'herbes, et il était à guetter sur le trou d'une souris, et attendait que la souris sortît dehors (Oberlin, 1798, p. 213).

Les premières années de son ministère se révèlent assez calamiteuses du point de vue des récoltes : conditions climatiques difficiles qui obligent à retarder les plantations, défaut de semences, manque de connaissances agronomiques... La malnutrition, qui pousse à l'utilisation de nourriture avariée, rythme la triste litanie d'une misère ordinaire :

> L'an passé les gens de Christophe Claude sont devenus malades, à ce que l'on croit, par le pain de grain gâté. L'an passé la plupart ont acheté la semence de seigle, celle-ci périt : ce printemps il fallait encore acheter, mais on n'a plus pu en avoir. Presque la moitié des épis existants sont vides, des trémois[1] même. Presque point de grain à Belmont. À Waldersbach, presque absolument point de grains d'hiver, et très peu de trémois. On évalue le seigle grain de cette année à une sixième partie d'une année médiocre. Il fallait ensemencer les montagnes hors de saison à cause de la neige. Après la Saint-Jean on vit encore de la neige, quoique pas dans les champs. On évalue l'avoine de cette année à une douzième partie d'une année médiocre. Pour l'orge et le froment, ce n'est pas la peine d'en parler. La plupart des pommes sont très petites en apparence, ayant été plantées hors de saison. À Fouday, plusieurs sont pourries (Oberlin, 1770, p. 8).

L'agriculture locale reste soumise à trop d'aléas pour avoir la moindre chance de prospérer. L'impuissance est le sentiment qui prédomine lorsque la nature s'acharne à réduire à néant l'espérance qu'elle laissait entrevoir :

> La dysenterie règne surtout à Neuvillers. Notez que cette année-ci les fruits n'ont point réussi, ils sont ordinairement plus rares au Ban de la Roche qu'ailleurs mais surtout cette année-ci. Notez encore qu'avec l'aide de Dieu la méthode de Tissot dans son *Avis au peuple* a fait beaucoup de bien (Oberlin, 1770, p. 14).

1. « Mélange de grains que l'on sème au printemps pour les bestiaux ; menus blés ; semences de mars » (Landais, N., *Dictionnaire général et grammatical des dictionnaires français*, Paris, Bureau central des dictionnaires, 1836, p. 737).

Bellefosse à l'époque d'Oberlin. Lavis de Benjamin Zix.

> Les pommes de terre, les grains, les foins sont extraordinairement beaux. Les arbres à fruits et surtout les cerisiers avaient la meilleure apparence, et étaient jonchés de fleurs ; mais une armée innombrable de vermine, de petites chenilles couvrit le tout, et eut moissonné cette belle espérance en peu de jours (Oberlin, 1771, p. 53).

Pour remédier à cette situation, Oberlin tente de mettre en réseau les savoirs locaux avec les données de la connaissance agronomique en général. Quatre institutions vont lui permettre d'envisager la promotion d'une agriculture raisonnée plus efficace : la bibliothèque de prêt, le magasin, une pépinière et la Société d'agriculture (texte SOCIÉTÉS).

Avec le développement des écoles d'adultes, la lecture n'est progressivement plus un obstacle à l'acquisition de nouvelles connaissances. Conscient de cette évolution, Oberlin s'emploie à mettre à la disposition de ses paroissiens, souvent par le truchement des régents d'école, des ouvrages propres à éclairer certaines de leurs pratiques en matière de fertilisation des sols, de soins à apporter aux animaux, de destruction des parasites, etc. : *Connaissances les plus nécessaires de la nature*, *Dictionnaire d'histoire naturelle*, *Essai d'amélioration des terres*, *Éléments d'agriculture*, *Gouvernement admirable ou la République des abeilles*, *Géographie du Ban de la Roche* (manuscrit), *Médecine des animaux*, *Méthode pour détruire les animaux nuisibles*, *Le Socrate rustique*, *Spectacle de la nature*...

Le domaine curial devient à cet égard une « vitrine », un terrain d'essais agricoles pour la promotion de nouveaux modes de culture ou procédés de fertilisation. Là où la force du texte ne saurait suffire, il faut lui associer celle de l'exemple. Ainsi trouve-t-on, dans les jardins du presbytère, une citerne creusée pour contenir les écoulements de l'évier, un fumier soigneusement entretenu, des semences de pommes de terre achetées en Hollande, en Suisse ou en Lorraine, mieux adaptées au terroir local, une pépinière pour des arbres fruitiers soigneusement greffés. La terre lourde et argileuse a été mélangée avec du sable, etc.

Pour faciliter l'accès aux semences nouvelles, à des outils permettant de vivre des fruits de son travail, la cure est aussi le siège d'un magasin où l'on peut en acheter à prix coûtant et à crédit, jusqu'à ce que l'argent rentre : jusqu'à la fin de l'exploitation de la coupe, jusqu'à la vente des bestiaux, des pommes de terre ou du lin.

Les paysans prennent leur destin en main

La Société agricole constitue enfin l'institution propre à pérenniser dans le temps les réformes engagées (texte SOCIÉTÉS). Convaincre seul, par l'exemple, le texte ou la prédication ne saurait suffire. Oberlin croit à l'entraînement communautaire, à la mutualisation des savoirs, à la coéducation. Le Socrate rustique doit se faire lui-même chercheur et partager ses connaissances avec les autres.

Au niveau local, cette Société appartient à un réseau d'institutions d'entraide mutuelle progressivement mises en œuvre pour lutter contre la misère. Mais à l'extérieur, elle s'inscrit dans le grand mouvement philanthropique né en Suisse au XVIIIe siècle, qui relaie les idées des physiocrates, des agronomes et des pédagogues (Chalmel, 2004, pp. 59-74), afin de promouvoir des connaissances nouvelles, de les discuter, de les tester, d'en mutualiser les résultats (texte SOCIÉTÉS). Oberlin s'appuie une fois encore sur ses régents d'école (Bohy et Scheidecker) pour fonder cet espace de rencontre entre l'agronome du

Framont, aux environs du Ban de la Roche, à l'époque d'Oberlin. Lavis de Benjamin Zix.

« bas » et celui du « haut », espace pédagogique par excellence, dans la liaison théorie/pratique.

Au fil du temps les agriculteurs prennent leur destin en main, se rallient aux nouvelles pratiques, et la Société devient une courroie de transmission des réformes agricoles impulsées par Oberlin. Les semences de trèfle et de luzerne à racines courtes, venues de Hollande, remplacent progressivement le sainfoin aux racines trop profondes et de nouvelles semences de lin venues de Riga sont introduites avec profit ; lors de la plantation, chaque tubercule de pomme de terre est divisé en autant de morceaux qu'il y a d'yeux ; les pâturages communaux de moindre rapport sont partagés et progressivement convertis en terres labourables ; les champs sont fumés de manière plus économique et efficace ; l'amélioration de l'élevage n'est pas oubliée des travaux de la Société avec l'étude des principes de la médecine vétérinaire et la création d'un prix destiné à récompenser le cultivateur de chaque commune qui entretient le plus beau taureau ; les bêtes restent désormais à l'étable, ce qui permet d'augmenter sensiblement la production de lait et de beurre...

Les arrangements concernant l'arrosage des prés constituent un exemple particulièrement significatif du partage des ressources naturelles auquel Oberlin exhorte ses paroissiens dans sa prédication :

> Et, dans cette vue, le même apôtre vous presserait et vous solliciterait d'accepter et de réaliser la proposition faite par des amis du bien public, par de véritables républicains, savoir : le prix de vingt-quatre livres pour la communauté qui aura fait les meilleurs arrangements pour l'arrosage des prés, de sorte : que ce ne soit plus un sujet de dispute, contestation, haine et querelle ; que ce ne soit plus pour les jeunes gens une école de ruse, d'injustice, de pillerie et d'impudence ; ni une occasion ou un prétexte pour rôder et perdre du temps, mais que cela se fasse avec le plus grand ménagement du temps, et la plus aimable et parfaite équité, égalité et fraternité ; que nulle part le chemin ne souffre de l'eau qui sert à arroser les prés ; que nulle part, les rigoles, les conduits et canaux ne se fassent au dépens du chemin, mais à celui des prés, de sorte que Dieu, qui aime l'ordre, la belle règle, l'équité, la justice, l'amour fraternel, puisse regarder vos prés et leurs productions avec un œil de bienveillance et d'approbation [...] (Oberlin, 1821).

La correspondance entretenue par le créateur et le secrétaire d'une institution placée sous le double signe de l'Église et de la Patrie (*Vivons pour Dieu et la patrie*) avec d'autres sociétés du même ordre, à travers le pays, participe enfin à l'œuvre de désenclavement du Ban de la Roche.

La question de la collecte et de l'utilisation du bois, tant pour le chauffage que pour la construction, se trouve régulièrement posée au fil des *Annales*. Paradoxalement, le comté du Ban de la Roche est connu pour la qualité du bois de charpente que l'on extrait de ses forêts, et l'on pourrait penser que les habitants du lieu en retirent un certain bénéfice. Loin s'en faut, si l'on se réfère à ce que constate Oberlin dès 1770. Car ils n'ont légalement pas accès à ces forêts qui les entourent, et les nouveaux modes de calcul concernant le bois le chauffage font flamber les prix :

> Ci-devant, c'est-à-dire jusque vers l'année 1750, on payait le bois par arbre, cinq sols pour un arbre, qui pouvait donner jusqu'à cinq cordes de bois. Aujourd'hui il faut payer trente sols par corde, et autant de deux sols pour les branchages qu'il y a de cordes. Un sapin pour faire des planches, etc., grand ou petit, coûtait dix sols. Aujourd'hui neuf à douze livres (Oberlin, 1770, p. 14).

La situation est encore plus critique dès qu'il s'agit du bois d'œuvre, que l'on doit chercher ailleurs, ce qui entraîne des coûts de transport supplémentaires. Lors de ses visites pastorales, Oberlin constate à quel point cette situation a de conséquences sur l'état d'insalubrité des chaumières locales, contribuant à accroître encore la misère ambiante:

> Si on ne donne pas bientôt du bois de réparation, plusieurs bourgeois sont obligés de laisser tomber leur maison en ruines. J'ai vu des greniers pourris, des planchers absolument pourris, où on marche dans la fange, le châlit y repose et y pourrit. Didier Caquelin a eu du bois de sa vieille maison et d'autre du Climont pour bâtir sa nouvelle maison. On ne lui donne pas des blocs pour les planches. Il ne saurait s'en passer, ni en mener depuis le Climont, ils y sont même beaucoup trop chers pour des gens aussi pauvres (Oberlin, 1770, p. 7).

La question de l'accès des Ban-de-la-Rochois aux ressources naturelles, tel le bois, nous permet d'introduire un autre aspect de l'œuvre sociale de leur pasteur: l'aspect législatif. Afin de lutter contre les injustices de toutes sortes que subissent ses paroissiens, il n'hésite pas à prendre la plume pour plaider leur cause auprès de l'autorité centrale, sachant qu'il n'est guère de dialogue possible avec les intermédiaires. Il se fait alors avocat, présentant les pièces d'un dossier tout en cherchant à savoir si un recours judiciaire est envisageable:

> Depuis un temps immémorial les seigneurs du Ban de la Roche ont laissé jouir les bourgeois du droit de ramasser le bois sec et le bois pourri, moyennant une petite somme que chaque ménage paye annuellement au seigneur, soit qu'ils en trouvent, soit que non.
> Or, à la dernière audience, trois bourgeois et deux jurés se virent assignés et condamnés pour avoir pris du bois sec [...] Ils protestèrent tous qu'ils n'avaient pas craint de prendre le bois aux yeux même des forestiers, puisqu'ils ne faisaient en cela que tirer un avantage d'un droit dans la possession duquel ils avaient été constamment maintenus par leur gracieux seigneur. Que s'il a plu au seigneur d'en donner d'autres ordres, il appartenait aux officiers d'en avertir les bourgeois avant de punir. Mais si c'est à l'insu du gracieux seigneur qu'on les attaque là-dessus, ils sont forcés de refuser de payer, à moins qu'ils ne veuillent passer pour des traîtres dans toutes les communautés du Ban de la Roche, et dans l'esprit même de M. le fiscal, qu'on avait entendu dire dans une autre occasion, que les bourgeois avaient perdu tel et autre droit puisque ceux qui avaient été assignés et condamnés les premiers avaient manqué de courage pour s'opposer [...]
> On objecta à Jean Claude et à Jacques Banzet que l'arbre qu'ils avaient coupé ensemble avait eu des branches vertes, il n'y a pas longtemps. Ils répondirent que cela se peut bien, mais que quand ils le coupèrent il était sec d'un bout à l'autre, et pourri par le bas; quand ils le menèrent, leur justicier les rencontra, lui donna quelques coups de hache, l'examina et le trouva sec.
> Malgré cela, ne voulant pas se soumettre ils furent jetés dans la prison,

> dont ils furent lâchés le soir. Le lendemain ils trouvèrent M. le bailli et le remercièrent de ce qu'il ne les avait pas laissés passer la nuit dans la prison. Il leur répondit: « Allez maintenant, je vous le passe, mais n'y retournez plus. »
> Huit jours après M. le greffier, le père, vint à Rothau, et par son instigation on leur signifia la sentence. Le bruit de cette affaire s'étant répandu par tous les villages, a jeté l'alarme partout; on veut que les jurés y poursuivent et aillent à Colmar. Mais ayant entendu que leur nouveau gracieux seigneur a eu la grâce de promettre de se charger de leurs frais et de s'intéresser à ce qui les embarrasse, ils prennent la hardiesse de vous remettre cette affaire, vous suppliant de décider s'ils doivent aller à Colmar, ou s'ils doivent se tenir tranquilles.
> J'ai parlé de cette affaire à nos deux forestiers protestants [...] Ils m'ont assuré qu'il y avait encore quelques parties vertes aux bois pour lesquels ils ont fait leurs rapports. Ainsi on ne peut rien faire et cette requête ne fut pas présentée (Oberlin, 1771, pp. 47-48).

Le bois était-il encore vert ? Le doute subsiste. On mesure quelle énergie il est nécessaire de dépenser au quotidien pour faire respecter le droit, et protéger l'homme de tous les abus.

Instruments financiers pour lutter contre la misère

Chaque fois qu'il est nécessaire, Oberlin met son autorité morale et sa connaissance du droit local au service de son prochain, dénonçant les abus et les mesures injustes ou absurdes, conduisant au surendettement (le prix « barbare » des inventaires, par exemple, en 1785), contrariant durablement le développement de l'économie locale, et décourageant même les plus entreprenants, comme ce Didier Claude de Bellefosse :

> Didier Claude de Bellefosse, un homme d'un caractère intègre, droit et ouvert, est tuteur des enfants d'un certain misérable débauché nommé David Krieger, qui s'est évadé. Le tuteur envoya les enfants à l'école, et en paya le gage des rentes des biens-fonds que le malheureux père a encore à Bellefosse, dans le dessein louable de ménager le petit héritage maternel des enfants.
> Or il arriva qu'on assigna ledit tuteur devant M. le bailli pour le 10 d'avril. On lui déclare là que le susdit malheureux David Krieger avait fait une dette de... il y a environ vingt ans ; on le fait dire sous serment combien les biens-fonds de ce David Krieger, avaient porté de rentes depuis..., et on le condamne à restituer ces rentes, mais qu'il en avait dépensé une partie pour payer une autre dette de cet homme, dont il produisit quittance, et une autre partie pour payer le maître d'école à la place du père, et en produisit de même quittance. On ne daigna pas

Assignats de cinq, dix et vingt-cinq livres. Oberlin s'est battu pour que l
dévaluation ne ruine pas trop ses paroissiens, inventant un système
dévaluation progressive et transparen

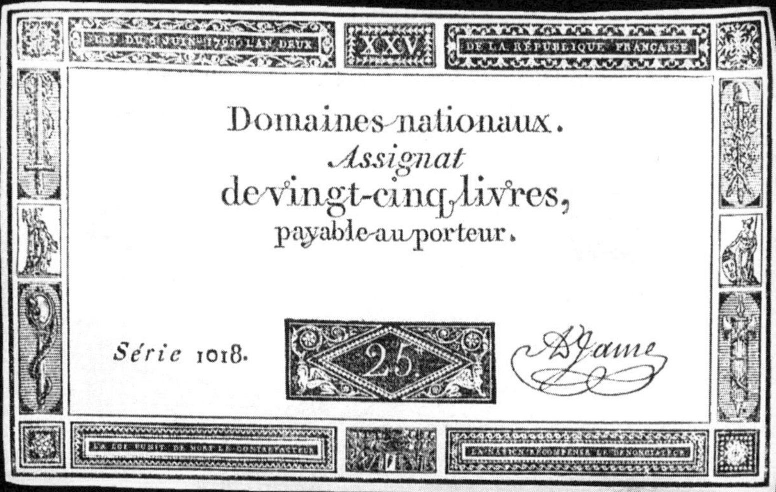
XXV
DE LA RÉPUBLIQUE FRANÇAISE
Domaines nationaux.
Assignat
de vingt-cinq livres,
payable au porteur.
Série 1018.
25

LOI DU 24 OCTOBRE 1792,
L'AN I.er DE LA RÉPUBLIQUE.
Domaines nationaux.
Assignat
de dix livres,
payable au porteur.
Série
10
1010me
La loi punit de mort le contrefacteur
La nation récompense le dénonciateur

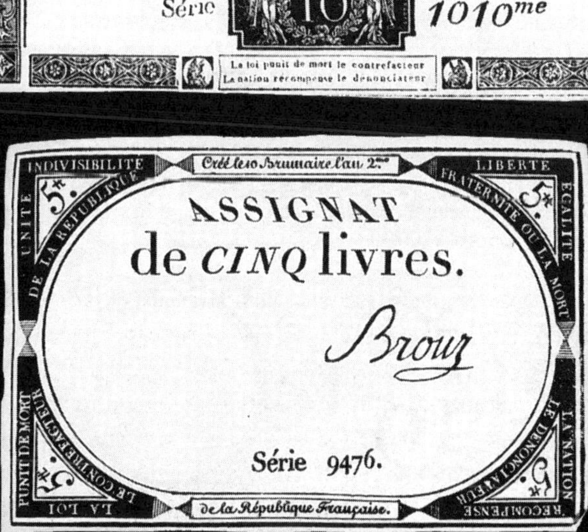
Créé le 10 Brumaire l'an 2.me
INDIVISIBILITE
LIBERTE
UNITE
DE LA REPUBLIQUE
FRATERNITE OU LA MORT
EGALITE
ASSIGNAT
de CINQ livres.
Série 9476.
LA LOI PUNIT DE MORT LE CONTREFACTEUR
LA NATION RECOMPENSE LE DENONCIATEUR
de la République Française.

> l'écouter. M. le curé dont la gouvernante est la sœur du créancier plaida si bien pour ce dernier et avec tant de chaleur que le pauvre tuteur n'ayant point de curé à son côté perdit le procès.
> Il croit qu'on lui fait grand tort, surtout puisqu'il a agi généreusement vis-à-vis de ses mineurs, ayant payé de son grenier pendant... ans le grain que ceux-là avaient à donner au maître d'école, quoique lui-même soit assez pauvre aussi. Il ne sait où s'adresser pour trouver justice, à moins que M. le baron ne daigne lui en fournir une favorable occasion (Oberlin, 1771, p. 42).

Pour tenter d'apurer les trop nombreuses sources de dettes, et éviter l'exclusion de beaucoup de ses paroissiens de toute forme d'échange commercial, Oberlin se fait banquier et prêteur, créant à cet effet un panel de «caisses»: caisse d'emprunt, caisse des pauvres, utilisation de la dîme, etc. La charité ne saurait suffire à la lutte contre la misère: il faut y employer des instruments financiers appropriés au contexte local.

Ainsi la caisse d'emprunt est-elle instituée en 1789, avec à l'origine un capital de 800 francs. Elle est destinée à amortir peu à peu les dettes jusqu'à ce que celles-ci soient définitivement écrasées. Les sommes prêtées sont modiques (5, 10, 15, 20, tout au plus 30 francs), et les conditions de mise à disposition des fonds particulièrement avantageuses: sans intérêts, sans gages ni caution, remboursables à termes.

> 1) La dette ne sera enregistrée nulle part que dans le souvenir de Dieu. 2) Cette pièce-ci sera signée par les débiteurs et renvoyée au créancier après que les débiteurs en auront tiré une copie, laquelle ils garderont chez eux et l'apporteront chaque fois qu'ils feront un paiement pour qu'il puisse être marqué dessus. 3) La somme sera remboursée dans des portions telles qu'il sera possible au débiteur dans l'espace de six ans. Au bout des six ans, s'il y avait encore un reste à payer, il n'en sera plus question, la dette et l'obligation seront anéanties et de nulle valeur dès le jour même des six ans révolus. Car c'est ainsi que Dieu a ordonné à son peuple de prêter à ceux qui en ont besoin (Deutéronome, XV, 1) (Oberlin, 1796).

La confiance placée par le pasteur dans le petit peuple du Ban de la Roche s'avère payante, si l'on se réfère au registre de cette caisse d'emprunt: en effet, la plupart des dettes ont été soldées. En une seule année, il arrive ainsi que 1975 francs de charges soient liquidés. Celui qui aime à évoquer «l'art de faire travailler les écus pour les pauvres» contribue en outre, par ce moyen, à redonner à ceux qui sont dans le besoin le sens de l'honneur, de la dignité, et le goût d'entreprendre.

Une autre caisse de charité, dite « caisse des pauvres », est destinée à secourir ceux dont les noms figurent sur la « liste des pauvres de ma paroisse », tenue avec un soin méticuleux. La circulaire qui définit les conditions d'inscription sur cette liste constitue à cet égard un véritable code de conduite du pauvre. Oberlin a la pauvreté exigeante ; la vraie charité ne peut encourager les négligents ou les paresseux. Le respect des autorités civiles et religieuses, le souci de toujours s'acquitter de ses dettes, les différentes manières de contribuer au bien public par son comportement, l'éducation de ses enfants, le rejet du superflu, l'économie domestique, la participation aux travaux d'intérêt général et à l'aménagement du territoire sont autant de composantes d'une citoyenneté chrétienne au Ban de la Roche :

> À mes chers paroissiens qui désirent être portés sur la liste des pauvres ; non seulement ceux que Dieu a mis au rang des pauvres ; mais chaque homme sensé parmi nous, qui veut avoir une espérance fondée du salut, doit prendre des mesures pour pouvoir répondre affirmativement aux questions suivantes :
> 1) Fréquentez-vous les instructions religieuses avec toute votre famille ? 2) Ne laissez-vous pas passer de dimanche sans l'employer à quelque œuvre de charité ? 3) N'êtes-vous pas allés, vous, ou votre femme, ou vos enfants, en négligeant l'église, aux fraises, framboises, myrtilles, mûres, noisettes ? Ou si cela vous est arrivé, promettez-vous devant Dieu que cela n'arrivera plus ? 4) Avez-vous soin ou souci pour vous procurer les habits indispensables pour venir entendre la parole de Dieu le dimanche ? 5) Et ceux qui en ont, emploient-ils une partie fixe de leur revenu et de leur travail, pour en procurer à ceux qui n'en ont pas, ou pour subvenir à d'autres besoins pressants de leur prochain ? 6) Tous vos préposés, tant civils qu'ecclésiastiques, ont-ils sujet d'être contents de vous et des vôtres ? 7) Avez-vous assez d'égard et d'amour pour votre Sauveur, le Seigneur Jésus-Christ, pour travailler à la réunion des esprits et des cœurs des bourgeois entre eux, pour qu'ils ne fassent qu'un troupeau uni et vertueux dont notre Sauveur puisse être le Pasteur ? 8) Vos bêtes ne font-elles aucun dommage, aucun chagrin, aucune incommodité à d'autres ? Ce serait comme du feu dans les étoupes et une source de malédiction, maladies et malheurs pour vous ; 9) Tous ceux à qui vous devez quelque chose ont-ils sujet d'être contents de votre exactitude et honnêteté ? N'est-on pas plus pressé à avoir chez vous de beaux habits superflus qu'à payer ce que l'on doit ? 10) Avez-vous payé tous les quartiers échus au marguillier, maître d'école, pâtre, fabricien, etc. ? 11) Contribuez-vous avec plaisir et fidélité au bon état des chemins ? 12) Avez-vous planté des arbres dans le communal, au moins deux fois autant qu'il y a de têtes dans votre famille, pour contribuer par là aussi au bien public ? 13) Les avez-vous plantés suivant les règles de l'art, ou comme des gâte-métiers paresseux et

ignorants ? 14) Quand le maire veut assembler la commune, ne manquez-vous jamais d'y assister ou de la faire avertir, et de vous faire excuser, quand il vous est impossible d'y assister ? 15) Vos enfants fréquentent-ils avec diligence toutes les écoles ? 16) Les surveillez-vous comme Dieu le veut ? Faites-vous de façon que vous puissiez être aimés, respectés et obéis, vous et votre femme ? 17) Avez-vous pris des précautions et fait des arrangements pour ménager le bois et la chaleur ? 18) Ne tenez-vous pas de chien sans nécessité absolue ? 19) Le père et le fils savent-ils et pratiquent-ils des métiers de loisir pour mettre à profit tous les moments perdus ? 20) Avez-vous une caisse d'évier ou au moins un trou rempli de litière, sur laquelle vous jetez toute eau qui a servi à laver les pots, ou autres choses ? (Oberlin, 1804.)

La dîme, ou denier du culte, constitue une autre source de financement pour les projets de développement local. Oberlin a dressé à cet effet une intéressante liste des « places pour employer les dîmes » qui donne de précieuses indications sur les soutiens jugés prioritaires. On peut en particulier constater que les aspects qui relèvent de l'éducation et de la formation professionnelle viennent en bonne place.

1) Missions ; 2) Conductrices ; 3) Prix des écoliers ; 4) Distribuer par villages aux amis des instructions ou pour les disciples de Jésus-Christ ; 5) Disciples malades ; 6) Maîtres d'école ; 7) Flanelle ; 8) Sel ; 9) Laine ; 10) Pain ; 11) Aumône ; 12) Bibles ou Nouveaux Testaments aux catholiques romains ; 13) Aux marguilliers qui desservent les églises ; 14) Bons chemins ; 15) Entretien des bâtiments sacrés ; 16) Secours et encouragements aux pauvres pour les lieux privés et le couvrement des ordures.

Parmi les initiatives de nature financière développées par le pasteur du Ban de la Roche, l'une des plus originales reste sans doute le mode d'extinction des assignats, pendant la période révolutionnaire, qui lui vaut mention honorable et renvoi au Comité des finances de la Convention nationale, en sa séance du 19 frimaire an III :

Plusieurs habitants de la vallée, dite le Ban de la Roche, département du Bas-Rhin, trop pauvres pour faire des dons patriotiques considérables, ont imaginé un moyen nouveau pour témoigner à la République leur reconnaissance pour le bienfait de la liberté ; ce moyen prouve en même temps la pureté de leurs mœurs, l'attachement à la patrie, et la politique éclairée de cette petite section du Peuple français, à laquelle la bêche et la charrue ont conservé un corps sain, tandis qu'une instruction pareille à celle que vous venez de décréter pour toute la République a cultivé son esprit. Ces citoyens sont convenus, sous la simple garantie de leur parole et de leur bonne foi, qu'ils perdront

chaque fois 2 sols par assignat de 5 livres, toutes les fois qu'il change de main ; qu'ils marqueront chaque diminution sur le dos de l'assignat, d'une manière lisible, mais en caractères assez petits pour que l'on puisse continuer à marquer le baissement successif de sa valeur jusqu'à son entière extinction.
Par ce moyen la valeur d'un assignat de 5 livres devient nulle quand il a changé 50 fois de mains, et, on le met hors de circulation, pour être anéanti au profit de la Nation. Cette opération simple a déjà produit un anéantissement successif d'assignats dont le total se monte actuellement à la somme de 143 livres 10 sols. La somme véritable des assignats, mis hors de circulation, est, dans le fait, plus considérable ; mais on n'en connaît pas au juste le montant, ces hommes de la nature n'en ayant pas tenu registre, parce qu'ils sont plus accoutumés à faire le bien que d'en parler. Ledit membre demande la mention honorable de l'offrande civique, l'insertion au « Bulletin de correspondance », et le renvoi de cette invention généreuse au Comité des finances, comme du denier du pauvre apporté à la masse générale des moyens proposés pour la diminution des assignats en circulation.

Histoire de la pompe à feu

Parmi les nombreuses misères que la caisse d'emprunt permit de secourir, les conséquences des incendies n'en demeurent pas les moindres. Celui de Fouday, en 1803, pose en outre avec acuité le problème de l'absence d'une pompe à feu dans un espace aussi vaste que celui de la paroisse de Waldersbach. Il faut faire venir l'engin de Rothau, ce qui représente une perte de temps assez considérable en cas d'urgence :

> Incendie à Fouday. Lundi 20 nivôse XI. 18 janvier 1803 se fit un incendie dans la paroisse de Waldersbach, dans le village de Fouday. Il commença entre une et deux heures l'après-midi (on ne sait pas au juste ce qui l'occasionna) dans la maison de Jean Marchal. De là, le vent le porta dans la maison voisine, celle de Jean Martin Marchal, de celle-ci dans celle de la veuve Scheidecker, et dans moins d'une demi-heure, ces trois maisons furent réduites en cendres.
> Par le vent qu'il fit, on peut regarder comme une bonté signalée de la Providence, qu'il n'y eut que ces trois maisons d'incendiées, trois autres étaient attaquées, une remise à Georges Scheidecker fut brûlée. Le monde accourut au secours, au premier signal, de tous les villages voisins. MM. les curés de Plaine et de Rothau y assistèrent et grâce à Dieu, à la quantité de monde et à une pompe amenée de Rothau, on réussit à éteindre le feu avant qu'il y ait d'autres dommages (Oberlin, 1803, p. 226).

Visiblement marqué par l'ampleur qu'aurait pu prendre l'incendie de Fouday, et soucieux des conséquences humaines et économiques qu'entraînent nécessairement de tels accidents, Oberlin se met en quête d'une pompe à feu, sachant que l'administration locale n'a pas les moyens d'acquérir l'engin sur ses propres deniers. Cette fois, c'est le réseau philanthropique strasbourgeois qui est activé, par l'entremise de sa Société d'agriculture, des sciences et des arts. Les *Annales* recèlent un compte rendu très détaillé, décrivant les aspects autant économiques qu'administratifs et techniques de toute l'opération, saluant en particulier l'initiative d'un M. Breu, sans laquelle cette acquisition se serait sans doute avérée impossible :

> La Société d'agriculture, des sciences et des arts de Strasbourg, touchée du malheur mentionné ci-dessus dans une paroisse de cinq villages et trois hameaux, qui ne possèdent aucune pompe à feu, en acheta une par rencontre, et la fit mettre en état parfait par M. Edel, le fondeur. Elle lui coûta trois cents livres. Je la fis chercher par M. Kraft de Rothau. Le transport jusqu'à Waldersbach, compris les barrières, coûta vingt-quatre francs. Elle arriva lundi 26 floréal XI, ou 16 mai 1803. La Société veut, que la pompe appartienne à tout le Ban de la Roche, mais qu'elle soit conservée à Waldersbach dans la maison curiale, comme le centre de la paroisse la plus considérable, où cependant il n'y a point de pompe, ni dans le voisinage, tandis qu'il y en a une à Rothau, et une autre dans le voisinage de Rothau, savoir à Schirmeck.
> La lettre de remerciement est conçue en ces termes :
> Waldersbach au Ban de la Roche, Département du Bas-Rhin et des Vosges, ce 30 floréal XI. Les maires adjoints du Ban de la Roche à la Société d'agriculture, des sciences et des arts de Strasbourg.
> La Société d'agriculture, etc., vient de faire présent aux communes du Ban de la Roche d'une pompe à feu d'une grande valeur, ayant huit à dix pieds de long, sur trois de large.
> Confus et stupéfaits de sa générosité paternelle, nous lui en présentons nos très vifs et très humbles remerciements au nom de nos huit communautés : Waldersbach, Belmont, Belfosse, Fouday, Solbach, Rothau, Wildersbach, Neuvillers.
> N. B. : M. Breu, membre de ladite Société, et établi par elle Directeur des soupes économiques et de charité à la Rumford, est celui qui, par son rapport fait à la Société au printemps de XI, ou 1803, à la clôture de la distribution des dites soupes, disposa ladite Société à employer le reliquat, qui se trouva dans la caisse des soupes, à l'acquisition d'une pompe à feu, au profit et à l'usage particulièrement de la paroisse de Waldersbach au Ban de la Roche.

Fidèle à son statut de pédagogue, Oberlin se soucie de la formation initiale et continue des futurs utilisateurs de la pompe. Il fait venir

M. Edel, fondeur de cloches de son état, pour initier les Ban-de-la-Rochois au fonctionnement et à l'entretien de cet outil précieux, rare et cher (huit cents livres !). Les conseils avisés prodigués par le fondeur sont soigneusement consignés afin qu'aucun aspect technique ne soit oublié ou négligé dans le futur :

> Le 9 prairial XI, ou 29 mai 1803, M. Edel, fondeur de cloches, eut la bonne idée de venir de Strasbourg pour montrer à nos ouvriers l'arrangement et le jeu de la pompe à feu. Il nous dit : 1) qu'une telle, que la Société susdite nous a envoyée, coûte à neuf huit cents livres ou quatre cents florins ; 2) que tous les ans une fois il faut l'éprouver à l'eau, pas davantage, pour que les tuyaux aient le temps de sécher ; 3) qu'ensuite il faut suspendre les tuyaux. En général, ils doivent toujours être suspendus ; 4) qu'une fois par an il faut les engraisser, avec de l'huile de poisson, qu'on achète chez les tanneurs. Une bouteille qu'on mêle sur un feu doux avec autant de suif. On y ajoute du fiel, contre les rats ; 5) cet engraissement se fait avec un vieux linge, en été – puis on les expose au soleil, pour que la graisse y entre mieux ; 6) tous les quarts d'an, il faut retirer les pistons, racler en bas la vieille graisse, et les oindre de nouveau avec de l'huile ; 7) la pompe doit toujours être montée sur sa charrette, placée dans une chambrette, planchéiée au-dessus, pour garantir la pompe de la poussière. Le haut de deux parois au moins doit être fermé à claire-voie avec des lattes pour l'air (Oberlin, 1803, pp. 226-227).

Nous ne voudrions pas clore ce chapitre consacré à l'œuvre sociale développée par Oberlin au Ban de la Roche sans faire une petite place à la dimension anthropologique, voire ethnologique de ses *Annales*. Car l'une des fonctions essentielles d'une telle chronique reste bien de faire mémoire. Lorsqu'il n'est pas le témoin direct des évènements, le pasteur cherche à en retrouver la source. Les souvenirs de certains paroissiens étant jugés fiables, la collecte de leurs récits constitue le principal outil méthodologique dans cette quête de sens passé. Tel est en particulier le cas du récit de l'ancien Claude Bernard. Le souci du détail, de la précision à l'extrême, voisine de façon baroque avec une approche plus « légendaire » de l'histoire. Pour illustrer cet aspect mémoriel des *Annales*, nous avons tenté de rassembler plusieurs extraits où Oberlin cherche à dérouler le fil de l'histoire qui, d'un nom de famille perdu, lui permet de reconstituer la vie au Ban de la Roche pendant la sombre période de la guerre de Trente Ans, pour en venir à la justice des sorcières au temps du prince de Veldenz :

> Noms de famille perdus [...] (Une seule veuve à Fouday) d'après Claude Bernard : Catherine Milan, la grand-mère du dit Claude

Bernard de Solbach, demeurait seule à Fouday avec un petit enfant pendant sept ans. Elle fauchait le village, jusqu'à trois fois l'année pour que les serpents ne s'augmentassent pas trop. Ensuite elle se maria avec Jean Bernard de Solbach, le grand-père du susdit Claude [...] Dans tout le Ban de la Roche (en 1700) il n'y eut alors que quatre cents âmes. Au lieu que l'an 1790, il y eut dans ma paroisse seule mille cinq cents âmes (1770, p. 23).

Le grand-père de Catherine Milan était natif de Milan en Italie, de là vint le surnom qu'on lui donna qui dégénéra en nom de famille. Didier Bernard, fils de la susdite Catherine, eut quatre-vingt-quatre ans quand il mourut. Il eut vingt ans quand son père mourut et son père mourut jeune. Catherine Caquelin, femme du susdit Didier Bernard, mourut en 1716 le 10 juin, âgée de soixante-trois ans. Elle naquit donc environ l'an 1653 (1770, p. 24).

Du temps de Catherine Milan régna la rage contre les prétendus sorciers. On leur trancha la tête sur la Berrhoe entre Waldersbach et Wildersbach. On en montre encore la place proche de l'endroit où est aujourd'hui la potence. L'un accusait l'autre, les tourments de la question firent le reste. Il y eut quatre hommes pour les pendre, Nicolas Milan, père de ladite Catherine, en était un. Il y eut tant de gens décapités que le prince de Veldenz eut de la peine à croire qu'il y eut tant de sorciers. Il demeurait à Rothau, il entra dans l'écurie, cassa la jambe à un de ses chevaux, accusa le valet de sortilège, on lui donna la question, il confessa. Le prince éclairé par cet exemple frappant déclara la vérité de l'affaire et que ç'avait été lui-même qui eut cassé la jambe au cheval et sans sortilège ; là-dessus il fit donner la question au bourreau, qui confessa avoir exécuté soixante-dix innocents. C'est ainsi que se termina la persécution des prétendus sorciers. Tout cela se passa quand M. Marmet était ministre du Ban de la Roche et demeurait à Wildersbach (Claude Bernard). N. B. : M. Marmet vint au Ban de la Roche l'an 1643 (1770, p. 26).

Peste. Il y eut ci-devant beaucoup de monde au pays, mais quand Catherine Milan fut jeune, la peste et le charbon firent de terribles ravages. Elle resta seule à Fouday avec une petite fille (Claude Bernard). N. B. : Didier Bernard se maria en 1683, il eut vingt ans quand son père mourut. Supposons qu'il se maria à l'âge de vingt-cinq ans, son père serait mort en 1678. Il est mort jeune. Donnons-lui quarante-cinq ans ; il serait né en 1633. Sa quinzième année tomberait en 1648. Donnons le même âge à la veuve qu'il épousa, Catherine Milan : la mortalité serait donc survenue environ entre l'an 1645-1650 (1770, p. 28).

Pages précédentes :
Fouday à l'époque d'Oberlin. Lavis de Benjamin Zix.

SYNERGIES

Un réseau d'influences complexes en Europe

L'examen de la correspondance entretenue par Jean-Frédéric Oberlin avec ses amis, ses visiteurs ou ses anciens pensionnaires atteste du rayonnement d'une pensée pédagogique et théologique féconde dans la seconde moitié du XVIIIe siècle. Pourtant, cette popularité reste surprenante, parfois même déroutante, tant elle concerne de champs d'activités variés, apparemment éloignés les uns des autres. Comment expliquer en effet que, lors de l'invasion de 1814, le misérable presbytère de Waldersbach fut placé sous la protection du tsar de Russie ? Pourquoi l'abbé Grégoire, évêque catholique conventionnel, représente-t-il le plus précieux soutien du pasteur pendant la tourmente révolutionnaire ?

En examinant les multiples échanges et le cheminement d'idées qui tissent un étonnant réseau d'influences complexes, reliant le presbytère de Waldersbach aux confins du continent, nous allons tenter de suivre, sans le rompre, ce fil ténu qui traverse l'Europe pédagogique, politique, économique, littéraire, piétiste et mystique de l'époque.

L'abbé Grégoire, un soutien très précieux

À travers la personnalité de l'abbé Henri Grégoire, c'est l'esprit des Lumières, de la République et des droits de l'homme qui souffle de Lorraine puis de Paris vers Waldersbach. Ayant appris que Grégoire s'intéressait aux coutumes et aux institutions des protestants, Oberlin entreprend en juillet 1785 le voyage d'Emberménil. Grégoire lui rend la politesse en juillet 1787 et vante dans son récit les qualités du pédagogue et de son prédécesseur, Jean-Georges Stuber, « mon ami et le sien ». Il reconnaît dans la prédication d'Oberlin une proximité avec le catholicisme, en dépit de certaines dérives mystiques. À son retour en Lorraine, son hôte lui adresse à sa demande, non sans une certaine réticence, une analyse « physiognomonique » de son profil :

> À Monsieur Grégoire.
> Monsieur, vous exigez mon jugement sur vos silhouettes. Permettez-moi de vous dire qu'à cet égard vous ne pensez à ce que vous faites : vous allez me compromettre, me prostituer. Je dois écrire ce que je ne sais point ; quand on sait quelques lettres de l'alphabet d'une langue des plus riches, sait-on pour cela cette langue ? Mais soit ! Qu'on juge de moi ce qu'on voudra : j'offre à votre amitié le sacrifice d'une partie de mon honneur.
> Voici donc ce que je crois entrevoir dans votre silhouette :
> – le front, le nez : très heureux, très productifs, ingénieux ;
> – le front haut, renversé, avec ce petit enfoncement : un jugement mâle, beaucoup d'esprit, point ou guère d'entêtement, prêt à écouter son adversaire ; idées claires, et désir d'en avoir de tout ;
> – le nez : fin, délicat, bienflairant ; *witzig* ou spirituel, plein de bonnes réparties et saillies heureuses, — mais bien impérieux. L'acquisition de la profonde et cordiale humilité évangélique vous fera un peu de peine ; elle sera en vous vertu acquise. En attendant votre esprit y supplée et en substitue l'apparence ;
> – la bouche : talent admirable d'un bon parleur, fin moqueur, excellent satirique. La bonté de votre cœur qui ne veut que le bonheur de tous contient ce don dans les justes bornes, de sorte que la société en moissonne mille agréments sans avoir à craindre l'aiguillon qui y gît en puissance (*latet quoad potentiam*), à moins que ce ne soit dans le moment d'une colère passagère à laquelle de pareils nez doivent être un peu sujets, un peu beaucoup ! C'est une bouche qui ne reste en dette envers personne et paye argent comptant, intérêt et capital, etc. ;
> – le menton : hardi, actif, entreprenant, sans être trop étourdi ; car il y en a qui le sont bien davantage ;
> – le tout : un homme peu tranquille qui par son activité et sa capacité peut faire beaucoup de bien à la société.
> M. Dieudonné a de tout un peu moins. Point de saillies malignes ou guère, mais tant plus de sensibilité, de disposition à souffrir intérieurement, à être offensé et affligé. La bonté lui est naturelle. [Sur la silhouette est portée l'inscription suivante : « Henri Grégoire. Curé d'Emberménil en Lorraine, à quatre lieues de Lunéville, neuf de Senone(s). Trente-quatre ans, 1785 »] (Oberlin, juillet 1787).

Le 28 septembre 1799, Grégoire, accompagné d'un savant danois nommé Thorlacius, professeur à l'université de Copenhague, fait une seconde visite à Oberlin et constate que « par des moyens nouveaux [il] avait perfectionné l'enseignement des écoles et l'industrie ». Le soutien du député Grégoire aux écoles du Ban de la Roche ne sera jamais pris en défaut pendant toute la période révolutionnaire, et c'est en particulier grâce à son appui qu'Oberlin et Stuber obtiennent, le 2 septembre 1794, un témoignage de satisfaction de la Convention :

> Au citoyen Grégoire, représentant du peuple à la Convention nationale.
> Citoyen représentant, cher ami,
> Il n'est pas possible d'exprimer mon étonnement lorsque je reçus l'extrait honorable du procès-verbal de la Convention nationale. C'est sans doute à toi, belle et chère âme, que je dois cette distinction. Elle me vint très à propos, car il y a des gens qui prennent un singulier plaisir à ravaler ceux qui, altérés et consumés de la soif du bonheur public, leur semblent des fous écervelés. Ils voudraient faire croire que les sciences les plus essentielles mêmes, et les bonnes mœurs et les vertus ne sont plus de mise aujourd'hui. Je souffris tranquillement ma portion. Mais quelle a été la joie des bons et la surprise des malveillants, quand, par cet extrait, mes adversaires ont été convaincus que la Convention nationale veut des lumières et de la vertu, et qu'elle honore et distingue quiconque s'applique à les répandre. Le président de notre Société populaire a eu des nouvelles de cet extrait, me l'a fait demander et l'a lu à la Société, au temple de l'Éternel. Ah, citoyen ! Que tu aurais eu de la satisfaction en voyant couler les larmes de joie et de gratitude des yeux de tous les gens de bien, les seuls vrais républicains, d'après le propre sens de ce terme ! Comme cela se fit vers la fin de la séance, on se sépara en bénissant la Convention nationale et en faisant des vœux pour sa conservation et celle des personnes qui ont fait naître cet extrait.
> Adieu, cher ami. Salut, fraternité et gratitude de la part de ton très touché Oberlin.
> P. S. : Le 10, avant d'aller au club, je reçus ton *Rapport sur le vandalisme*. J'en commençai d'abord la lecture et l'explication des termes inconnus à nos montagnards. Agrée l'expression de la gratitude de mon cœur (Oberlin, 30 septembre 1794).

L'examen de la correspondance de Grégoire esquisse par ailleurs les contours d'un réseau œcuménique inattendu, au confluent du politique, de l'économique et du religieux, dans lequel, outre Jean-Frédéric Oberlin, on peut inscrire en tout premier lieu son frère, Jérémie-Jacques, professeur de philologie à l'université de Strasbourg, principal relais de l'évêque conventionnel vers les intellectuels du monde germanique (Chalmel, 1996, pp. 29-48), les pasteurs Jean Ehrmann, Abel Maeder, Jean-Georges Stuber, mais également les théologiens Jean Laurent Blessig et Isaac Haffner, le naturaliste Jean Hermann, le juriste Christophe Guillaume Koch, le médecin Jean Jacques Spielmann, les familles Schweighäuser et de Turckheim, cette dernière étant la protectrice d'un élève méconnu du pasteur de Waldersbach, Jean-Frédéric Simon (1747-1829).

Au cours de son cursus universitaire à Strasbourg, Jean-Frédéric Oberlin emploie une partie de son temps libre à donner des leçons particulières. Les quelques subsides qu'il retire de cette activité annexe lui assurent une autonomie financière relative; il prend ce préceptorat très au sérieux, développant un talent pédagogique naissant en faisant sien le vieil adage *« Docendo discimus »*:

> On ne saurait avoir assez d'obligations envers un précepteur qui connaît et sait l'étendue de ses devoirs: il fait plus que les parents, il prend soin des âmes, tandis qu'eux n'ont soin que des corps et de ce qui les concerne; ils lui doivent autant de considération qu'il leur en doit à eux; la loyauté et l'assiduité avec lesquelles il s'acquittera de sa tâche vaudront toujours plus que leurs honoraires (cité par Leenhardt, 1914, p. 15).

Basedow et le Philanthropinum de Dessau

Dans sa jeunesse, Simon, futur professeur au Philanthropinum de Dessau, créé en 1774 par Johannes Bernhard von Nordalbingen, dit Basedow (1723-1790), avec l'appui du prince Léopold de Dessau, fut l'un de ces élèves strasbourgeois. Liée à l'*Aufklärung* germanique et s'inspirant par ailleurs des idées de Rousseau, la pédagogie mise en œuvre par Basedow, indépendante des Églises institutionnelles, inspire fortement Oberlin qui annote soigneusement les ouvrages produits par les maîtres du Philanthropinum:

> 1775. *Création du Philanthropinum et école des amis de l'humanité à Dessau, et bonnes connaissances pour apprenants et jeunes maîtres, etc., etc.*, par J.-B. Basedow, 1774, 96 pages. «Combien ce plan me ravit! Combien est-il digne du soutien de tous les amis de l'humanité... » *Recueil de lettres sur la méthode d'éducation de Basedow* (en 3 feuillets, d'Iselin et Lavater), 1775, 50 pages. «Les deux hommes s'unissent dans une louange du remarquable *Livre élémentaire.*»
> Livret de J. B. Basedow pour parents et maîtres de toute origine – première partie. 116 pages. «Inestimable Basedow! Enseignement rapide et plaisant aux enfants d'une multitude de choses [...] »
> 1776. *Philanthropisches Archiv.* 1. Stück. *Philanthropisches Archiv.* 2. Stück. 1776, 112 pages.

C'est par l'intermédiaire de Simon que des exemplaires du manuel élémentaire parviennent jusqu'à Waldersbach. Oberlin est lui-même tenté par l'expérience, et seule la difficulté à gérer les multiples activités de sa paroisse l'empêche de rejoindre son élève en Saxe :

> (Waldersbach, 16 mars 1777)
> Mon cher Frédéric !
> Tu souhaites que je te porte autant d'affection que tu m'en témoignes ? Voilà qui est bien ; c'est ainsi que tu me plais. À présent, conclus toi-même à mon amitié. Votre institut d'éducation, je le porte dans mon cœur. Ô combien aimerais-je m'y consacrer corps et âme ; mais Dieu exige ici mon sacrifice. Avec quelle ardeur je souhaiterais m'y rendre pour observer, écouter, parfaire mon apprentissage, ne fût-ce que pendant quelques mois ou même pendant quelques semaines seulement, pour revenir ensuite plus riche d'expérience que jamais dans mon Ban de la Roche ! Mais mon Dieu me l'interdit absolument. Je ne fus jamais en fonds, et à présent moins que jamais. Ô que n'avons-nous de l'argent, cet argent si inutile entre bien des mains ! Telle fut mille fois ma pensée, depuis que je connais l'institut de Dessau ; et telle fut encore notre pensée, à ma femme et à moi-même, quand nous lûmes la troisième publication de vos archives. En vain nous cherchâmes de tous côtés quelque chose que nous puissions transformer en argent. Je fus attristé de ne rien trouver. Un jour ma femme entra dans ma chambre et, sans mot dire, les yeux rayonnants de joie, m'apporta une paire de boucles d'oreilles me priant de les envoyer au Philanthropinum, ou leur équivalent en argent, si on pouvait les placer [...].
> Je ne sais pas quel cadeau on aurait dû me faire pour m'être si cher que les trois exemplaires de l'*Elementarwerk*. Ma joie fut sans bornes ; car j'avais toujours regardé les gens qui pouvaient se le payer avec envie. Et je n'apercevais aucune lueur d'espoir de ne jamais pouvoir l'acquérir car ma caisse et moi étions saignés à blanc. Je cherchais à faire connaître ce livre où je pouvais à Strasbourg. Ami, je sais que je peux te parler à cœur ouvert : tant d'exemplaires, ma femme et moi nous en fûmes effrayés. Je n'y tins plus, et dus me retirer pour donner libre cours à mes larmes. Remerciements, joie, émotion et peine à propos de mon impuissance à vous dédommager, vous et votre institut, m'obsédèrent terriblement. Ami, je ne puis vous payer que de vœux ; des souhaits ardents adressés à mon cher Dieu, si parcimonieux à mon égard, pour vous et votre cause qui est aussi la mienne : l'institut d'éducation. Oui, mes amis, je tiens votre vocation et votre travail comme dignes d'envie. Que Dieu vous fortifie, vous bénisse et vous encourage et vous prodigue, ce que je souhaite pour moi-même, un amour plus tendre et toujours plus profond pour Jésus, au travers des enfants rachetés par son sang. Adieu, mon cher, et vous tous, mes amis ! Et ainsi je reste à jamais et jusqu'à la mort ton plus dévoué, fidèle et sincère ami Oberlin (cité par Iselin, 1777, pp. 92-93 ; Stehle, 1913, pp. 33-36).

L'histoire ne dit pas si les boucles d'oreilles de Mme Oberlin contribuèrent efficacement au redressement de l'institut de Basedow, qui connaît en 1777 les plus graves difficultés financières... Mais ce don caractérise incontestablement un acte de foi en l'homme, de la part d'un couple qui se débat avec abnégation contre la misère, en remettant son destin dans la main de Dieu. Pour Oberlin, nul doute que la valeur de l'*Elementarwerk* ne soit comparable à celle des derniers bijoux de sa femme. Sa prière pour l'institut et la publicité qu'il s'engage à faire autour du livre à Strasbourg seront ses seuls remerciements...

La tonalité générale de l'écrit est marquée par la tendresse, la familiarité du langage témoignant de la proximité entre Simon et Oberlin, et à travers eux entre le projet du Ban de la Roche et celui de Dessau : les principes éducatifs mis en pratique dans les écoles du Ban de la Roche présentent un certain nombre de caractéristiques communes avec ceux préconisés par Basedow et Joachim Heinrich Campe (1746-1818), son successeur à Dessau, mettant l'accent sur l'importance du travail manuel dans le cadre d'une pédagogie active, la formation du caractère et l'apprentissage de la vie en société par les jeux et sorties dans la nature.

Simon semble avoir rejoint son maître en 1767, l'année de l'installation du pasteur au Ban de la Roche. Nous avons retrouvé une enveloppe adressée à « Monsieur Oberlin, Ministre de la parole de Dieu à Waldersbach au Ban de la Roche », avec au dos la mention manuscrite du pasteur : « De M. Simon, du 29 déc. 1767[1] ». La lettre a malheureusement disparu. On trouve encore la trace de Simon et de son ami Jean Schweighäuser (1753-1801) à Waldersbach, lors du désormais mythique « premier concert » du Ban de la Roche :

> Premier concert à Waldersbach le 12 mai 1775 en l'honneur de quelques personnes de Strasbourg. Jean David Bohy, Sébastien Scheidecker, M. Simon et Jean-Jacques Claude du Trouchy jouèrent du violon. Didier Neuvillers et Georges Bernard de la flûte à bec, Vernier chanta la basse et quelques filles la prime. M. Schweighäuser joua de la flûte traversée. Dimanche le 18 service à Belmont. Autre concert solennel pour la satisfaction de M. Stuber, alors présent (Oberlin, 1770-1822, p. 127).

La présence de la signature de Simon, auprès de celles de trois de ses confrères, Schweighäuser, Kaufman (1753-1795) et Ehrmann, au

1. AMS, 15 NA, ms 137.

’abbé Grégoire, connu pour son engagement dans la Révolution, soutient les écoles
u Ban de la Roche et l'action d'Oberlin, lui rendant visite à deux reprises.
Iuile sur toile de P. J. C. François, 1800.

bas d'un document contractuel, garantissant une pension à l'un des régents d'école, invité à cesser son activité professionnelle, ainsi que la jouissance d'un lopin de terre, constitue une preuve supplémentaire du lien qui unit les pasteurs du Ban de la Roche au mouvement philanthropique, face émergée des loges maçonniques au XVIIIe siècle (Chalmel, 2004) :

> À compter du jour où le sieur Jean-Jacques Masson aura attesté sur ce billet la résignation faite par lui de sa charge actuelle de maître d'école à Bellefosse au comté de la Roche, les soussignés s'engagent envers lui solidairement (tous pour chacun et chacun pour tous) à une pension de vingt sols par semaine, tant que sa conduite sera louable et qu'il ne se trouvera d'autre moyen plus efficace pour sa subsistance. Nous ne consentons pas que cet acte soit validé en justice, ne voulant avoir affaire qu'à Dieu, à notre conscience et à notre honneur garants, (ce) dont le sieur Masson sait qu'il y a lieu de se contenter. Nous verrons avec plaisir que ledit sieur Masson, en retour de notre action charitable, se trouve disposé à rendre selon l'occasion des services modiques et proportionnés à ses forces, soit aux deux ministres du comté de la Roche, soit aux Anciens de sa paroisse, aux malades et aux pauvres et autres quelconques, ses dits services, toujours de nature à tourner au bien public. Il n'y sera cependant tenu que de sa propre bonne volonté, il n'y pourra être contraint par qui que ce soit et sa pension, en cas de refus, aura lieu sans diminution.
> Fait à Strasbourg ce 24 janvier 1775, en double.
> Jean-Jacques Masson, 5 février 1775.

Le principal rédacteur de ce document, unique en son genre, n'est autre que Jean-Georges Stuber, prédécesseur d'Oberlin (il signe: «Jean Georges Stuber, diacre à Saint-Thomas»). Il est soutenu dans sa démarche charitable par Jean-Michel Ott, à l'origine de la fondation scolastique, qui contribue efficacement au financement des écoles du Ban de la Roche, ainsi que par quatre jeunes philanthropinistes, dont deux (Simon et Schweighäuser) sont sur le point de rejoindre Basedow à Dessau, et qui paraphent ce texte en qualité de témoins: «Jean-Frédéric Simon, maître ès arts; Jean Schweighäuser, étudiant en théologie; Christophe Kaufman, de Winterthouren, Suisse; Jean Ehrmann fils» (musée Oberlin).

Rencontres avec les poètes Lenz et Pfeffel

Il faut une fois encore remarquer que trois de ces «témoins» ont un lien étroit avec les pasteurs du Ban de la Roche: Simon, le disciple,

Planche pédagogique sur les métiers extraite du *Livre élémentaire pour la jeunesse* de Basedow, publié en 1774, manuel très utilisé par Oberlin au Ban de la Roche.

Schweighäuser, futur gendre de Stuber[1] et Kaufman, choisi à deux reprises comme parrain des enfants d'Oberlin ! C'est ce dernier qui est à l'origine du séjour désormais légendaire du poète livonien Reinhold Lenz (1751-1792) au Ban de la Roche.

La psychologie de ce personnage, excessive et exaltée, se nourrit de la fébrilité préromantique, qui le précipitera à terme dans la folie. Plus typiquement que son ami Goethe, Lenz incarne la génération *Sturm und Drang*[2]. Venu de Königsberg, il arrive à Strasbourg au printemps 1771. Dès lors l'activité littéraire féconde de ce Livonien de vingt ans se développe dans l'ombre de Goethe : « D'emblée, Lenz conçut pour Goethe une véritable idolâtrie et s'attacha à ses pas au point de tomber dans une sorte de mimétisme maladif » (Kreiss, 1995). Sa révolte contre le rationalisme de l'*Aufklärung*, alimentée par des influences piétistes, le conduit à privilégier l'instinct et les passions, vecteurs d'une force géniale (*Kraftgenie*) tourmentée (*Sturm*), activée par une poussée intérieure instinctive (*Drang*). Son œuvre strasbourgeoise se construit dans une articulation entre théorie

1. Jean Schweighauser épousa Renée Stuber (1759-1836).
2. Mouvement littéraire allemand préromantique, étymologiquement : « tempête et assaut ».

et pratique du théâtre, Shakespeare représentant pour lui l'idéal du poète dramaturge. Ses *Remarques sur le théâtre* (*Anmerkungen über das Theater*), rédigées en 1771 et publiées par Goethe en 1774, définissent les critères théoriques de la dramaturgie du *Sturm und Drang*, inspirés par nature du théâtre shakespearien : spontanéité, sincérité, rejet des règles, de toute forme de censure sociale ou politique, description sans complaisance de la réalité...

> Si l'on veut apprendre directement ce qu'on pensait, ce qu'on disait, ce qu'on débattait alors dans cette société si vivante, qu'on lise l'étude de Herder sur Shakespeare, dans la brochure *De la manière et de l'art allemands* et les *Remarques sur le théâtre* par Lenz auxquelles fut jointe une traduction de *Peines d'amour perdues*. Herder pénètre dans les profondeurs du génie de Shakespeare et les expose admirablement ; Lenz se comporte plutôt en iconoclaste envers la tradition du théâtre et n'y veut plus admettre en tout et partout que la manière de Shakespeare (Goethe, 1941/1991, vol. XV, p. 415).

Les pièces de Lenz, tel *Le Précepteur* (*Der Hofmeister*) achevé à Strasbourg, même si la pièce n'est publiée qu'en 1774, et *Les Soldats* (*Die Soldaten*), application de ses principes rhétoriques, sont marquées par la révolte, la rage, l'excès et l'indignation.

Une autre illustration de ce compagnonnage de jeunesse entre Goethe et Lenz est leur amour commun pour la même muse, Frédérique Brion, la fille du pasteur de Sessenheim. Le charme de Frédérique séduit d'abord Goethe, qui lui voue alors un amour caractéristique des *Stürmer*, violent et éphémère :

> Il est des femmes qui nous plaisent spécialement dans un intérieur ; d'autres qui prennent mieux leur valeur en plein air. Frédérique était de celles-ci. Ses manières, sa tournure, ne paraissaient jamais plus ravissantes que lorsqu'elle marchait sur un haut sentier : la grâce de son maintien semblait rivaliser avec la terre fleurie, l'inaltérable sérénité de son visage avec le ciel bleu. Cet éther réconfortant qui l'entourait, elle le portait avec elle au logis, et l'on remarquait bientôt qu'elle savait apaiser les troubles et effacer aisément l'impression des petits incidents désagréables (Goethe, 1941/1991, vol. XI, p. 293).

Le jugement que Goethe porte *a posteriori* sur les « amours » de son ami avec son ancienne fiancée est plutôt sévère. Lenz se voit ainsi ouvertement taxé d'opportunisme, ses accès de dépression n'apparaissant que comme un moyen pour faire pression sur la famille Brion, afin d'accéder à certains documents :

baronne de Krüdener, femme de lettres cosmopolite et apôtre du mouvement piétiste, rend à Waldersbach à plusieurs reprises. Elle est peinte ici avec son fils en 1786. ile d'A. Kauffmann conservée au musée du Louvre.

> Je rendis visite en chemin (pour la Suisse, le 25 septembre 1779) à Frédérique Brion ; je la trouvai peu changée, toujours aimable, familière comme jadis, calme et indépendante. La majeure partie de la conversation porta sur Lenz. Celui-ci s'étant recommandé de moi après mon départ, avait cherché par tous les moyens à obtenir des informations, jusqu'à ce qu'elle finisse par se méfier devant son acharnement à vouloir saisir au vol et voir mes lettres. Il s'était épris d'elle suivant en cela son habitude, car il croyait que ce fut le seul chemin pour parvenir à découvrir les secrets de jeunes filles ; prise de crainte et désormais avertie, elle refusa de le voir et se retira le plus possible ; il alla alors jusqu'à la démonstration risible du suicide, si bien qu'on le déclara à moitié fou, et qu'on put l'éloigner de la ville. Elle m'éclaira à propos du projet qu'il avait de me nuire et de m'enfoncer aux yeux de l'opinion publique [...] (cité par Matzen, 1997, p. 70).

Lenz s'était réfugié en Suisse, chez Christophe Kaufman, au cours de l'automne 1777, et c'est Kaufman qui adresse le poète, au début du mois de janvier 1778, au pasteur Oberlin au Ban de la Roche[1]. Le séjour de Lenz à Waldersbach constitue la matière d'une nouvelle de Georg Büchner (1835), dans laquelle il s'interroge : « Qu'est-ce qui donc en lui est devenu fou ? » (Büchner, 1835/1995). La plume de Büchner retrouve à cette occasion la fébrilité des auteurs du *Sturm und Drang* :

> La pièce dans le presbytère, avec ses lumières et ses visages bienveillants, lui apparut comme une ombre, un rêve et, de nouveau, il fut gagné par le vide, comme sur la montagne ; mais il n'y avait rien pour le remplir, la lampe s'était éteinte, toutes choses englouties par les ténèbres (Büchner, 1879/1995, p. 20).

Dans son journal (1778), Oberlin évoque le départ du poète oublié par son génie, qu'il a lui-même sollicité, après un séjour plus que mouvementé au Ban de la Roche :

> [...] Oui, il allait partir. Il se leva, s'habilla, l'air tout à fait raisonnable ; il rassembla ses affaires, remercia chacun en particulier le plus affectueusement du monde, ses gardiens y compris, se rendit auprès de ma femme et des servantes, qui se tenaient à l'écart, silencieuses, car peu avant encore, il entrait dans une grande colère dès qu'il entendait ou croyait entendre une voix féminine. À présent, il demandait à voir tout un chacun afin de le remercier personnellement et lui demander

1. L'implication de Kaufman parmi les *Stürmer* ne fait aucun doute. Notons en particulier que son nom figure sur l'une des inscriptions de la cathédrale de Strasbourg (1772), à côté de ceux de Schlösser, Goethe, etc. Lavater considérait le jeune Suisse comme un « génie » : dans les *Fragments physiognomoniques* parus à partir de 1775, il en dresse successivement quatre portraits faisant l'objet de commentaires enflammés.

> pardon, bref, il prit congé de chacun d'une manière si touchante que tout le monde en avait les larmes aux yeux. Et c'est ainsi que ce jeune homme digne de compassion nous quitta...

Quatorze ans plus tard, on retrouvera le corps inanimé du poète déchu dans une rue de Moscou, effaçant avec sa mort les dernières traces de l'utopie du *Sturm und Drang*. Le récit par Büchner du séjour du poète au Ban de la Roche fait d'Oberlin, à titre posthume, un personnage de roman de la littérature romantique d'outre-Rhin.

Les relations de Jean-Frédéric Oberlin avec l'univers des lettres ne se limitent pas au séjour légendaire de Lenz à Waldersbach. Au nombre de celles-ci on trouve Gottlieb Conrad Pfeffel, poète et fabuliste, fondateur de la célèbre Académie militaire pour jeunes gens protestants, qu'il rencontre en 1778 et en 1786 à Colmar. Pfeffel écrit à Sarasin, à propos de la première visite, qu'Oberlin les a quittés lui et sa famille l'avant-veille (4 février 1778) :

> Un homme simple, honnête, avisé, infatigable, philanthrope, en bref un homme vraiment apostolique. Il opère sans revendiquer de génie ni la célébrité dans sa sphère, comme la providence qui le soutient. Il a déjà transformé à moitié le Steinthal, la Sibérie alsacienne, a inspiré l'amour du travail, de la lecture et des arts éclairés aux pires des pauvres habitants sauvages, et, ce qui est infiniment plus, développé les mœurs et la vertu (Pfannenschmid, 1892, pp. 131-132).

Lors de sa deuxième visite, le 1er juin 1786, Oberlin a laissé ces quelques lignes en français, dans le *Fremdenbuch* de son hôte : « Jean-Frédéric Oberlin, ministre de Waldersbach, a enfin été assez heureux pour revoir un établissement dont il est enchanté » (Pfannenschmid, 1892, pp. 131-132). Le port d'un surnom est un signe d'intimité dans le cercle des amis du poète Pfeffel. Celui d'Oberlin est « le cèdre » (Berckheim, 1889, p. 113).

Julie de Krüdener, prophétesse en quête de conversions

Outre Pfeffel, le pédagogue du Ban de la Roche entre en relation épistolaire avec un autre ami de Goethe et Herder : Johann-Heinrich Jung, dit Stilling (1740-1817). Goethe publie en 1777 la première partie de son œuvre romanesque et autobiographique : *Heinrich*

En haut : silhouettes des poètes Jung-Stilling et Lenz
réalisées par Oberlin lors de leur séjour à Waldersbach.

En bas à gauche : Adrien de Lezay-Marnésia, homme de lettres et premier préfet du Bas-Rhin.
Il apporte une importante aide financière aux actions du pasteur et, comme lui,
s'engage pour améliorer le sort de ses administrés. Gravure de C. Guérin, vers 1800.

En bas à droite : Conrad Pfeffel, poète et pédagogue colmarien,
rencontre Oberlin à deux reprises. Estampe de 1859.

Stillings Jugend. Vers la fin de sa vie, Jung-Stilling échange sa plume de romancier pour celle de théologien mystique. Oberlin a lu et annoté avec attention plusieurs de ses ouvrages à propos de la vie future. Il lui faudra cependant attendre septembre 1809 avant de le rencontrer pour la première fois en Alsace :

> Mon très fidèle et bien-aimé frère,
> Pour moi aussi, pour ma femme et pour ma fille, ce fut une profonde joie que de te rencontrer enfin face à face dans cette enveloppe mortelle. On s'unit ainsi dans le Seigneur plus intimement l'un à l'autre et le lien de la perfection se resserre davantage[1].

La famille Stilling séjourne enfin au Ban de la Roche en août 1812. La rencontre de ces deux « visionnaires » nous permet à présent de suivre notre fil d'Ariane afin d'explorer le monde étrange et baroque de l'Europe mystique de la fin du XVIIIe siècle. L'intérêt d'Oberlin pour les grands mystiques, que nous avons mis en évidence dans un chapitre précédent, l'amène naturellement à s'insérer dans un réseau de relations où mysticisme et piétisme vont de pair.

C'est par l'entremise de Mme de Krüdener qu'Adrien Lezay-Marnésia (1769-1814), alors préfet de Rhin et Moselle (1806), régions où il fonde entre autres une école de sages-femmes et une école normale, est introduit à Waldersbach. En fait, pour la baronne, le préfet est un ami très cher et de longue date. Dans les années 1789-1790, alors qu'ils prenaient ensemble les eaux à Barèges, ils s'éprirent puissamment l'un de l'autre. Mais leurs amours restèrent platoniques, car la dame, bien que séparée de son mari, fut toujours mariée... Dans deux cahiers intitulés « Extraits de romans à employer dans *Géraldine* », Mme de Krüdener consigne, pendant cette période de trouble sentimental et romantique, une partie de sa correspondance et de ses entretiens avec Adrien Lezay-Marnésia, en vue de rédiger son beau roman d'amour.

> 8 décembre 1789. Depuis que je vous connais, je n'existe que pour m'occuper de vous ! [...] Aujourd'hui j'ai osé prier le ciel ; oui, l'excès de mon malheur, quoique j'en sois l'artisan, me donne des droits à la miséricorde. Je lui ai demandé le pardon d'un Amour effréné et ma

1. « *Mein teuerster und innigstgeliebter Bruder! Auch mir, meiner Frau und Tochter war es Seelenfreude dich einmal in der sterblichen Hülle, von Angesicht, zu sehen; es stärkt sich dann einer am andern im Herrn und das Band der Vollkommenheit schlingt sich fester* » (Leenhardt, 1911, p. 453).

> justification auprès de vous. Non, Adrien, ni vous ni moi, devions aimer ! [...] Vous voulez me punir par un exil éternel ? Ah ! Voyez-moi à vos genoux ! Voulez-vous ma mort ? Insensé, avez-vous pensé à ce que vous diriez dans le désespoir ? Avez-vous calculé mon désespoir ? Non, je ne suis qu'à l'Amour, je partage vos feux, je meurs si je vous revois ! [...] Venez ! À une passion comme la nôtre les formes usitées ne s'appliquent pas ! Non, je ne rougis pas de mon délire ! Le Ciel connaît ce cœur qu'il forma pour la Vertu. Ah ! Venez si vous le pouvez, et nous mourrons après s'il le faut ! Insensés... Avec une passion comme la nôtre je savais que la mort seule calme quand la présence n'anime pas (Ley, 1994, p. 67).

Adrien lui répond sur le même ton, caractéristique d'un style romantique qui exacerbe la passion :

> Votre bonheur ? Vous voulez que j'use de ce bien suprême comme d'un cordial, d'un topique qui m'empêche de mourir ? Vous délibérez de la jouissance ? Je la souhaite passionnément. Mais quand mes sens parlaient, mon âme aussi l'invoquait. Quand je me sentais brûlé d'une ivresse qui, sans doute, m'eût décomposé après, je pensais que, tandis que nos substances étaient confondues ici-bas, nos âmes étaient dans les Cieux créant une âme composée des deux nôtres... Et vous m'offrez ce bonheur comme un mal nécessaire qu'il faut racheter par de longues expiations ? [...] Accordez-moi toujours ces innocentes caresses. Vous posséder serait trop, trop pour moi ! (Ley, 1994, p. 69).

Le séjour en Alsace de Julie de Krüdener se situe quelque vingt ans plus tard, alors qu'elle parcourt l'Europe, telle une prophétesse en quête de conversions, activité qui la rend suspecte aux yeux du ministre de l'Intérieur de la France impériale, qui diligente, à son sujet, une enquête auprès du chef de la police de Strasbourg. Ce denier lui fait parvenir, le 10 novembre 1812, un rapport circonstancié dont voici un extrait :

> Mme de Krüdener, qui est une protestante extrêmement dévote, de la secte allemande des piétistes qui a des ramifications à Strasbourg, ne voit ici que quelques personnes de cette secte. Elle voit assez fréquemment M. et Mme Lezay-Marnésia ; elle et son fils ne se font, du reste, nullement remarquer (Ley, 1994, p. 263).

Oberlin peut-il être considéré comme l'une des fréquentations « piétistes » de Julie de Krüdener ? La volonté de la baronne de rassembler autour d'elle un cercle d'élus, en rapprochant Stilling, Lezay, Empaytaz et Oberlin, corollaire de la foi qu'elle professe, la rend plus proche de Zinzendorf et des piétistes de seconde génération que des «pieux désirs» de Spener. Le cercle d'élus qui fréquente entre 1812 et 1814 le presbytère de Waldersbach apparaît à cet égard comme une métaphore de l'*ecclesiola in ecclesia* des Moraves: les «élus» disséminés dans toutes les confessions doivent être réunis:

> Le catholique, victime de ses sens, absorbé par les cérémonies, voit toujours les ombres plutôt que les réalités, et reste l'esclave des erreurs terribles et nombreuses que son Église impose. Le protestant, froid, et à l'esprit étroit, écarte et néglige les mystères d'En-Haut, se satisfait de sa raison, et l'adore, parce qu'elle répond à ses petites idées et à son orgueil. Mais ceux qui se tournent vers l'Église invisible pour y chercher des chrétiens les trouveront, car le Seigneur a des enfants partout (Ley, 1994, p. 256).

L'exemple de la «conversion» de Lezay-Marnésia reste très significatif à cet égard[1]. Celle-ci contribue visiblement au soutien financier des efforts d'Oberlin puisque, un mois plus tard, le 16 mars 1813, Mme de Krüdener se rend à Waldersbach porteuse d'une aide financière très significative de trente mille livres pour le Ban de la Roche (somme considérable à cette époque) :

> [...] Nous allons au Steinthal. Vous savez avec quelle miséricorde le Seigneur dirige le cœur de M. Lezay-Marnésia: trente mille livres sont versées sur le Steinthal, et le soir de la vie de l'auguste apôtre[2] s'embellit aussi de cette bénédiction [...] (Ley, 1994, p. 264).

À la fin de l'été 1814, Empaytaz se rend au Ban de la Roche, où il collabore avec Oberlin à la production d'un «tableau des demeures des trépassés». La baronne les rejoint le 12 septembre 1814. Le 9 octobre, une terrible nouvelle leur parvient alors de Strasbourg, celle de l'accident et de la mort de Lezay-Marnésia:

> C'est au sein de ces jouissances vraiment célestes que nous fûmes tirés par la nouvelle de la mort de M. Lezay-Marnésia. Une lettre que reçut Mme de Krüdener l'invitait à se rendre promptement auprès de la veuve de ce chrétien chéri de tout son département. [...] Mme de Krüdener fut pour Mme Lezay-Marnésia un ange de consolation et une source de bénédictions pour cette maison si profondément affligée (Ley, 1994, p. 278).

1. 4 février 1813: «[...] adorez avec moi ce chef-d'œuvre d'amour qui a produit la conversion de M. de Lezay. Cet homme si fier, qui à peine répondait à un roi, qui s'appuyait sur des vertus qui le faisaient tant respecter, cet homme si indépendant est soumis comme un petit enfant [...]» (Ley, 1994, p. 264).
2. C'est-à-dire Oberlin.

Échanges féconds avec Johann Kaspar Lavater

Le « tableau des demeures des trépassés » n'est pas la seule production picturale liée aux fréquentations « mystiques » du pasteur vieillissant. Ce goût pour les choses cachées éveille l'intérêt d'Oberlin envers certaines doctrines ou « sciences » émergentes, en particulier celles qui visent à l'interprétation du psychisme humain. Trois d'entre elles trouveront une application certaine dans le système éducatif du Ban de la Roche, particulièrement au service de l'orientation professionnelle.

Jean-Frédéric Oberlin entretient une relation épistolaire étroite avec le théosophe zurichois Johann Kaspar Lavater (1741-1801), bien que les deux hommes n'aient jamais vu leurs chemins se croiser. Ce qui n'est pas le cas de Stuber, qui, outre leur première rencontre en juin 1774, accueille Lavater à trois reprises à Strasbourg[1] :

> Si Dieu ne contrarie pas ce projet, il [le fils de Lavater] part en voyage dans la semaine de la Pentecôte et doit entrer dans Strasbourg avec la diligence le samedi de Pentecôte. Si je peux l'accompagner, je vous prie de nous loger un jour chez vous [...] Je vois tout le dérangement que cela peut entraîner [...] Vous ne devez inviter personne pour moi (Lavater, 28 mai 1783).

Chacune de ces visites attire une foule de courtisans désireux de rencontrer le savant suisse. Voici ce qu'en dit Charité Stuber, à l'occasion du dernier séjour du pasteur de Zurich à Strasbourg :

> Mes sœurs et moi, nous étions traitées comme des princesses, comme des dispensatrices de grâces par des centaines de personnes, qui désiraient s'entretenir avec Lavater et nous demandaient d'user de notre influence pour qu'elles soient reçues par notre hôte (Salomon, 1914, p. 59).

En effet, la popularité de Lavater est grande dans la capitale alsacienne, et plusieurs milliers de personnes se pressent pour l'entendre prêcher à Wolfisheim, l'église réformée la plus proche, à tel point que la plus grande partie des auditeurs entend le sermon à l'extérieur de l'édifice, toutes fenêtres ouvertes. Lavater lui-même est conscient du dérangement qu'il cause à son ami à chacune de ses visites :

> La maison du silence se transforme en maison du bruit, l'appartement de la paix en une maison de la confusion aussi longtemps que nous sommes là-bas [lettre du 4 juin 1783]. Laissez-nous donc nous glisser

1. Juillet 1781, juillet 1782 et juin 1783.

> dans votre maison aussi silencieusement et incognito que possible [lettre du 11 juin 1783] (Salomon, 1914, p. 59).

Les familles Stuber et Lavater se confient mutuellement l'éducation de leurs enfants: Sophie Stuber fait un long séjour à Zurich et Lavater sollicite à son tour l'aide de son ami pour parfaire l'éducation de son fils Henri, en 1782:

> J'ai un fils âgé de quinze ans qui sort de l'École des beaux-arts de cette ville, encore trop jeune pour s'engager dans une profession et trop fougueux et impulsif pour continuer à étudier de manière autonome, ce qu'il devrait pourtant pouvoir faire. Une trop grande liberté pourrait lui devenir préjudiciable. Depuis longtemps j'avais l'idée de le mettre, si possible, pour au moins un trimestre chez vous, vous le confier comme votre enfant, pour l'instruire et le guider avec et comme votre fils. Tous les droits et les devoirs d'un chrétien bien élevé, ce qu'il doit savoir et accomplir à son âge et qu'il ne sait pas encore doit lui être enseigné selon vos conjectures. On doit l'exhorter principalement à une assiduité convenable, au soin, à une facilité en latin – ce en quoi il est très en retard, de telle sorte que l'on peut dire qu'il ne sait plus rien – et à s'attacher à l'apprentissage du français oral et écrit. Il peut apprendre énormément en peu de temps, mais pour cela on doit particulièrement l'exhorter à la discipline et à l'assiduité. Il doit vous obéir comme à un père [...] et se conformer aux us et coutumes de votre maison [...] Encore une fois, si vous me faites l'amitié de l'accepter, vous ne devez en rien changer vos habitudes, [...] Il mange, boit, prie comme vous, fait comme vous voulez. Il est votre fils, vous êtes son père. Il a un caractère conciliant pour peu qu'on le guide avec sagesse et fermeté (Lavater, 7 octobre 1782).

La demande formulée par Lavater montre la confiance qu'il met dans les talents pédagogiques de son ami. Stuber, modeste, se défend d'être à ce point compétent; pourtant, il accepte par l'intermédiaire de sa fille Sophie d'accueillir le jeune Henri Lavater, à condition que l'on n'attende aucun miracle de son séjour strasbourgeois:

> Il me vient une idée, si M. le pasteur Lavater veut faire une sorte d'échange entre son fils et toi, je lui ai déjà dit: pour les études je ne peux faire aucune vaine promesse [...] il ne doit en aucun cas se le figurer entre de bonnes mains, fréquentant d'honnêtes gens, respectables et même instruits. Comment cela peut-il faire défaut à un fils Lavater? Je suis sincèrement tout à fait prêt, si rien n'est exigé, à un séjour dans une maison honorable, bienveillante, aimante (Stuber, 7 avril 1783).

Les deux hommes entrent en relation avec Cagliostro (Joseph Balsamo, 1743-1795), lors de son séjour à Strasbourg. Ce sera leur

À gauche : Johann Kaspar Lavater, théosophe mystique suisse, inventeur de la physiognomonie, échange de nombreuses lettres avec Oberlin qui se passionne pour son art.

Ci-dessus : planche extraite de son traité *Fragments de physiognomonie* montrant comment dessiner une silhouette.

premier point de discorde. Lavater, friand de merveilleux, est fasciné par le personnage et son discours, tandis que Stuber, plus perspicace et raisonnable, relève la supercherie dès leur première entrevue. Les deux hommes accueillent par contre avec le même enthousiasme le grand vent de liberté de 1789.

Oberlin a-t-il appris à connaître Lavater par l'entremise de son prédécesseur ? L'hypothèse semble crédible, puisqu'il cite lui-même Stuber lors de leur premier échange de correspondance (1774), à propos de la publication des *Aussichten aus der Ewigkeit* (texte SYNERGIES). En dépit de la nature essentiellement épistolaire de leur relation, les deux hommes partagent incontestablement un intérêt commun pour les choses de l'au-delà. En 1783, à la lecture de la *Messiade*, Oberlin écrit par exemple dans ses notes de lecture : « C'est tout à fait mon opinion sur l'enseignement biblique relativement à la puissance de la foi, de la prière et des dons du Saint-Esprit. »

Découverte, pratique et critique de la physiognomonie

Mais le théosophe mystique est également l'auteur d'un traité de physiognomonie, dont Oberlin tentera de tirer profit comme une réponse possible à certaines difficultés corollaires au développement de son système éducatif. Les *Fragments de physiognomonie pour la promotion de la philanthropie et de la connaissance des hommes* sont publiés entre 1775 et 1778. La physiognomonie s'appuie sur la théorie des correspondances du mystique Emmanuel Swedenborg, selon laquelle une corrélation directe entre l'homme intérieur et l'homme extérieur peut être déduite. Le visage devient révélateur de l'intériorité de l'homme. Le physiognomoniste est capable de voir de l'autre côté du masque le vrai caractère et de lire les pensées de l'âme. La physiognomonie permet à l'initié, à partir d'une classification décrite par Lavater des traits du visage et de leur interprétation, de comprendre la personnalité d'un être humain.

Suite à la lecture des *Fragments de physiognomonie* en 1784, Oberlin utilise largement les principes de Lavater, en particulier le tracé de profils d'ombres réduits à l'aide du pantographe, qui tapissent aujourd'hui encore les murs du presbytère de Waldersbach. Indépendamment des applications pédagogiques de la physiognomonie, il se voit consulté par de nombreuses personnalités qui cherchent à corriger les tendances mauvaises de leur caractère grâce à la science nouvelle. Ayant entrepris, dans un premier temps, une véritable démarche d'appropriation des théories de Lavater, comme semblent l'attester nombre de traces écrites à ce sujet, Oberlin engage une démarche critique visant à relativiser dans une certaine mesure la portée de ses travaux. Un argument contradictoire essentiel concerne l'idée d'une hypothétique prédestination physiognomonique qui associerait, dans une relation binaire, une qualité morale à sa caractéristique physique correspondante. À ce schéma simpliste, il oppose l'idée d'une complexité infinie de combinaisons qui viennent compenser telle ou telle caractéristique originelle ; et, par-dessus tout, il affirme avec force le primat de l'éducation sur toute forme de prédestination physionomique – ou, en langage contemporain, psychologique ou génétique :

> La physiognomonie traite du rapport entre les qualités intérieures et la figure extérieure. Tout l'extérieur est l'expression de l'intérieur. Toutes les propriétés spirituelles avec toutes leurs nuances s'expriment dans les nuances des figurations corporelles, de sorte que le corps est modelé sur l'âme. C'est une étude immensément vaste à cause de l'immense différence qui se trouve en tout ce qui nous entoure.
> Dans tous les temps il y a eu des personnes, qui plus que d'autres se sont appliquées à l'étude de cette science, principalement parmi les anciens Grecs et Romains. Nous en avons les preuves dans ces nombreuses sculptures, qui nous restent encore de ces temps reculés, des chefs-d'œuvre qui expriment d'une manière si parlante les passions, dont devaient être animés ceux qu'ils voulaient représenter.
> Pour nous, essayons d'en tracer un tout petit ABC, un petit essai.
> 1) Toutes les qualités de l'âme et de l'esprit s'expriment par quelque trait au dehors.
> 2) À mesure qu'un homme devient meilleur, plus posé, plus raisonnable, plus doux, plus humble, il se fait insensiblement des petits changements sur les parties molles de son visage, quoique le fond de la figure reste.
> 3) Mais il arrive la même chose à celui qui se corrompt davantage et devient plus méchant, orgueilleux, ou voluptueux, présomptueux, etc., de même qu'à celui qui affecte les vertus qu'il n'a pas, ou à l'hypocrite.
> 4) On peut donc appliquer ici aussi le principe, que le Seigneur a donné à ses disciples sur un autre sujet en disant : « Une seule chose est nécessaire », c'est-à-dire : veux-tu rendre ta physionomie meilleure, plus intéressante, plus agréable, plus respectable ? Poursuis la seule chose pour laquelle tu es ici : ta sanctification. Ainsi oublie ta figure, et tâche de devenir vraiment meilleur intérieurement, plus humble, plus serviable, plus indulgent, plus modeste, plus loyal, franc et véridique,

plus fidèle, plus sobre, plus modéré, plus charitable. Si tu fais cela, tes efforts et tes progrès ne peuvent que s'exprimer par des traits analogues, et ton visage deviendra de soi-même insensiblement plus aimable et plus intéressant.

5) Toute partie saillante décèle une promptitude, un empressement à se montrer, à s'avancer, dans la propriété de l'âme, qui est analogue à ce membre, ou qui par lui est représenté. Les fronts avancés sont opiniâtres ou entêtés. Les fronts perpendiculaires et hauts le sont aussi mais d'une autre manière. Par exemple : on ne voit guère que les mentons saillants ou avançants en deçà de la bouche se cachent ou se retirent et évitent d'être vus ; comme sont les mentons retirés ou reculés. Et rarement les hommes à grand nez restent-ils en dette pour une réponse, et les nez à bossettes pour des saillies.

6) Ordinairement le défaut d'une qualité est compensé par une autre qualité. Par exemple le défaut de courage est compensé par la ruse, ou la ruse accompagne ordinairement la timidité. De même la violence du caractère est ordinairement accompagnée de la générosité et de la magnanimité. Tout comme l'opiniâtreté l'est ordinairement par la sensibilité.

7) Il y a en nous un mélange singulier de qualités, souvent même de très contradictoires. Supposez par exemple un homme qui ait le menton retiré, il aura donc de la timidité, et une portion de ruse sa compagne. Mais le même homme aurait l'œil très perçant et l'os des sourcils fort saillant ; le voilà fort rassuré par sa pénétration. Supposez-lui encore une poitrine et des épaules fort larges, cela décèlerait du calme, du courage et de la force. Voilà donc un homme timide et courageux en même temps avec tous les accessoires de l'une et de l'autre de ces deux qualités. Selon les circonstances où il se trouve, sa timidité pourra l'engager quelquefois à déguiser la vérité, il pourra être tenté à devenir un peu hypocrite et faux, tandis que son courage, sa pénétration et son calme le font être véridique et franc. Pour le combat, il ne l'aimera pas d'abord, il l'évitera. Mais lorsqu'on le pousse à bout, il ne craint plus, il ne cède pas, il se dresse et combat vaillamment. Tel est le lion.

8) Tous n'ont pas les qualités, au moins pas dans un degré éminent, pour lesquelles ils ont reçu une disposition naturelle. Par exemple : tel, dont la conformation de la bouche, semblable à celle des poissons, semble n'indiquer que le désir de recevoir et d'amasser, fait dix fois plus de bien que tel autre, dont la tournure et la conformation de la bouche semblent celle de la bienfaisance même. Mais le premier a peut-être reçu une éducation, par laquelle la charité active a obtenu la première place entre les passions. Et l'autre en a peut-être reçu une diamétralement opposée, de façon qu'étant bon naturellement et enclin à la bienfaisance, il est si occupé des besoins de sa propre personne, et peut-être en même temps commode, léger et nonchalant, qu'il ne lui reste rien ou guère pour les autres. Il n'en est pas pour cela moins vrai, que la bouche du premier peut être celle de l'avarice, et la bouche du second celle de la bonté et bienfaisance, parce que le fond de la première conformation est resté, puisque d'autres traits qui depuis sont survenus décèlent les changements qui se sont faits peu à peu dans les deux caractères.

Pages suivantes : silhouettes de paroissiens. Oberlin a immortalisé ainsi tou
les familles du Ban de la Roche entre 1777 et 1790. Sur chaque portrait s
indiqués le nom, l'âge, le village et parfois la profession du modè

J. G. Krieguer
F. Nic. Krieguer
au Rgt. d'Alsace
Dimanche Krieguer
agé de 61 ans 1787
Marie Rochel
feme de Dim. Krieguer
agée de 50 ans 1787
Madel. Krieguer
de Dimanche
Mad. Krieguer
de Dim.
agée de 24 ans 1787

Sara Claude.
de 24 Ans.
Vald.
1785.
Gabriel Claude
21 Ans.
Vald. 1787.
Cath. Louise Claude
18 Ans.
Vald.
1785.
J. Mich. Claude
Maréchal de 37 Ans.
Vald.
1785.
Elis. Claude
de 13 Ans.
Vald. 1789.
Cath. Sophie Claude
J. Mich. / 15 Ans
Vald.
1785.
Joseph Claude.
J. Mich. / 13 Ans.
1785.

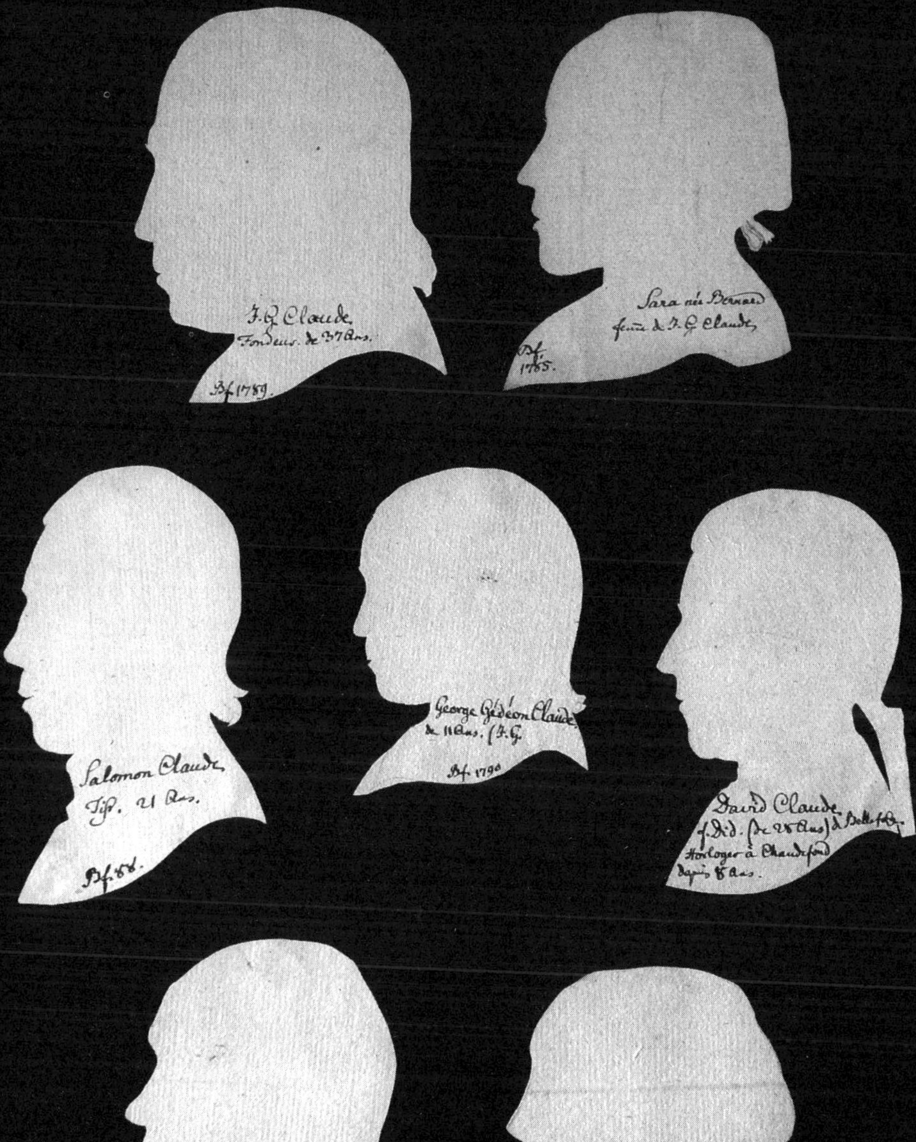

J.G. Claude
Fondeur de 37 Ans.
Bf 1789
Sara née
feme de J.G. Claude
Bf 1785
Salomon Claude
21 Ans.
Bf 88.
George Gédéon Claude
de 11 Ans. f. J.G.
Bf 1790
David Claude
de 28 Ans
Horloger à Chaudefond
depuis 8 Ans.
Jean Claude
agé de 46 Ans
Bf 1787
Anne Marg Claude
feme de Jean Claude
agé de 31 Ans 1787

A. Cath. Loux
Nicol. Loux
Cordonnier, Ancien
Hald. 1789.
M. Cath. Loux
1785.

> 9) D'après tout cela il est aisé à présumer quelle est la physionomie et la figure des personnes qui par la mort ont déposé ce corps terrestre. C'est plus précisément l'expression de l'intérieur. Là, rien ne peut être caché ; aucun mouvement du cœur, aucun penchant à la vertu ou aux vices. Déjà ce corps terrestre, quoiqu'il soit fait d'une masse de chair compacte et d'ossements fermes et durs, ne peut empêcher les mouvements de haine, colère, les épanchements de l'amitié, etc., à percer à nos yeux. Mais le corps spirituel étant fait d'une étoffe infiniment plus déliée, plus subtile, cède tout autrement promptement, et se laisse modifier par tous les moindres changements et mouvements qui se font dans l'intérieur. Par conséquent les vertueux deviennent toujours plus beaux, et les méchants plus laids, à mesure qu'ils avancent les uns dans l'abandon à leurs passions et les autres dans le combat contre elles (Oberlin, 9 vendémiaire III, pp. 32-33).

Il reste que la théorie du pasteur suisse connaît au XVIIIe siècle un retentissement considérable, car elle laisse entrevoir pour la première fois la possibilité de comprendre l'esprit humain « de l'intérieur ». Notons encore que Lavater est, avec son ami Iselin de Bâle, le principal propagandiste de l'institut philanthropique de Dessau. Le 26 septembre 1798, Oberlin note dans son *Tableau chronologique* : « Lavater, cet excellent pasteur et auteur, reçoit le coup de fusil mortel [...] », épilogue à une relation destinée à se poursuivre en d'autres lieux comme il l'écrivait en 1783 : « Oh ! Un jour, dans la vie à venir, nous serons des amis bien intimes et bien fidèles. »

En complément de la physiognomonie, Oberlin s'intéresse à la « phrénologie » du médecin Franz-Joseph Gall (1758-1828). Gall est d'ailleurs l'un des rares savants de son époque à avoir approuvé les théories de Lavater. Le phrénologue étudie des fonctions du cerveau d'après la forme extérieure du crâne, et prétend que l'état des facultés de l'être humain peut se reconnaître à sa palpation. Ainsi Gall suppose que l'on peut repérer dans les reliefs de la boîte crânienne les indices de la distribution des qualités intellectuelles et morales. À l'image de la division du visage humain en trois zones par Lavater, à savoir de haut en bas les tendances animales, morales et intellectuelles, l'intelligence et les talents se trouvent localisés à l'avant de la boîte crânienne, les passions sur les zones temporales et pariétales, et enfin les instincts animaux (particulièrement sexuels) à l'arrière. Une fois encore, Oberlin procède à une analyse critique de la théorie de Gall ; il est particulièrement sévère dans ses jugements sur les écrits de contemporains qui visent à en faire une vulgarisation caricaturale ou systématique :

Toutes nos facultés morales et intellectuelles, selon le Dr Gall, toutes nos qualités, tous nos vices, nos passions, nos dispositions aux sciences, aux beaux-arts, aux arts mécaniques, résident dans le cerveau et sont le produit de certaines bosses du crâne plus ou moins développées et différemment situées. Cela est indiscutable, car comment disputer avec un homme qui a acheté pour dix-neuf mille francs de crânes, entre autres celui du général Wurmser, et qui effraye tellement tous les Allemands qui sans doute ne sont pas contents des bosses de leurs têtes, que par leurs dispositions testamentaires, ils enjoignent leurs héritiers de ne pas permettre que leur crâne aille enrichir la collection du Dr Gall ?

Cette admirable science que vous appellerez la cranionomonie ou la craniographie, ou même si vous l'aimez mieux l'encéphalo-cranioscopie, vous fera donc connaître, en tâtant le crâne de votre prochain, si tel homme est peintre, si tel autre est musicien, si celui-ci aime sa femme et ses enfants et si sa femme et ses enfants le lui rendent, etc.

Bien différente de ces sciences qui sont d'autant plus difficiles qu'elles sont plus extraordinaires et qu'elles ont de plus grands résultats, celle-ci, la plus belle de toutes, est en même temps la plus aisée ; en effet, pour peu que vous ayez le talent de l'observation, c'est-à-dire que vous soyez pourvu au moins d'une petite bosse derrière le devant du front, étendez votre main comme si vous vouliez jouer de l'harmonica, et tâtez à droite et à gauche les cerveaux, avec toute la surface intérieure de votre avant-main ; lorsque vous rencontrerez de ces jolies petites têtes bien rondes, soyez sûrs qu'elles appartiennent à des sots ; mais lorsqu'il vous tombera sous la main de fortes proéminences, des protubérances bien conditionnées, concluez hardiment que l'homme doué de ces heureux signes a un grand caractère, des qualités distinguées, des passions fortes et énergiques.

Si, par exemple, on rencontre une grosse bosse à environ un pouce derrière et au-dessus du trou auditif, où l'angle inférieur du sommet de la tête (le pariétal), se réunit avec l'occipital et la partie de l'apophyse temporale, on ne peut douter que ce signe n'appartienne à un homme extrêmement courageux et qui le sera jusqu'à ce que sa bosse soit réduite en bouillie. Mais qu'on y prenne bien garde ; si l'on se trompait sur les dimensions données, croyant admirer un homme plein de bravoure, on admirerait un cruel assassin, un féroce meurtrier. L'organe du meurtre est en effet très voisin de celui du courage, quoiqu'il y ait souvent beaucoup de lâcheté à assassiner.

L'organe de la bonté est dans une protubérance au milieu du front comme on le voit dans la brebis et la colombe : « Heureux qui pourra trouver ce trait caractéristique sur le front de son ami ! Plus heureux celui qui le pressera de ses lèvres sur le front d'une maîtresse adorée ou d'une épouse chérie !... Que le malheureux qui porte une cavité en cet endroit se couvre d'une profonde perruque, qu'il s'enfonce le chapeau sur les yeux, ou plutôt qu'il fuit dans les déserts le regard des hommes que Gall vient d'instruire. » [...]

Voulez-vous savoir si une femme est coquette ? Tâtez-lui la structure squameuse du temporal. Je ne sais au reste si les femmes seront contentes du Dr Gall ; il ne croit guère, il est vrai, à leur vertu, parce qu'elle est incompatible avec certaines bosses ou cavités de leur cerveau ; mais aussi il excuse toutes leurs faiblesses, parce qu'elles sont un effet nécessaire du développement de ces organes, et cela est très commode. Mais son système ne l'est pas moins pour les hommes. Toutes leurs fautes, tous leurs crimes même seront une conséquence de la forme de leur crâne. Comment Robespierre n'eût-il pas été cruel ? Il avait une cavité effroyable entre les deux yeux au lieu de la protubérance qu'y forme la bonté. Lorsque les juges condamnent à mort un assassin, il pourrait leur tenir ce petit discours : « Messieurs, étendez votre main, comme si vous vouliez jouer de l'harmonica, posez la surface intérieure de votre avant-main au-dessus de mon oreille ; voyez quelle bosse ! Pouvais-je me dispenser de tuer mon prochain ? On peut à la vérité résister à une petite bosse, mais la mienne est énorme. Si vous ne vous rendez pas à la force de cette apologie, permettez-moi à mon tour de jouer de l'harmonica sur vos crânes, et je me fais fort d'y découvrir la cavité de l'injustice et la bosse de l'obstination. »

Les membres du cabinet de Vienne, peu contents, sans doute, des bosses de leur crâne et intéressés à proscrire la doctrine de l'encéphalocraniologie, suspendirent les leçons du Dr Gall, attendu, disent-ils, que cette nouvelle doctrine de la tête bouleverse toutes les têtes et tend à saper les fondements de la morale et à propager le matérialisme. Je ne sais si le Dr Gall portait l'audace de l'irréligion jusqu'à cet excès qui révolte dans l'ouvrage de son traducteur et de son commentateur ; mais si l'on rit de l'aveugle confiance avec laquelle celui-ci adopte des rêveries fort au-dessous de *Peau d'âne*, et de la ridicule emphase avec laquelle il les débite, on est indigné de voir un homme si crédule sur de pareilles inepties, attaquer la crédulité de ceux qui admettent les opinions les plus respectables et les mieux démontrées, insulter la religion des hommes les plus éclairés et les plus vertueux, placer la croyance en Dieu, le respect de la religion ou la religiosophie dans une bosse du crâne, qui a aussi la propriété de partager les cheveux, de les faire tomber des deux côtés de la tête ; regarder l'athéisme comme l'état naturel de l'homme, n'admettre que les êtres qui tombent sous les sens, nous placer au niveau, ou même au-dessous des bêtes, voilà donc les nobles et consolantes découvertes de la philosophie. Les hommes religieux aussi ont eu leurs rêveries, mais qu'elles sont différentes des rêveries philosophiques ! Voyez les erreurs de Malebranche : en supposant (ce qui n'est pas démontré) que ce sont des erreurs, elles élèvent l'âme, elles ennoblissent notre être, elles inspirent l'amour de la vertu, elles nous associent à la divinité. Les erreurs des philosophes, au contraire, nous ravalent jusqu'aux animaux ; elles nous dégradent dans la vie présente et nous offrent dans l'avenir un vide affreux et un néant éternel.

Telle est la doctrine, je ne dis pas du Dr Gall, cela est au moins douteux, mais de son commentateur. Il l'établit dans le texte et dans de longues notes ; ces notes sont dignes du texte ; l'auteur y paraît jaloux de la prospérité des uns, il insulte le malheur des autres, il outrage la religion par de grossières impiétés, la décence par un langage de tripot et de lieux plus mauvais encore, le bon goût par les plus détestables plaisanteries. Il allonge ces notes en copiant tantôt dix pages de l'un,

> tantôt vingt pages d'un autre, en y mettant de longs passages de Lucrèce et d'Ovide, et beaucoup de vers de Delille, qui sont souvent assez mal à propos cités, mais qu'on y trouve cependant avec plaisir parce que de beaux vers sont toujours très propres à reposer agréablement le lecteur fatigué d'une mauvaise prose (Oberlin, 1803).

L'ultime test de compréhension de la personnalité humaine utilisé par Oberlin repose sur les écrits de Jane Leade à propos de la signification des pierres précieuses, fondés sur l'interprétation d'un passage de l'*Apocalypse* de saint Jean décrivant la Nouvelle Jérusalem: «Les fondements des murailles de la ville étaient ornés des pierres précieuses de toute espèce.» À chacune des pierres formant les douze colonnes de la Nouvelle Jérusalem correspond symboliquement l'un des douze apôtres du Christ.

La théorie de Leade attribue à chacune des couleurs le symbole d'une qualité morale, associée à l'un des douze apôtres. Le rouge signifie la foi, le jaune l'amour, le bleu la science. L'union de deux couleurs fondamentales révèle des qualités complémentaires: ainsi le vert l'activité, l'orange la persévérance dans la foi, le violet «l'état le plus élevé d'entre les bienheureux». Oberlin se servait fréquemment, en complément de ses analyses physiognomoniques, de petits tableaux de pierres de couleur, pour élaborer le portrait moral d'un individu selon la préférence qu'il montrait pour l'une ou l'autre des pierres colorées.

Jean-Luc et Daniel Legrand, des relais essentiels

En 1812, Jean-Luc Legrand (1761-1836), homme politique et industriel helvétique, vint s'établir à Fouday, accompagné de douze familles d'ouvriers, pour y implanter une importante industrie de rubans à vocation domestique. Originaire de Bâle, Legrand effectue des études de théologie à Leipzig et Göttingen, puis complète sa formation universitaire par une série de voyages en Allemagne, en Hollande, en France et en Angleterre.

Appelé à diriger l'entreprise familiale de filature de rubans, il est le digne représentant d'une lignée d'industriels protestants philanthropes, qui ont pris conscience du rôle que leur dictent leurs convictions religieuses piétistes pour l'éducation des familles ouvrières qu'ils emploient. Passionné de pédagogie, il se lie d'amitié avec

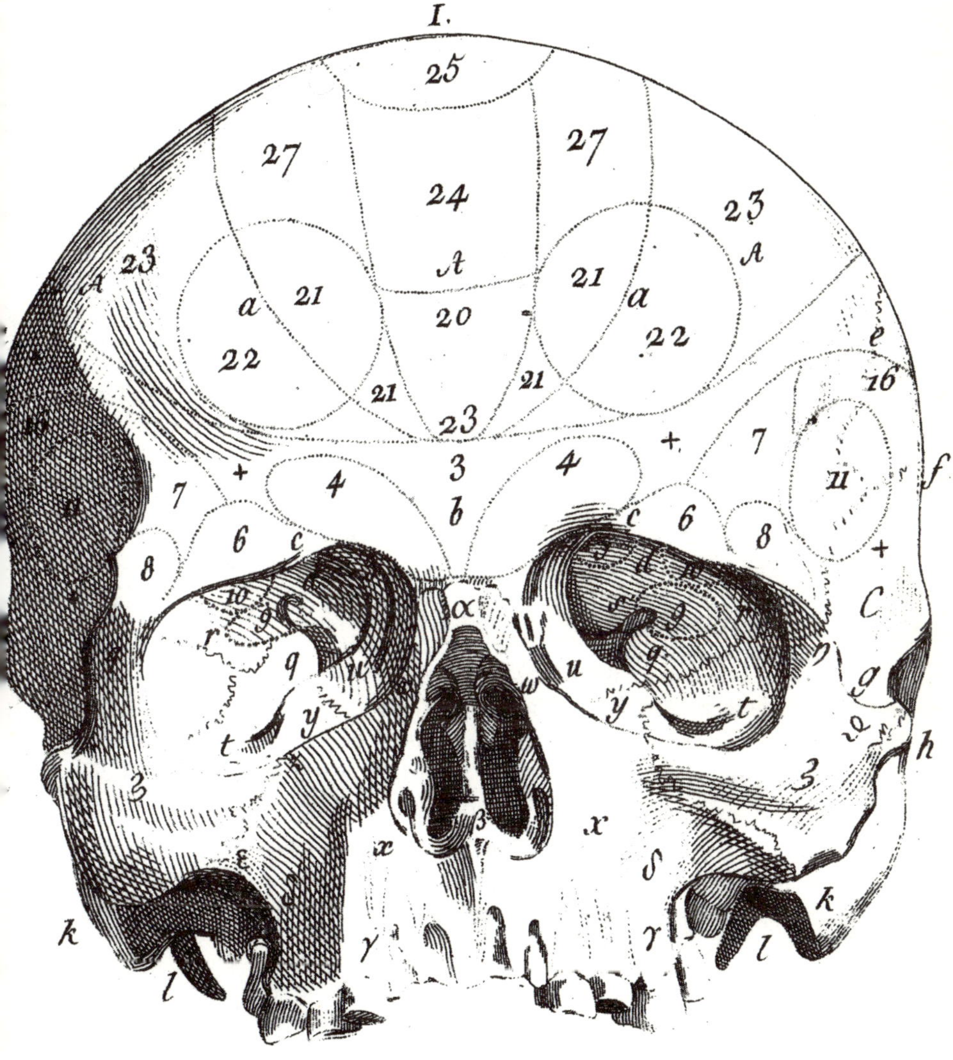

Planche de la *Cranologie* du docteur Gall. « La cranologie » ou phrénologie suppose que les reliefs du crâne permettent de repérer les qualités morales et intellectuelles des individus. Oberlin, contrairement à l'engouement de ses contemporains, reste très critique vis-à-vis de cette théorie.

Pestalozzi, et décide d'appuyer de son mieux ses tentatives pour «relever l'homme par l'éducation». Nommé au gouvernement de Bâle, il se charge de l'enseignement public. Élu président du directoire de l'éphémère République helvétique, il permet en outre à Pestalozzi de réaliser son vœu le plus cher: devenir maître d'école.

> J'avais, grâce à Legrand, gagné la confiance du premier Directoire pour ce qui concernait la formation du peuple; j'étais sur le point d'engager un vaste projet d'éducation en Argovie lorsque Stans brûla et Legrand me pria de choisir pour une fois le lieu du malheur comme séjour (Pestalozzi, 1801, p. 50).

Chassé de Suisse par la guerre, Legrand trouve refuge dans l'ancien couvent de Saint-Morand, près d'Altkirch, où il installe une fabrique de rubans et de coton, partageant la vie de ses ouvriers. C'est à l'occasion d'une de ses tournées dans le Haut-Rhin que le fils d'Oberlin, Henri-Gottfried, entre en contact avec lui. L'ancien directeur de l'enseignement public à Bâle manifeste le plus vif intérêt pour l'organisation du système éducatif du Ban de la Roche. En outre, l'activité industrielle à caractère familial qu'il dirige correspond de manière idéale au projet d'Oberlin: procurer à ses paroissiens un travail régulier pendant les longs mois d'hiver.

Déjà, certains industriels de Sainte-Marie-aux-Mines ont créé des écoles de tissage au Ban de la Roche. Convaincu par Henri-Gottfried, Legrand s'installe à Fouday et contribue grandement à améliorer la situation matérielle des habitants de la région. Le modèle industriel implanté au Ban de la Roche n'a rien de commun avec les usines au sens moderne du terme. Les concentrations de population autour des fabriques dans les villes nouvelles font horreur au philanthrope suisse. Son fils Daniel, chargé d'organiser le travail, trouve que l'on fait un bien mauvais usage des machines:

> Les mécaniques enchaînent à leurs rouages des populations entières, depuis le vieillard jusqu'à l'enfant. L'eau et la vapeur les maintiennent dans un mouvement continuel, et par une suite nécessaire des grands capitaux qui y sont placés, le calcul de la cupidité ne sera parfait que quand ce mouvement n'aura plus d'interruption, et qu'on aura effacé la distinction de ce que nous appelons encore jour et nuit, six jours de travail et saint jour du repos, pour ces pauvres et malheureuses victimes, qui, privées de droits naturels et inaltérables, n'auront plus de temps à donner au repos, à la santé, à l'instruction et au culte (Monnier, 1908, pp. 9-10).

Au Ban de la Roche, les métiers à rubans sont installés à domicile dans les différents villages. L'« usine » de Fouday ne renferme en fait que des bureaux et un entrepôt dans lequel sont stockés les produits manufacturés et la matière première. Cette production familiale présente le double avantage de permettre une amélioration des maigres revenus des paysans tout en ménageant leur fierté et leur liberté individuelle : garder l'honneur de gagner son pain en restant son maître.

Âgé de soixante-dix ans, Jean-Luc Legrand prend à la demande d'Oberlin la direction des écoles de sa paroisse et trouve l'occasion de réaliser avec lui ce que les aléas de l'histoire l'avaient empêché de concrétiser avec Pestalozzi :

> Quand, aux derniers jours de ma vie, me voyant aujourd'hui à l'âge de soixante-dix ans, je remplis mes loisirs par la direction des écoles de ma paroisse, fonction à laquelle le vénérable pasteur a bien voulu m'associer, ce qui fait la douceur de ma vie. Puissent mes faibles efforts porter du fruit dans les cœurs de la nouvelle génération afin que, craignant Dieu, et fidèles à leur vocation de chrétiens, de citoyens, et de père et de mère futurs, chacun tente de remplir avec un dévouement consciencieux les devoirs de sa position, pour obtenir les promesses que Dieu a daigné y attacher (Legrand, 1825).

Le maître d'Yverdon et le pasteur du Ban de la Roche sont désormais historiquement liés grâce à Legrand, comme le montre une correspondance de 1810, dans laquelle Pestalozzi envoie à Waldersbach un « stagiaire ». Pas n'importe lequel, puisqu'il s'agit du philanthrope Marc-Antoine Jullien dit de Paris (1775-1848)[1]. Pestalozzi affirme que Jullien a beaucoup entendu parler à Yverdon de l'institution (pédagogique) d'Oberlin, ce qui atteste une fois pour toutes d'une reconnaissance mutuelle de ces deux pédagogues :

> Monsieur Legrand père.
> Yverdon, 11 novembre 1810.
> Très cher ami ! Je prends la liberté de vous recommander M. Jullien qui traversera votre région dans son voyage vers Paris. C'est un excellent ami de mon institut, qui se donne de la peine depuis de nombreuses années pour connaître mieux tout ce qui contribue à la formation du peuple et à son éducation, et, comme il a beaucoup entendu parler ici de l'institution de M. Oberlin, il souhaiterait en avoir

1. Marc-Antoine Jullien est en particulier l'auteur de deux biographies de Pestalozzi : *Précis de l'institut d'éducation d'Yverdon organisé et dirigé par Pestalozzi*, Milan, Imprimerie royale, 1812 ; *Esprit de la méthode d'éducation de Pestalozzi*, Milan, Imprimerie royale, 1812, réédité sous le titre d'*Exposé de la méthode d'éducation de Pestalozzi*, Paris, Hachette, 1842.

Pestalozzi, figure emblématique de la pensée pédagogique dans l'Europe des Lumières, apprend ici à compter aux enfants. Oberlin connaît ses méthodes.
Gravure sur bois d'A. Anker, fin du XIXe siècle.

> une connaissance plus précise. Et parce que je connais d'une part votre amitié et en même temps sais que vous avez une connaissance parfaite de l'institution d'Oberlin, j'ai donc voulu vous prier de lui fournir autant de renseignements qu'il vous soit possible à ce sujet.
> Cher Legrand, je me porte encore bien pour mes vieux jours. Cela ferait la joie de ma vieillesse si avant mon décès je pouvais vous rencontrer une dernière fois. Je vous prie de présenter mes respects à votre noble épouse et à toute votre maison, et recevez l'assurance de ma véritable grande estime, qui restera éternelle.
> Votre ami très cher et serviteur, Pestalozzi.
> P. S.: Toutes mes amitiés à M. Oberlin et toute sa maison (Pestalozzi, 11 novembre 1810).

Abandonnant l'organisation du tissage de rubans à domicile à son fils Daniel (1783-1859), le père s'occupe des écoles, prend en main leur direction, en fait bâtir à ses frais, forme des instituteurs et renouvelle les plans d'étude. Il décharge ainsi le vénérable pasteur, épuisé par des années de combat, des questions éducatives, tout en cherchant à asseoir l'œuvre pédagogique d'Oberlin sur des bases scientifiques. Son fils Daniel se lie d'amitié avec Henri-Gottfried Oberlin. Ensemble, ils s'emploient à raviver la piété des familles ouvrières en organisant des veillées spirituelles dans chaque hameau. Le panégyrique que Frédéric Monnier prononce en 1859 confirme sans équivoque les convictions moraves de la famille Legrand:

> M. Daniel Legrand apporta à l'éducation des enfants toute la sollicitude de son père. C'est assurément grâce à lui qu'aujourd'hui, au Ban de la Roche, l'instruction est à l'honneur dans toutes les familles, que les enfants, malgré les travaux des champs, suivent exactement l'école toute l'année, que le texte choisi par la Société des Frères moraves, la «Parole du jour», est régulièrement inscrit par eux sur un cahier spécial, puis appris par cœur (Monnier, 1859).

Disciples, héritiers, continuateurs

Daniel Legrand est connu par ailleurs pour son combat en faveur de l'amélioration des conditions d'existence des ouvriers, dans l'intérêt de leur vie spirituelle. Il devient ainsi l'infatigable défenseur des droits des ouvriers dans les usines, adressant pour cela lettre sur lettre aux autorités, toujours signées: «Un industriel de la vallée des Vosges». En 1841, il obtient une loi restreignant l'emploi des enfants dans les mines et les usines. En 1844, il soumet à Guizot un projet de loi internationale diminuant la durée hebdomadaire du travail des ouvriers (Legrand, 1979). Il est particulièrement symbolique que ce soit dans la lutte contre l'aliénation de l'esprit de l'homme par le monde matériel, tant redoutée par Pestalozzi, que l'œuvre de ce disciple d'Oberlin et de l'Église morave trouve son aboutissement.

À la mort de Jean-Frédéric Oberlin, le 1er juin 1826, ses plus proches collaborateurs reprennent le flambeau de l'œuvre éducative et sociale. Parmi ceux-ci, on retrouve tout naturellement les Legrand. L'ère nouvelle qui s'ouvre devant les Ban-de-la-Rochois, meurtris par la disparition de leur guide spirituel, ne doit donc pas *a priori* se présenter comme une rupture, mais plutôt se situer dans la continuité des démarches pédagogiques initiées par Stuber et perfectionnées par Oberlin. En ce qui concerne l'avenir même de l'institution des poêles à tricoter, Jean-Luc et Daniel Legrand peuvent compter sur la présence à leurs côtés de Louise Scheppler, qui possède une maîtrise parfaite de la pédagogie des petites écoles, et assure depuis plusieurs années un rôle effectif de conseillère pédagogique auprès de ses collègues moins aguerries.

Plusieurs pasteurs vont succéder à Oberlin au presbytère de Waldersbach. Le premier à n'avoir aucun lien avec sa descendance se nomme Charles Herzog. Venu de Neuchâtel en 1889, il exerce son ministère jusqu'en 1932. C'est en grande partie grâce à un document rédigé de sa main et intitulé *Comité des petites écoles du Ban de la Roche* que nous avons pu trouver des indications sur l'évolution de l'institution des poêles à tricoter.

L'industriel Daniel Legrand poursuit l'œuvre sociale d'Oberlin, s'engageant pour l'amélioration des conditions de vie des ouvriers. Lithographie de Singry, 1957.

Daniel Legrand, exécuteur testamentaire de Jean-Frédéric Oberlin, dépose en 1827 les statuts de l'« institution Oberlin des conductrices de la jeunesse de la paroisse de Waldersbach, Ban de la Roche ». L'organisation nouvelle des petites écoles reste dans ses grandes lignes fidèle aux principes des poêles à tricoter. Les membres du comité semblent soucieux de conserver le système existant en lui assurant un financement par appel à souscriptions en France, en Angleterre, en Allemagne et en Suisse, préservant l'autonomie financière. Louise Scheppler se voit chargée de la formation et de la direction des conductrices. La structure mise en place en 1827 fonctionne sous cette forme jusqu'en 1844, date à laquelle Charles Herzog situe la création par Daniel Legrand de son propre système : les « petites écoles ou écoles enfantines du Ban de la Roche ».

Ces nouvelles écoles enfantines constituent la première rupture fondamentale avec le concept d'éducation préscolaire élaboré par Oberlin. Il ne s'agit plus ici de développer l'homme dans ses composantes morales, physiques et intellectuelles, en s'appuyant sur la découverte du monde à travers les sens. La pédagogie mise en œuvre s'écarte de la voie de l'éducation pour s'engager dans celle de l'instruction, la visée essentielle devenant la préparation aux apprentissages de l'école primaire :

> Ces écoles [sont] destinées à recevoir les enfants de trois ans et demi à sept ans, à leur apprendre à lire, écrire, chiffrer, à leur donner quelques connaissances religieuses et à les mettre à même de profiter, dès le début, des leçons qu'ils reçoivent ensuite dans la grande école ou école primaire (Herzog, p. 5).

À la mort de Daniel Legrand, en 1859, sa fille, Mme Fallot-Legrand, prend seule en charge les destinées des petites écoles. L'État français puis, après 1870, l'État allemand s'intéressent à leur devenir et les subventionnent en reconnaissant leur utilité pour la préparation de la jeunesse à recevoir les leçons de l'école élémentaire. La perte progressive de l'indépendance et de l'originalité du projet éducatif sont les corollaires inévitables de cette reconnais-

Louise Scheppler, servante et seconde mère de la famille Oberlin, devient conseillère pédagogique auprès du maître. Lithographie de Vigneron, 1824.

sance officielle ; Mme Fallot est contrainte en 1903 à la rédaction d'un programme « conforme aux désirs de l'inspecteur scolaire », encore plus normatif que celui élaboré par son père en 1844. Le 6 octobre 1904, se constitue un « Comité des petites écoles », conformément aux dispositions testamentaires de Mme Fallot-Legrand.

Le Comité eut une existence bien éphémère, limitée à sa seule réunion inaugurale ; c'est à nouveau un membre féminin de la famille Fallot, Mme Pressensé-Fallot, qui préside alors seule aux destinées de l'institution léguée par sa famille. L'éducation préscolaire au Ban de la Roche devient de fait une affaire de famille, dont la direction générale est confiée au sexe féminin. Le Comité se réserve en particulier le droit de nommer lui-même les institutrices et de les inspecter ; de maintenir le programme élaboré par Mme Fallot-Legrand ; de conserver les enfants au sein de la petite école jusqu'à l'âge de sept ans, et jusqu'à ce qu'ils sachent lire dans leur langue maternelle.

Parmi les décisions du Comité, on relève la volonté de distribuer aux enfants à Noël et à l'Ascension des « jeux Fröbel », ce qui montre l'intérêt porté par ses membres à l'appareil didactique mis au point par le créateur des jardins d'enfants. On note également la mise en garde faite aux institutrices : elles doivent éviter de débuter l'apprentissage de la lecture de manière trop précoce, ou encore d'accepter la présence d'enfants trop jeunes au sein des petites écoles.

L'exode rural lié à l'industrialisation aidant, le nombre d'élèves ne cesse de diminuer et les écoles enfantines ferment leurs portes les unes après les autres entre 1910 et 1924, date de la disparition définitive des « salles d'asile » du Ban de la Roche.

UN PONT SUR LE FIL DU TEMPS

Devenir d'une microsociété aux valeurs nouvelles

Germanique de naissance et latin d'adoption, sensible tout à la fois à l'*Aufklärung* et aux Lumières, résolument tourné vers l'Europe, curieux des développements de la pensée scientifique rationnelle autant que des expériences mystiques de la foi chrétienne, pasteur, pédagogue, animateur rural, Jean-Frédéric Oberlin tente, tout au long de ses cinquante-neuf ans de ministère au Ban de la Roche, de concilier ces différents champs de savoir et d'activité apparemment très éloignés les uns des autres. Au-delà des contradictions internes à son système de pensée, il engage une quête de sens dans un questionnement dialectique et mutuel fécond entre le référentiel théologique dont il est l'héritier et les pensées politiques, philosophiques, scientifiques, économiques émergentes, portées par les idéaux de 1789 au sein d'une société qui tend à se séculariser.

La médiation, telle semble être sa ligne de conduite en toute chose, à la recherche d'un juste milieu à l'équilibre nécessairement précaire. Dans le domaine pédagogique, il invente une médiation intellectuelle entre les valeurs piétistes et l'idéal humaniste républicain. L'intérêt conjugué dont il bénéficie de la part des Frères moraves et des élus de la Convention nationale montre à quel point l'institution des poêles à tricoter se situe au confluent de deux mondes, et constitue une étape importante dans l'évolution du piétisme protestant.

Héritière de la première révolte humaine contre la toute-puissance d'une Église séculaire pervertie, elle côtoie un nouveau séisme social qui remet en cause l'existence même d'un pouvoir religieux. La «petite école», par exemple, se présente comme une structure unique, sans équivalent dans l'Europe du XVIIIe siècle. Résultante de la démarche éducative de toute une tradition de théologiens en lutte pour le respect de leurs convictions religieuses et de la dignité humaine, elle éveille l'attention d'une République à la recherche de modèles possibles pour établir l'unité nationale et développer l'instruction populaire.

Dans le domaine théologique, le pasteur du Ban de la Roche s'essaie à une médiation entre mysticisme, pragmatisme piétiste et science positive. «Nous sommes envoyés dans la vie comme dans une école», proclame Comenius dans sa *Panscolie*. Curieux, observateur pointilleux, collectionneur obsessionnel, Oberlin vit et fait vivre l'autre dans l'école du monde, comme pour le préparer à l'«université céleste»:

> De même que le monde entier est, pour tout le genre humain, une école, du commencement à la fin des temps, de même l'âge de chaque homme est son école, depuis le berceau jusqu'à la tombe. Il ne suffit donc plus de dire avec Sénèque: «Il n'est jamais trop tard pour apprendre.» Il faut dire plutôt: chaque âge est destiné à apprendre, et les mêmes bornes sont imposées à l'homme pour la vie et pour l'apprentissage. Disons mieux: la mort elle-même ne termine pas la vie humaine. Quiconque est né homme est appelé à aller au-delà, tout droit dans l'éternité, qui est une sorte d'université céleste. Par conséquent, tout ce qui précède n'est que le chemin, la préparation, l'atelier, c'est-à-dire l'école élémentaire (Comenius, 1957, p. 158).

Les actes posés par Oberlin, pendant près de soixante années de ministère, montrent à quel point il allie science et foi au service d'une découverte toujours plus grande, toujours plus juste, du mystère de la Création, du «divin ordre du monde». Apprendre à lire dans le grand livre de l'univers, pour en approcher l'harmonie et la cohérence interne, c'est sanctifier l'œuvre de son Créateur. Mais cette approche scientifique et méthodique demeure nécessairement incomplète et fractionnaire, se heurtant aux limites de l'entendement humain. L'insatisfaction qu'elle entraîne induit une autre quête, intérieure celle-là, sur des chemins incertains qui mènent au savoir total, dans la fusion avec le Divin.

Si ces approches peuvent paraître contradictoires, elles ne le sont qu'en apparence. Homme des Lumières, Oberlin est en quête de lumière et de vérité, et les voies qui y conduisent ne sont pas uniques. Ce qui caractérise son approche, par rapport à d'autres, c'est sa volonté de ne pas emprunter seul ces différents itinéraires, son besoin d'en entraîner d'autres à sa suite, de rattraper ceux qui l'ont précédé, tout en attendant patiemment ceux qui ont du mal à suivre. Oberlin semble une fois encore guidé par la vision prophétique de Comenius, qu'il tente de réaliser de façon pragmatique, au quotidien, auprès du petit peuple dont il a la charge :

> Car chacun a partout et toujours devant soi le grand livre de la Création, le monde ; il faut, par conséquent, qu'on apprenne à y lire ! Chacun a aussi un livre plus petit en lui-même, c'est-à-dire son esprit qui s'ouvre volontiers, grâce à toutes les vérités innées, à tous les désirs innés et à toutes les impulsions innées ; que chacun apprenne donc à feuilleter ce livre ! Et le troisième livre divin, le livre des révélations de Dieu, est facilement accessible à chaque peuple ; car il est traduit en langues vivantes ou peut l'être (Comenius, 1957).

Madeleine Salomée, épouse infatigable et admirable

Parmi tous ceux que le pasteur cherche à entraîner dans son sillage, dans sa quête de savoir et son combat quotidien pour la justice sociale, il est sans doute nécessaire de faire une place particulière à ses proches. Car si « papa Oberlin » est resté dans la mémoire collective le « père » du Ban de la Roche, il n'en est pas moins lui-même père d'une nombreuse famille, dont nous souhaitons dire un mot avant de conclure.

Un tableau physiognomonique, réalisé en 1800, a figé pour la postérité les silhouettes alignées de dix membres d'une famille unie pour le meilleur et pour le pire (musée Oberlin), dont la destinée rythme la vie et l'histoire petite et grande. L'attachement réciproque entre Jean-Frédéric Oberlin et son épouse, Madeleine Salomée Witter, est maintes fois attesté. Dans son *Tableau chronologique des évènements qui m'intéressent*, Oberlin consigne au fil du temps les faits marquants, tristes ou heureux, qui jalonnent la vie du couple. Dans son souci du détail, il indique ainsi (rétrospectivement) : « 18 décembre 1747. Ma chère femme Madeleine Salomée Witter baptisée à l'église de Saint-Thomas », puis, laconique : « 1768, 6 juillet. Me suis marié avec Mlle Witter, Madeleine Salomée. »

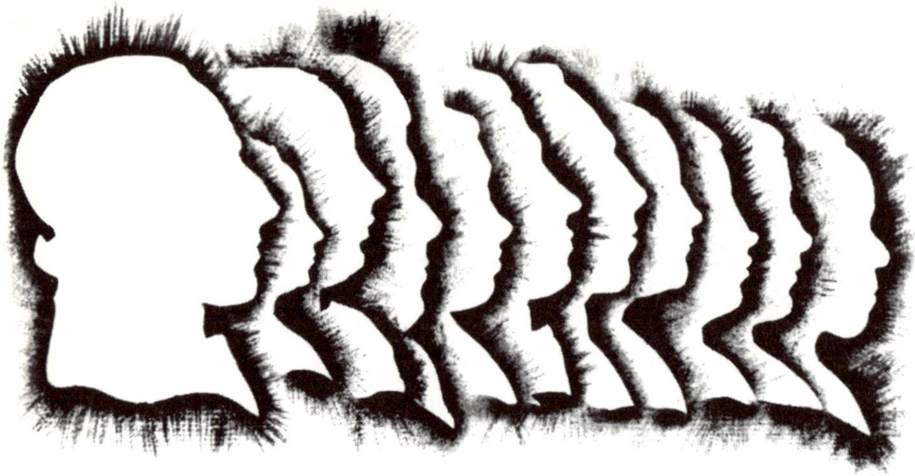

Une des versions du tableau physiognomonique de la famille Oberlin fait en l'an VIII (1800), copié et annoté par l'un des enfants. Le pasteur Oberlin est représenté à gauche, devant sa femme décédée, suivi de leurs huit enfants et, tout à la fin, de Louise Scheppler, la servante et seconde mère de la famille.

De 1768 à 1773, Mme Oberlin met au monde trois enfants (deux garçons et une fille) ; ils se prénomment successivement : Emmanuel Frédéric (1768-1771), Frédéric Jérémie (1772-1793)[1] et Frédérique Salomée (1773-1776) :

> 6 février 1771. Mort de mon premier enfant Emmanuel Frédéric, d'environ deux ans.
> 2 janvier 1772. Naissance de mon deuxième enfant Frédéric Jérémie, ici à Waldersbach.
> 6 février 1773. Naissance de Frédérique Salomée, ma première fille et troisième enfant.

Dans cette première partie du ministère de son époux, Salomée Witter met ses enfants au monde à Waldersbach. 1774 constitue une année charnière. C'est d'abord celle de la disparition d'une pionnière de l'idée de préscolarisation : « 24 avril 1774. Mort de la bonne Sara Banzet (fille de Jean de Belmont), première conductrice de la tendre jeunesse de vingt-huit ans. » Mais surtout, après sept ans de ministère, Oberlin reçoit une vocation pour l'église d'Ebenezer (Amérique septentrionale) par l'intermédiaire de M. Hebeisen, de Strasbourg, pour succéder au pasteur Bolzius. Si l'on en croit une lettre de Jean-Frédéric à son frère (1774), il apparaît qu'après mûre réflexion le couple avait décidé de répondre de manière positive :

1. Fait des études de théologie et de médecine, meurt à la guerre à Bergzabern.

> Dès que j'eus reçu la lettre où il était question de cette vocation, je fis ce que je fais toujours dans des cas douteux ; plein de confiance dans ses promesses, je m'adressai à Dieu, au nom de Jésus-Christ, pour le prier ardemment, lui, le Dieu des esprits, de faire ce qu'Il avait fait tant de fois pour moi, de me faire savoir si je dois dire non ou oui ; ma femme, à laquelle j'avais remis la lettre de vocation en me retirant de suite sans ajouter un mot, en fit autant ; et, tous deux, à notre surprise commune, nous acquîmes bientôt l'intime conviction que nous devions dire : « Oui, Seigneur, nous voici » (Leenhardt, 1914, p. 226).

Dans un autre échange épistolaire sur le même sujet, avec sa mère cette fois, Oberlin ne craint pas d'affirmer qu'un successeur éventuel verrait son action guidée et soutenue de concert par le baron de Dietrich, seigneur protestant propriétaire du Ban de la Roche, et par Jean-Georges Stuber, « premier et principal réformateur », dispensant à distance ses conseils avisés :

> La paroisse de Waldersbach se trouve dans une position beaucoup plus heureuse que celle d'Ebenezer : elle a à sa tête un seigneur protestant qui approuve et encourage les améliorations faites. Ces améliorations ont déjà assez de consistance pour qu'un successeur consciencieux, lors même qu'il n'aurait que des talents médiocres, puisse continuer l'œuvre commencée. D'ailleurs le Ban de la Roche conserve toujours un conseiller et un aide précieux dans la personne de M. Stuber, son premier et principal réformateur, qui ne cesse de donner à ce pays des preuves de son attachement paternel (Leenhardt, 1914, p. 230).

Le déclenchement de la guerre d'Indépendance semble avoir mis un terme définitif au projet familial de départ vers les Amériques. À cet égard, Oberlin restera toute son existence un « explorateur sédentaire », son goût pour les voyages ayant été contrarié par sa vocation au Ban de la Roche[1].

Une descendance nombreuse, par-delà les drames

Entre 1775 et 1782, Mme Oberlin accouche de six nouveaux enfants. Le *Tableau chronologique* témoigne de l'élargissement de la famille au fil du temps. Fidélité Caroline sera la dernière à naître à Waldersbach. Désormais, Salomée préférera se rendre à Strasbourg pendant la période de ses couches :

1. « Depuis mon enfance, j'ai eu un penchant inexprimable pour les voyages, penchant qui m'a procuré d'innombrables occasions de m'exercer dans la patience et la soumission : car jusqu'à présent, il n'a jamais été satisfait » (Oberlin, 1774).

> 4 septembre 1775. Naissance de Fidélité Caroline, ma quatrième enfant et deuxième fille, ici à Waldersbach.
> 8 novembre 1776. Mort de Frédérique Salomée, ma première fille de trois ans.
> 27 décembre 1777. Naissance de Charles Conservé, mon cinquième enfant, à Strasbourg.
> 11 mai 1778. Naissance de Henri Gottfried, mon quatrième fils et sixième enfant, à Strasbourg.
> 27 octobre 1779. Naissance de Henriette Charité, ma septième enfant, à Strasbourg.
> 5 avril 1780. Naissance à Strasbourg de Louise Charité, ma quatrième fille et huitième enfant.
> 4 novembre 1782. Ma chère femme est partie à Strasbourg pour ses dernières couches.
> 14 novembre 1782. Naissance de Frédérique Bienvenüe, ma cinquième fille et neuvième enfant.

La disparition de Frédérique Salomée constitue un réel traumatisme pour toute la famille. Oberlin écrit à ce sujet à sa mère, le 6 novembre 1776 :

> Mercredi, une heure et demie avant sa fin terrestre, alors qu'elle avait déjà l'apparence et l'odeur de la mort, elle se mit à chanter tout haut quelques paroles du bénédicité, elle voulut aussi chanter, mais le son se perdit sur ses lèvres aussitôt [...] Elle était capable de raconter presque toutes les histoires de la Bible avec une telle vivacité qu'il semblait qu'elle les avait vécues. Elle travaillait et étudiait avec plaisir et était une vraie petite femme d'intérieur. Si notre Père bien-aimé lui avait accordé de vivre sur cette terre, nous l'espérions ainsi, elle nous aurait été une grande aide, à ma femme et à moi aussi, dans peu d'années, pour notre objectif, l'enseignement et l'éducation de la jeunesse d'ici. Elle avait vraiment toutes les dispositions pour le faire excellemment... Nos premiers-nés des deux sexes sont maintenant à meilleure école entre des mains plus adroites que les nôtres. Avec une joie intime et profonde, nous voyons venir les jours heureux où ils nous seront rendus, éduqués par les conductrices du paradis et les célestes gouverneurs (Psczolla, 1985, pp. 113-114).

Ses quatre sœurs seront toutes épouses de pasteurs, la plupart futurs collaborateurs ou successeurs de leur beau-père :

– « 1er septembre 1795. Ma Fidélité Caroline épouse M. Wolf. » Le pasteur Jacques Wolf était alors en poste à Mittelbergheim. Fidélité Caroline (1775-1809) disparut prématurément en mettant au monde son dernier enfant : « 13 mai 1809. Dernières couches de ma Fidélité Caroline, Mme Wolf. Le même jour et an les Français entrent victorieux à Vienne. 15 mai 1809. Mort de ma Fidélité Caroline, Mme Wolf, de trente-trois ans et huit mois.»

– «26 mars 1804. Mariage de ma Henriette Charité avec M. Josué Graf.» Josué Graf, pasteur originaire de Mulhouse, fut plusieurs années en activité en Russie orientale. Il seconde ensuite Oberlin dans son ministère de 1818 à 1824. Dans une de ses lettres à la communauté de Herrnhut (20 avril 1806), le patriarche du Ban de la Roche recommande sa fille et son gendre à la prière des Frères:

> Je vous remercie de tout cœur pour le chaleureux accueil que vous avez réservé à mes chers enfants, M. Josué Graf, pasteur à Ustsolicha sur la Volga, et à son épouse, ma fille Henriette Charité Oberlin (1779-1839) lorsque ceux-ci ont fait une visite chez vous, il y a deux ans, au cours du voyage vers leur lieu d'affectation [...] Puis-je vous prier pour cette raison d'inclure ce petit pays dans votre intercession. De même que mes enfants Graf à Ustsolicha pour qu'à l'extrémité de la chrétienté, eux et leurs descendants puissent devenir, si Dieu le veut, une semence parmi les peuples païens jusque bien loin en Sibérie et en Tartarie. Et qu'ainsi, alors que la moisson est immense et le nombre des ouvriers insignifiant, le nom du Seigneur soit sanctifié et son royaume établi.

– «13 décembre 1802. Mariage de ma Louise Charité avec M. Pierre Witz.» Pierre Witz (1767-1840) est successivement pasteur à Mulhouse, Bienne (Suisse) et Colmar. Il est en particulier l'auteur de *Modèles de prières* pour les enfants et les adolescents (1819), dédiés à son beau-père:

> Je dédie cet ouvrage à mon digne beau-père, M. Jean-Frédéric Oberlin, pasteur vraiment catholique évangélique du Ban de la Roche dans les Vosges, frère du célèbre professeur de Strasbourg, feu M. Jérémie Oberlin.
> Recevez, mon respectable Père, en reconnaissance de vos bienfaits, ces *Modèles de prières*, pour les distribuer à vos ouailles. La nation française a rendu justice à vos travaux. Elle sait que depuis cinquante-deux ans que vous desservez sans interruption, et sans aucune vue d'intérêt, une paroisse pauvre qui n'a jamais été dans le cas de vous récompenser de vos travaux, vous n'avez cessé de travailler surtout à la réforme des écoles. Puisse la mention honorable qu'on a faite de vous, et le prix qu'on vient de vous décerner[1], encourager les autres serviteurs de Dieu à travailler avec le même zèle! Que l'Esprit du Seigneur qui a reposé sur vous, repose doublement sur votre dévoué fils. Colmar en janvier 1819.

1. Le 29 mars 1818, Oberlin reçut la médaille d'or de la Société royale d'agriculture de Paris. Le 1er septembre 1819, une ordonnance de Louis XVIII le fera chevalier de l'Ordre royal de la Légion d'honneur.

Louise Charité (1781-1856) évoque pour sa part le charisme de son père en ces termes :

> Mon père avait un talent particulier de mettre chacun à son aise autour de lui. Bien qu'il reçût avec la politesse requise les personnes occupant un certain rang, si, en même temps, il lui arrivait des gens d'un rang inférieur, il leur témoignait une cordialité si douce, on pourrait dire si respectueuse, que jamais aucune susceptibilité ne pouvait être froissée. Sa familiarité n'était jamais protectrice mais aimable, affable. Il n'avait point ce qu'on appelle le « respect humain », qualité qui, souvent, rend lâche, bas, faux, mais il respectait l'humanité [...] (Roehrich, 1890).

– « 25 mars 1806. Mariage de ma Frédérique Bienvenüe avec M. Rauscher. » Philippe Louis Rauscher (1769-1842), pasteur à Barr à partir de 1811, succède à Oberlin en novembre 1825 :

> 18 novembre 1825. Arrivée de M. Rauscher et de sa famille à Waldersbach, ayant été désirée par M. Oberlin pour le remplacer puisque son autre gendre, M. Graf, qui avait passé sept années auprès de lui aussi sa famille, pour le soulager dans ses fonctions, était devenu incapable par suite d'un coup d'apoplexie.

Si la source est la même (*Tableau chronologique*), l'écriture change, car c'est la plume de Frédérique Bienvenüe (1782-1842) qui succède à celle de son père trop affaibli. C'est cette même plume qui consigne, un an plus tard, la mort du pasteur du Ban de la Roche : « 1er juin 1826. Mort de notre cher papa, M. Jean-Frédéric Oberlin, né le 31 août 1740, arrivé au Ban de la Roche le 30 mars 1767. » Puis, enfin, celle de son mari : « 17 septembre 1842. Mort de mon mari, M. Philippe Louis Rauscher, à l'âge de soixante-treize ans, un mois, onze jours. »

À l'image de leur frère aîné Frédéric Jérémie, les deux garçons reçoivent une formation de même nature, alliant médecine et théologie :

– Charles Conservé (1776-1853), après des études de théologie et de médecine, devient pasteur à Rothau puis médecin à Fouday. Oberlin émaille son *Tableau chronologique* d'événements ayant trait à la vie et à la carrière de son fils :

> 12 mai 1789. Mon Charles Conservé préservé du malheur d'être estropié ou écrasé sous la chaise en allant en voiture à l'église de Fouday.
> 20 juillet 1795. Charles est chirurgien à l'hôpital militaire à Strasbourg.

> 18 août 1795. Charles est reçu élève de l'école de santé.
> 2 octobre 1808. J'installai mon fils Charles Conservé comme pasteur à Rothau dimanche.
> 3 février 1811. Je fus surpris par une dangereuse et très douloureuse strangurie[1], mal de membre ambulant et apoplexie. Mon fils, qui a lui-même servi comme médecin pendant les guerres de la Révolution, vint me trouver accompagné du médecin domicilié dans ma paroisse et encore d'un troisième qui s'était joint à eux.

– Henri-Gottfried (1778-1817), après ses études de théologie et de médecine, devient d'abord précepteur à Riga, puis vicaire de son père et ami de Daniel Legrand. Il visite le sud de la France pour la propagation de la Bible. Dans le *Tableau chronologique*, Oberlin a noté à son sujet:

> 24 mai 1792. Mon Henri, apprenti de relieur de livres.
> 27 novembre 1799. Mon Henri Gottfried, conscrit, quitte Strasbourg le havresac sur le dos, mais sous les auspices de la Providence divine et paternelle.
> 5 octobre 1811. Mon Henri Gottfried entre en Russie.

1783 constitue une nouvelle année charnière, celle de la perte tragique pour Oberlin de la mère de ses enfants:

> 24 décembre 1782. Ma chère femme revient de ses dernières couches, très bien portante.
> 18 janvier 1783. Mort subite de mon excellente femme, Mme Madeleine Salomée Witter, de trente-six ans.
> 21 janvier 1783. Elle fut enterrée devant la muraille de l'église de Waldersbach, à droite.

La mort de son épouse déclenche chez Oberlin une grave crise mystique. Il reviendra désormais à la fidèle servante, Louise Scheppler, de suppléer sa défunte maîtresse (texte UN PONT SUR LE FIL DU TEMPS):

> 4 novembre 1763. Naissance de Louise Scheppler, qui a élevé mes enfants après la mort de ma femme.
> 7 décembre 1793. Louise Scheppler prend la fièvre putride, et ensuite moi et tous mes enfants.

Relevons enfin la mention de la disparition de deux «excellentes» personnalités qui ont, chacune à leur niveau, marqué le destin de Jean-Frédéric Oberlin:

1. «Terme de médecine. Envie fréquente et involontaire d'uriner, dans laquelle on ne peut rendre l'urine que goutte à goutte et avec douleur» (Landais, 1836, p. 652).

30 janvier 1797. Mort de mon excellent prédécesseur, M. J.-G. Stuber.
6 octobre 1806. Mort de mon excellent frère, Jérémie Jacques, professeur de soixante et onze ans.

Le musée Oberlin, ou la mémoire renouvelée

Approchant du terme de cette biographie thématique, je mesure combien il y aurait eu encore à dire, ainsi que tous les aspects d'une œuvre multiforme qui, consciemment ou inconsciemment, ont été passés sous silence. Mais choisir, c'est renoncer, comme le disent les psychanalystes. D'autant que ces oublis pourront avantageusement être réparés par la visite du musée Jean-Frédéric Oberlin de Waldersbach. Ce petit musée local, créé en 1958, mais dont la structure a été entièrement rénovée en 2002, met désormais à la disposition du public, dans le cadre d'une muséographie originale, les collections qui témoignent des cinquante-neuf années de ministère durant lesquelles le pasteur pédagogue s'est essayé à bâtir une microsociété porteuse de valeurs nouvelles, au cœur d'une vallée vosgienne particulièrement défavorisée.

Ce projet culturel sans précédent dans la vallée de la Bruche est à l'origine d'une restructuration des bâtiments existants, respectueuse de l'intégrité historique des lieux, permettant de répondre aux attentes d'un public large et diversifié. L'enrichissement des collections, avec le retour « à la maison » des pièces anciennement conservées au Musée alsacien de Strasbourg, favorise l'émergence d'un espace de rencontres et d'échanges entre des publics spécifiques.

Trois bâtiments, auxquels il faut adjoindre les jardins extérieurs, symbolisent les trois vocations, culturelle, pédagogique et scientifique, de la nouvelle structure rénovée : le presbytère, la Maison des enfants et le Centre de documentation.

Le presbytère de 1787 fait mémoire des pédagogues du Ban de la Roche, en bannissant tous les aspects apologiques et hagiographiques. L'œuvre d'Oberlin est en particulier évoquée dans toute sa diversité, par la mise à disposition du public d'un large éventail qualitatif et quantitatif de traces, permettant à la fois de comprendre l'homme et de contextualiser son œuvre, tout en mettant en évidence ses doutes et ses incertitudes. Une signalétique adaptée aux jeunes visiteurs les aide à construire une approche historique individualisée du personnage et de son apport à la diffusion des connaissances, en expérimentant quelques aspects d'un système de pensée hérité des Lumières privilégiant la raison, le progrès et la recherche du bonheur.

L'accueil des enfants a été l'objet d'une attention toute particulière, nécessitant la mise en place d'aménagements spécifiques au sein de l'exposition permanente, mais surtout la création d'un espace spécialement conçu à cet effet, suivant une approche conceptuelle qui favorise la découverte et la compréhension de l'objet patrimonial, tout en permettant de le situer dans l'histoire de l'humanité et d'en comprendre les racines. La Maison des enfants a été bâtie selon cette approche, en symbiose avec l'esprit de la pédagogie de Jean-Frédéric Oberlin, où le jeu et le travail manuel participent à l'acte créatif et productif qui accompagne chaque enseignement. Des compétences et un savoir-faire interdisciplinaires sont développés au sein de cet outil mis à la disposition des enseignants mais aussi des éducateurs et des parents.

Le Centre de documentation ouvre enfin aux chercheurs, ainsi qu'à l'ensemble des acteurs de la vie éducative et culturelle, dans des conditions de consultation particulièrement confortables, les archives du fonds Oberlin désormais soigneusement inventoriées.

Les jardins du musée témoignent de la complémentarité entre les trois vocations, culturelle, pédagogique et scientifique, de la nouvelle structure. Ils offrent à chaque visiteur la possibilité de sentir, d'observer, de toucher les éléments déjà découverts dans les salles où sont évoquées les relations entre l'homme et la nature. Une recherche archivistique ethnobotanique, c'est-à-dire concernant les plantes médicinales, aromatiques, culinaires et tinctoriales utilisées au Ban de la Roche au XVIIIe siècle, a permis de fixer le choix de la palette végétale présentée dans le jardin. La création d'un potager pédagogique et d'une serre, véritables extensions de la Maison des enfants, s'inscrit dans cet objectif de découverte du monde végétal, comme la restauration du cadran solaire présent dans le jardin et le moulage d'objets existants dans les collections du musée et permettant d'initier à l'observation du système solaire et au repérage dans l'espace par l'intermédiaire de la cartographie. Ce jardin conserve un caractère proche du jardin privatif, autant lieu d'accueil pour les visiteurs du musée qu'espace ouvert et accessible à tout un chacun.

Entre deux... entre vie et histoire, passé et futur, action et réflexion, microcosme et macrocosme, singulier et universel ; tisser le sens perdu d'une pensée singulière pour l'agréger à l'immense réseau signifiant de l'histoire universelle. Est-ce le rôle que l'on peut assigner à l'histoire des idées que contribuent à célébrer de concert le biographe et les lieux de mémoire contemporains ?

Le musée et le biographe s'associent en effet à un devoir de mémoire, en remodelant les matériaux du passé sans les reproduire à l'identique. Conservateurs des choix de valeurs effectués par des individus singuliers, dans des contextes socio-historiques particuliers, ils collationnent autant d'alternatives qui pourront faire l'objet d'un examen ultérieur, suggérant des repères pour l'action, pour peu que les « suivants » ne perdent pas la mémoire... Sortir d'une dynamique de l'oubli nécessite sans doute que certains s'emploient à une réécriture inlassable de l'histoire, entremetteurs d'une culture patrimoniale, tout à la fois spécifique et universelle. Retrouver la mémoire pour s'ouvrir des possibles... Écrire ou décrire l'histoire des idées, c'est être capable de se projeter dans l'univers de l'autre, solidaire de sa solitude. Mais, pour comprendre ce qui motive ses choix, contraint sa liberté d'action, la déconstruction d'une unité de pensée, dynamique et cohérente, au moins en apparence, est nécessaire, pour expliciter les articulations entre les différents types de savoirs qui la constituent.

Suivre le trajet de la pensée de Jean-Frédéric Oberlin, de sa genèse à sa forme contemporaine, en passant par toute une série de reformulations, altérations, enrichissements, métissages successifs, apparaît comme une invitation à s'interroger sur les interactions entre les discours du passé (souvent jugés à tort dépassés) et notre façon de conduire les débats idéologiques, ou de résoudre les problèmes éducatifs contemporains. Le rapport que les éducateurs entretiennent avec le passé, par exemple, ne doit plus se construire de manière linéaire, comme si tout était irréversiblement écrit. Espace d'expériences, source d'inspirations, il permet de glaner des sens perdus, devient susceptible de faire renaître des possibles inachevés, ou d'ensemencer des utopies restées en friche... tel un pont bâti sur le fil du temps.

Annexes

HÉRITAGES

Waldersbach, le 14 avril 1807[1]

Jean-Frédéric Oberlin, pasteur catholique évangélique à Waldersbach au Ban de la Roche à la chère Convention des prédicateurs de Herrnhut.

Très chers amis et Frères,

1) La réponse du cher Frère Johann David Heinrich, le 20 juillet 1806, m'a causé une très vive joie. J'en remercie notre bien-aimé Dieu et Sauveur bienveillant.

2) J'écrivais : ma paroisse montagneuse se compose de cinq villages et trois hameaux. Vous me demandez ce que sont des hameaux. Lorsqu'un habitant d'un village s'établit sur l'un de ses biens situé relativement plus loin et qu'au fur et à mesure plusieurs maisons y sont construites, constituant en quelque sorte un nouveau petit village, ces gens restent en relation avec leur village d'origine, ils restent sous la dépendance des autorités de ce village et doivent y effectuer les gardes et corvées. On appelle cela un hameau, une dépendance du village principal.

3) Vous demandez comment, dans un si petit coin des montagnes vosgiennes, un si petit troupeau évangélique a pu se constituer. Voici ma réponse : Avant que l'Alsace ne soit revenue à la France, notre région appartenait au prince de Veldenz dont la famille a introduit la Réforme ici. Mais pendant la guerre de Trente Ans et pendant la peste et la famine qui s'ensuivirent, la majorité de la population périt. Petit à petit il se repeupla. En l'an 1708, à l'époque de M. le pasteur Pelletier de Montbéliard, un homme de Dieu qui appartenait sans doute à la Communauté des Frères, la paroisse comptait de nouveau quelque quatre cents âmes et aujourd'hui elle en a quatorze à quinze cents.

C'est donc par les princes de Veldenz que la Réforme est parvenue chez nous. Mais la vie en Jésus-Christ, conforme à l'Évangile, y est venue par M. le pasteur Pelletier, que Satan put chasser d'ici par ses instruments après quatre ans de ministère, pour le remplacer par le méchant Pierre Rayot, également originaire de Montbéliard. Celui-ci fut vraiment sournois : certes, il baptisait les enfants des familles pieuses (nommés les piétistes et les saints) parce qu'il y était obligé, mais il ne les inscrivait pas dans le registre des baptêmes. Lorsque par la suite on voulait savoir l'âge d'une telle personne non inscrite, il fallait chercher qui, dans une autre famille, pouvait éventuellement être né de la même année.

4) En dehors de la paroisse catholique romaine située à Rothau, le Ban de la Roche comprend deux paroisses protestantes, l'une située de l'autre côté d'une montagne près de Rothau et dont font partie deux autres villages : Wildersbach et Neuvillers, et deux hameaux :

1. Oberlin, J.-F. (14 avril 1807), *Lettre à la Convention des prédicateurs*. Traduction de J.-J. Streng pour le musée Oberlin de Waldersbach, d'après C. Bauer (1982), *La Correspondance de Jean-Frédéric Oberlin avec les Frères moraves*, Strasbourg, USHS, mémoire de maîtrise en théologie.

Riante-Côte et Haute-Côte. L'autre paroisse est ici à Waldersbach avec les villages qui en font partie : Belmont, Belfosse, Fouday, Solbach, ainsi que trois hameaux : La Hutte, Le Pendbois, Le Trouchy.

5) Vous me demandez si lors de mon entrée en fonction je connaissais déjà le Seigneur Jésus. Cela m'obligerait pratiquement à raconter toute ma vie, ce qui n'est pas possible ici. Je vais essayer de résumer brièvement les faits. Mon père, un homme attiré par le spirituel, précepteur au gymnase de Strasbourg, un honnête homme, droit, dévoué et intelligent, mais qui ne connaissait ni Jésus ni la nouvelle naissance, éleva, avec l'appui de ma chère mère ses cinq fils pleins de fougue, et ses deux filles ; il le fit avec une rare sagesse, un sérieux plein de tendresse et d'amour et une attention sans faille. De ce fait et malgré notre vivacité toujours portée à l'action, presque sauvages, nous sommes restés préservés de tous les excès juvéniles et avons été un sujet de satisfaction sans mélange pour nos excellents parents.

Très tôt le Bon Dieu a attiré mon cœur à la prière par toutes sortes de moyens. Ma peur panique des orages, héritée de ma mère et de ma grand-mère, fut le premier dont il se servit. Lorsqu'un orage s'annonçait, je promettais à Dieu, hélas, de devenir pieux comme un ange ! Si ensuite les choses n'allaient pas à mon gré et si je retombais dans mes travers, cela m'incitait de nouveau à prier.

Le deuxième moyen, c'étaient deux rêves à propos de l'enfer et un autre qui me permit de jeter un regard dans le ciel.

Le troisième, c'était ma mauvaise mémoire. Lorsque dans un effort extrême j'avais même consacré mes heures de détente à apprendre par cœur, en particulier le vocabulaire, je ne pouvais malgré tout pas m'en souvenir suffisamment en classe ou à l'école latine. Oh, combien cela me poussait à prier !

Le quatrième moyen, c'était le ravissement que me procurait la musique militaire, tout comme le tonnerre du canon, le spectacle des exercices militaires, les évolutions, les conversions rapides et habiles, l'ordre incomparable, l'obéissance absolument parfaite qui était inculquée aux soldats français non par les coups mais avec indulgence et amour. Et lorsque tout jeune écolier encore, je pouvais marcher à côté de vingt ou trente tambours en pleine action ou me tenir parmi eux, environné d'une telle fumée de poudre qu'on ne distinguait plus le ciel, tandis que l'air résonnait du tonnerre épouvantable du petit et du gros canon, oh, alors, s'élevait dans mon cœur un cri très fort : « Ô Seigneur Jésus, les soldats n'existent certes pas au ciel, mais il doit y avoir des choses tout aussi enchanteresses que toutes celles-ci. Oh, permets moi d'être ton enfant. Oh, être ton enfant ! Oh, enseigne-moi à faire tout ce qui peut te plaire, etc. »

Par ces moyens et d'autres encore le Bon Dieu avait élevé mon cœur et m'avait appris à prier, mais je ne connaissais pas Jésus, ni d'ailleurs la nouvelle naissance. Notre chère mère, une femme aux traits extraordinairement fins et nobles, d'un goût raffiné, était très curieuse du monde de son temps : ses lectures favorites étaient des écrits de qualité, de grande valeur spirituelle et morale comme ceux de Gellert, Rabener et d'autres du même genre.

C'est alors qu'il arriva que M. le magister Lorenz, devenu ultérieurement docteur en théologie, revint de ses voyages et fut chargé des prédications vespérales. Jamais on n'avait entendu ni vu ici pareil prédicateur. Sa personne, sa voix, ses gestes, son style et ce qu'il disait, tout était enthousiasmant. Quand ma mère en eut l'écho, plus rien ne la retint, ni ses problèmes de santé, ni la canicule, ni la grande distance, ni la difficulté d'obtenir une petite place, et elle alla l'écouter. Oh, quelle fascination ! Ce fut presque un enchantement, ses yeux et son cœur s'ouvrirent et elle se trouva toute transformée. J'étais alors étudiant. « Fritz, me dit-elle au retour de la soirée, Fritz, cet homme, il faut que tu ailles l'écouter. » J'y allai, je fus saisi à mon tour et découvris Jésus et ma perdition. Après beaucoup de luttes et de prières anxieuses, je reçu la grâce d'entendre le Seigneur exhorter mon cœur : « Prends courage, tes péchés te sont pardonnés ! » Oh, quelle libération je ressentis alors : c'était comme si le paradis lui-même remplaçait dans mon cœur la crainte de l'enfer ! Et désormais je me moquais totalement des railleries de ceux qui avaient été mes camarades et de connaître bien vite toutes sortes de tribulations. Les choses continuèrent ainsi jusqu'à ce qu'en 1767, le 30 mars, dans ma vingt-septième année, je vins ici ; en effet, je suis né en 1740, le dernier jour du mois d'août.

6) Vous me demandez aussi comment je suis venu ici et par l'intermédiaire de qui j'y ai été appelé. Réponse : je vous expliquais plus haut qu'après seulement quatre ans de ministère dans notre région le cher Léopold Georges Pelletier en fut chassé. En effet les princesses régnantes de l'époque, en considération des plaintes instantes et perpétuelles, se crurent obligées de lui signifier son congé, parce qu'il ne voulait pas admettre n'importe qui à la sainte Cène, conformément à la remarquable discipline en vigueur dans les communautés de Frères.

Après lui arriva le méchant Pierre Rayot qui resta de 1712 à 1723, suivi d'un autre dépravé qui fut révoqué en 1726. Or à cette époque le Ban de la Roche appartenait au seigneur d'Angervilliers, intendant d'Alsace, qui pria mon grand-père, le Dr Felz de lui procurer un pasteur et de l'installer, car lui, un chrétien catholique romain, ne comprenait rien à nos usages. C'est ce qui fut fait et mon grand-père établit le premier ecclésiastique strasbourgeois au Ban de la Roche : M. le pasteur Walter. Tous ses prédécesseurs venaient de Montbéliard. À son retour à Strasbourg, mon grand-père rapporta à titre de curiosité des « pommes de terre », aussi appelées « poires du sol » et en patois *« dis c'matières »* ; il invita l'intendant et d'autres Français pour en manger. C'est ainsi que de la table des notables elles passèrent peu à peu sur celle du peuple.

M. le pasteur Walter était un homme droit, mais on ne le laissa ici que deux ans, parce qu'il ne pouvait pas vivre d'un salaire bien trop faible et qu'il n'était lui-même pas riche. Ensuite vinrent des pasteurs alternativement bons et acceptables, ou mauvais. La paroisse était complètement à l'abandon, presque personne ne savait lire et encore moins écrire, la Bible était pratiquement inconnue. La population ne connaissait que le patois et ne pouvait donc pas comprendre ses prédicateurs. Veuillez remarquer que, lorsque les gens du Ban de la Roche conversent en patois, je n'en comprends rien quoique je sois parmi eux depuis quarante ans et que je connaisse aussi certains mots.

Enfin le Seigneur eut de nouveau pitié des pauvres habitants du Ban. Une jeune fille de Belfosse âgée d'environ seize ans, Anne-Catherine Gagnière, dont les parents craignaient Dieu, fut poussée dans son cœur à implorer Dieu nuit et jour avec instance et persévérance pour lui demander des maîtres fidèles. C'est ainsi qu'en 1750 vint M. Jean-Georges [Stuber], un petit homme exceptionnellement doux, fin, intelligent et talentueux. C'est par lui qu'à mille égards la paroisse naquit en quelque sorte une seconde fois.

Cet excellent homme ne connaissait pas la nouvelle naissance comme M. son beau-frère, M. le docteur Lorenz, nommé ci-dessus, la connaissait. Mais dans ce qu'il savait, c'était un homme remarquablement fidèle et les braves gens se sentirent revivre, leur lumière et la chaleur de leur foi augmenta, ainsi que leur nombre. En 1754 il fut nommé à Barr, une riche petite cité située dans une charmante contrée au pied de la montagne vosgienne, à cinq heures d'ici, sur l'autre versant d'une très haute montagne. C'est là que travaille maintenant depuis bien des années le cher et honorable pasteur Schweighäuser, votre correspondant. Mais comme, entre-temps, les pauvres habitants de notre Ban avaient une fois de plus eu un pasteur dépravé duquel ils finirent par être débarrassés, en particulier grâce à la prière instante de Catherine Gagnière, le fidèle Stuber quitta sa paroisse riche et bien plus commode et revint en 1760 avec l'autorisation de ses supérieurs chez ses pauvres habitants du Ban qu'il chérissait tant.

Six ans après je fis sa connaissance par l'intermédiaire de ma chère mère, alors qu'il était de passage à Strasbourg : nous nous gagnâmes d'affection et je l'accompagnai en visite au Ban de la Roche. Et tandis que je me trouvais là à l'église, mêlé à ce petit peuple welche, mon cœur fut rempli d'un indicible amour pour lui. M. le pasteur Stuber le remarqua et me demanda : « Au cas où je serais appelé ailleurs, serais-tu prêt à prendre ma place ? Je suis soldat de naissance, répondis-je, et je tiens à me montrer obéissant sans réserve. Même si Dieu m'envoyait en enfer pour y travailler à son service, j'irais sans dire un mot ; mais au Ban de la Roche, parmi ce brave peuple welche, là, je m'y rendrais avec des cris d'allégresse. Mais pour cela il me faudrait absolument un appel de la hiérarchie. »

Un an plus tard, au grand effroi des habitants du Ban, M. le pasteur Stuber fut appelé à Strasbourg. Comme d'habitude Anne-Catherine Gagnière ne chômait pas dans la prière devant Dieu et elle leur dit : « M. le pasteur Stuber, vous ne l'aurez plus, mais Dieu va vous envoyer un autre qui poursuivra l'œuvre de M. Stuber. » Quant à moi, on me rappela ma promesse faite à M. le pasteur Stuber et le Bon Dieu me donna la possibilité de la tenir. Dans la suite M. le pasteur Stuber travailla encore plusieurs années à Strasbourg et fut pleinement béni. Le Seigneur l'utilisa en particulier auprès de nombreux notables qui n'avaient pu digérer l'enseignement de la nouvelle naissance par M. le docteur Lorenz ou arriver jusqu'à ce niveau et qui furent au moins conduits à une sincère crainte de Dieu par M. Stuber. Quant à Anne-Catherine Gagnière, elle vit toujours parmi nous, c'est une veuve et prophétesse usée et malade, parvenue à la fin de sa vie terrestre.

À Dieu à présent, mes très chers amis et Frères, à Dieu très cher ami et Frère Johann David Heinrich !

Dieu vous accorde de plus en plus sa bénédiction pour que, par vous et par tous les projets et entreprises consacrés à son service, son saint Nom soit loué, son règne avance et se répande de plus en plus loin ! Ô glorieux avenir que nous pouvons déjà apercevoir au travers des terribles nuages d'orage suspendus sur nos têtes ! Ô Seigneur, sois de plus en plus connu et glorifié dans et à travers notre cher, très cher Seigneur Jésus-Christ. Amen. Amen.

Aimez toujours votre dévoué et attaché en Jésus

Jean-Frédéric Oberlin

LE BAN DE LA ROCHE

Histoire de la paroisse de Waldersbach composée par M. Stuber en 1762

Le « Steinthal » ou Ban de la Roche est une contrée composée de huit petits villages français au milieu de la montagne vosgienne, à la frontière de la Lorraine, en Basse Alsace, à l'endroit où celle-ci touche la Haute Alsace. Il fut élevé au rang de comté il y a environ dix ans et s'appelle aujourd'hui : le comté du Ban de la Roche. Son nom trouve son origine dans celui d'un ancien château appelé la Roche ou *« zum Stein »* qui jadis fut habité par des brigands despotes et fut démoli en 1471[1]. Par la suite, le pays échut à une noble famille appelée Rathsamhausen zum Stein et était alors composé de dix villages ; deux d'entre eux, Saint-Blaise et Blaisenrupt[2], furent donnés en gage et plus jamais restitués. Ils appartiennent aujourd'hui à Andlau et sont de religion catholique romaine. À Saint-Blaise, qui est situé en contrebas sur les berges de la Bruche, se trouvent les dépendances d'un château où la seigneurie séjournait en temps de paix alors que dans les temps plus agités elle se réfugiait jusqu'au château de la montagne appelé la Roche. En l'an 1570, le Ban de la Roche fut vendu à la maison des Veldenz, qui confirma la Réforme introduite sous les Rathsamhausen. Dans les deux vallées principales furent alors instituées deux paroisses évangéliques de la confession d'Augsbourg, lesquelles se sont maintenues, jusqu'à ce jour, par la grâce de Dieu, et malgré maintes vicissitudes.

Rothau, où se trouve une maison seigneuriale et où le premier pasteur a sa résidence, est le chef-lieu du Ban de la Roche. Sont rattachés [à Rothau] les deux villages de Neuvillers et Wildersbach près du hameau de Hautegoutte, appelé « Haute Rothau » par les Allemands. Le second ministre habite à Waldersbach[3], et sert également quatre autres villages : Fouday (en allemand Urbach), Solbach[4], Belmont (Schönenberg) et Bellefosse où se situe le château de montagne, et en outre les hameaux du Trouchy[5] et de La Hutte. La première paroisse comporte deux églises, l'autre trois. Les deux premières sont Rothau et Neuvillers, les autres Waldersbach, Fouday et Belmont. Actuellement, Waldersbach compte environ sept cents paroissiens adultes et plus de trois cents écoliers ; en comparaison Rothau a une proportion d'habitants de trois contre cinq : au total au moins mille cinq cents personnes sans tenir compte des catholiques romains, des réformés et de quelques anabaptistes.

1. « Il semble qu'il ait été détruit à plusieurs reprises. La première destruction eut vraisemblablement lieu en 1099, alors que les trois demoiselles ou princesses qui avaient poussé trop loin le banditisme de grand chemin furent enchaînées et mises aux fers, et sont représentées dans cette posture sur les murs de l'ancienne petite église de Fouday. Une autre destruction fut le fait des bourgeois et de l'évêque de Strasbourg alliés au duc de Lorraine en l'an 1469, tandis que Gérothé de Rathsamhausen refusait de cesser ses pillages et ses meurtres. » *Note de Stuber, comme les suivantes.*

2. « St. Blasius ad. (Rupen) autrefois à l'intention de forteresse (*Burg*). »

3. « Waldbach, c'est-à-dire au ruisseau de la forêt. »

4. « Zoll-Bach. »

5. « Trouchy, en réalité Trotchi, c'est-à-dire au coudrier, à la haie de noisetier ou au noisetier, qui se dressait à cet endroit depuis des temps immémoriaux, et qui prend des proportions hors de l'ordinaire. »

En 1723, après l'extinction de la lignée des Veldenz, le Ban de la Roche fut donné en fief par la cour de France à l'intendant royal de l'époque en résidence à Strasbourg, M. d'Angervilliers. Sa fille unique, épouse en premières noces de M. Des Maisons, président du Parlement de Paris, puis par la suite de M. le marquis de Ruffec, (qui devint duc plus tard), mourut sans enfant vers 1762 et M. le marquis de Paulmy d'Argenson reçut à son tour cette seigneurie (désormais comté) en fief. En l'an 1771, avec l'accord du roi, celui-ci vendit le Ban de la Roche à Son Excellence le baron de Dietrich, bourgmestre de la ville de Strasbourg. Ce seigneur, qui réside à Strasbourg, est membre de la confession d'Augsbourg. Les anciens seigneurs habitaient au cœur de la France et confessaient la religion catholique romaine.

Le Ban de la Roche se trouve à dix ou onze heures de Strasbourg, où résident les fonctionnaires du roi et de la seigneurie, Rothau en est la localité la plus proche. Une fonderie de fer établie là est alimentée par les mines du Ban de la Roche. Elles ne sont pas rentables, le fer n'étant pas de première qualité[1]. Déjà, par le passé, il existait des fonderies au Ban de la Roche rénovées par M. d'Angervilliers en l'an 1724, afin d'utiliser le bois des forêts alors très denses, mais qui à présent sont bien trop exploitées. Les travailleurs étrangers que l'on fit venir à cet effet étaient tous catholiques romains. C'est pourquoi le *simultaneum* fut institué en 1725 à Rothau. À ce jour, les sept villages restant avec leurs quatre églises sont encore rattachés à la confession d'Augsbourg, même s'ils contribuent ensemble à l'entretien du culte catholique romain, dont le prêtre réside à Rothau et prétend s'appeler curé de tout le Ban de la Roche.

Quelques réformés résident au Ban de la Roche, pour la plupart émigrés germanophones d'origine suisse, qui, depuis environ trente ans, sont invités à faire baptiser leurs enfants par le prêtre catholique romain, mais entretiennent de bonnes relations avec les luthériens et fréquentent leurs églises.

Cependant ils communient à Sainte-Marie-aux-Mines, distant de six heures du Ban de la Roche. Pour leur être agréable, on prêche aussi en allemand dans les deux paroisses, toutes les quatre semaines à Waldersbach et toujours dans l'église de Belmont où l'on prenait soin d'un grand nombre d'auditeurs germanophones réformés qui habitaient, à quelques heures de là, dans les contrées voisines, des fermes dispersées dans la montagne et les forêts situées à l'extérieur du Ban de la Roche. On y rencontre également quelques familles anabaptistes venues des marcairies seigneuriales, et qui ne prennent part à aucun culte.

Les habitants du Ban de la Roche sont dans l'ensemble très pauvres et on appelle riches ceux dont la misère est moindre. Ils habitent sous des toits de chaume, vont la plupart du temps en sabots et se nourrissent grâce à leurs maigres cultures et leur modeste élevage. Leur langue est un patois lorrain, leur nourriture la pomme de terre ; leur meilleur pain est de seigle, et ils ne le mangent qu'avec parcimonie. Peu de gens seulement peuvent planter assez de seigle pour leurs besoins annuels, beaucoup en manquent la plupart du temps, certains manquent même de pommes de terre, mais les autres les secourent fraternellement de sorte qu'aucun Ban-de-la-Rochois ne va mendier.

Il pousse peu ou pas de blé. Pas du tout de vigne ; beaucoup ne consomment pas de viande tout au long de l'année et pas du tout de vin, sauf lors d'un repas de fête. On trouve des gens qui n'ont jamais mangé de viande de bœuf de toute leur vie et qui n'ont même jamais vu de mouton. Il pousse toujours un peu d'avoine, et encore moins de chanvre et de lin. Leur bétail comprend de rares petits chevaux (ils n'ont pas d'ânes) et une espèce mineure de bovins, qui languissent en hiver en raison du manque de fourrage sec et qui en été gravissent péniblement dans des zones pierreuses et éloignées où ils trouvent plus de mousse que d'herbe et où, sans parler de cela, la belle saison ne dure qu'à peine quatre mois. Le bois (de chauffage, de construction et d'autres usages tels que charrettes, sabots,

1. « D'autres disent que le fer de ce pays est très bon, oui parfait par exemple pour la coutellerie et l'outillage, c'est pourquoi il est payé plus cher qu'autrement. »

etc.) est à présent au Ban de la Roche presque aussi rare que le pain, l'argent l'est encore davantage. Mais aussi pauvre qu'est ce peuple, on peut malgré tout le considérer, à cause de sa langue et de sa religion, comme un véritable joyau de notre Église évangélique de la confession d'Augsbourg, laquelle par ailleurs, en dehors de Montbéliard, et particulièrement sous les seigneuries françaises, ne compte pour rien ou si peu, et regarder avec tendresse et une juste compassion cette sœur française, presque unique et abandonnée.

Il serait possible et souhaitable de mentionner encore maintes circonstances géographiques, politiques, économiques, etc., singulières devenant de plus en plus touchantes à mesure que l'on entre dans les détails. Mais déjà cette description incomplète est à elle seule trop exhaustive, et si l'on voulait la poursuivre on en écrirait un livre, alors que le temps et les forces ne permettent que de rédiger quelques pages. Nous nous appliquerons donc à rester concis et à présenter brièvement les raisons de la pauvreté morale et de la grande déchéance spirituelle de ce peuple dont voici quelques-unes des causes :

1) L'appréciation défavorable que l'ensemble des fonctionnaires (qui, d'après les lois du pays, n'ont pas le droit d'appartenir à la confession d'Augsbourg) portent sur la religion de ces gens. Ce qu'il en résulte au bout du compte, les lecteurs avertis peuvent se le représenter, de telle sorte que l'on pourrait déjà échanger ici l'envie première de raccourci avec un récit interminable.

2) Leur langue est si différente du français courant que, sans de bonnes leçons à l'école, qui leur ont principalement fait défaut jusqu'ici, ils ne comprennent presque rien des livres et des sermons.

3) La langue française elle-même a une orthographe tellement complexe, que l'on peut à peine amener des gens aussi simples à la lire.

4) Elle comporte de plus tant d'ambiguïtés dans la prononciation pour des gens qui, uniquement à travers elle (sans oreille fine, sans esprit exercé, étant incapables de discerner les significations grâce au contexte, au sens ou à l'orthographe de la langue), doivent les comprendre, qu'il en résulte à chaque instant la plus grande confusion.

5) En plus de cela, depuis environ cinquante ans, il n'a pas été possible de leur trouver de prêtre francophone de naissance. Le seul endroit où l'on pourrait y faire appel serait Montbéliard, d'où provenaient jadis leurs instituteurs. Mais une ordonnance royale qui n'autorise que des sujets français à exercer le ministère, exclut tout un chacun dont la prononciation serait plus compréhensible pour les Ban-de-la-Rochois que celle des Strasbourgeois de langue allemande ou encore des Alsaciens.

6) De mémoire d'homme, la foule des prêtres qui exercèrent chez eux étaient, dans leur grande majorité, indifférents et désagréables au plus haut point. Les deux paroisses se caractérisent par des revenus infimes et l'isolement de la région, qui rendent les conditions de vie rudes et pénibles, ainsi a-t-on bien souvent négligé de pourvoir et de desservir ces deux paroisses. Aussi les pasteurs avaient-ils plutôt à craindre le mépris et l'oubli que la surveillance et l'examen rigoureux de leur conduite.

7) Les fréquentes mutations. Personne ne voulait y aller, et celui qui y allait, plus vite il partait, mieux cela valait. Et pourtant ce peuple a de nombreux traits de caractère originaux dans ses conceptions, son mode de vie, sa langue et dans tout ce que doit connaître quelqu'un qui veut promouvoir le bien et lever les obstacles parmi eux. De ce point de vue on ne saurait donc comparer ces paroisses avec celles de l'Alsace alémanique, et un pasteur met longtemps avant de se trouver sur la bonne voie. En revanche, en avaient-ils un mauvais, celui-ci restait souvent longtemps en place, pour leur plus grand dommage et de nombreuses réclamations étaient alors nécessaires pour obtenir finalement sa destitution.

8) La misère les lie aux besoins corporels élémentaires, entraînant des mœurs grossières, les rendant paresseux, indifférents à tout effort, leur ôtant le discernement du bien et la volonté d'y tendre et cela d'autant plus quand, par sa pauvreté, un peuple timide se sent extrêmement diminué et écarté de toute entreprise.

9) Dominant l'ensemble, l'état lamentable des écoles culminait comme le plus pitoyable de tous ces maux. Nous allons à présent rendre compte de l'aide particulière que la clémence de Dieu apporta dans ce coin du Ban de la Roche. Un ami respectable[1] se plaignit souvent avec moi de cette misère, lorsque je desservais pour la première fois la paroisse de Waldersbach, dans les années 1750-1754, et reconnut l'amélioration des écoles comme la chose primordiale (Oberlin, 1762, pp. 84-107).

1. « M. le professeur Jean-Michel Ott, régent au Collège de l'Université. »

STUBER

Histoire de la paroisse de Waldersbach composée par M. Stuber en 1762 (suite)

Il n'y a point de fonds pour entretenir des maîtres d'école. Une communauté ayant besoin d'un maître d'école fait marché avec un tel sujet, étranger ou domestique, qu'elle puisse avoir et que le ministre approuve. On convient du temps pendant lequel l'école se fera, qui est à peu près les mois de novembre, décembre, janvier, février, mars et avril. On règle le gage du maître d'école, qui est fort petit, et qui se paie par répartition sur tous les ménages qui ont des enfants en âge de fréquenter l'école. Cet âge est de six ans, suivant un décret donné par M. Barth, autrefois bailli. Ce même décret porte que le paiement du maître d'école se doit faire par tous les habitants d'une communauté, qu'ils aient des enfants ou non. Et qu'il n'y doit avoir qu'une somme toute modique, payable par tête des enfants qui fréquentent l'école. Mais on ne peut pas parvenir à faire observer ce décret. Ceux qui n'ont point d'enfants ne paient rien du tout. Et entre ceux qui en ont, il y a d'éternelles contestations pour savoir s'il faut que la répartition des gages du maître d'école se fasse par ménage sans égard au nombre des enfants ou par tête d'enfant. Ceux qui ont beaucoup d'enfants soutiennent le premier, ceux qui en ont peu sont pour le dernier. Et au lieu de l'âge de six ans, plusieurs ne veulent les envoyer qu'à celui de sept [...].

Les maîtres d'école ayant ordinairement un fort petit paiement, auquel même ils ne peuvent parvenir bien souvent sans chicane et jamais sans mille peines et grands délais, n'ont pas cette activité et bonne volonté, ni cette capacité qu'aurait un homme décemment établi et gagé pour cela. Tout languit d'une manière pitoyable. Et c'est ici le grand problème, que tous les ministres doivent se poser et y songer et travailler sans relâche, à mettre les écoles sur un meilleur pied [...].

Il faut pourtant qu'un ministre soit fort vigilant : 1) à ce qu'aucune communauté ne laisse passer un hiver ou une partie de l'hiver (ce qu'ils sont fort enclins à faire) sans avoir de maître d'école ; 2) à ce qu'aucun particulier ne se soustraie à l'école s'il a des enfants ou un seul enfant en âge d'y aller. Il y a quelquefois des contestations là-dessus qui peuvent faire naître toutes sortes de désordres ; 3) à ce que par avarice ou par cabale il ne soit pas élu un sujet tout à fait incapable pour faire l'école ; 4) à ce que les gages du maître d'école ne soient pas trop modiques ; 5) à ce que le temps destiné pour l'école s'étende s'il se peut au-delà des six mois marqués ci-dessus ; 6) à ce qu'un maître d'école s'engage pour plus d'un an, afin que l'odieuse enchère et contestation que le choix d'un maître d'école cause ordinairement, ne revienne pas tous les ans ; 7) à ce que le ministre mette par écrit le marché fait, et le fasse signer par le maître d'école et les préposés de la communauté, sans quoi ils ne se feront aucun scrupule de part et d'autre de le casser, dès que l'envie leur en prendra ; 8) à ce qu'aucun particulier ne tienne un maître d'école différent de celui de la communauté, ce qui arrive quelquefois par envie et entêtement, sauf à chacun d'enseigner ou faire enseigner ses enfants comme il lui plaira pourvu qu'il les envoie aussi à l'école ou qu'il paie au moins l'école [...].

Lorsque je revins en ces lieux une nouvelle fois en l'an 1760, cet ami obtint mille florins pour aider nos écoles, d'une personne inconnue qui avait été particulièrement touchée de la nouvelle de mon retour au Ban de la Roche (où sévissait jusque-là mon successeur, un homme scandaleux). Cet argent fut placé et chaque année on préleva des primes qui étaient distribuées aux maîtres de chaque école en fonction du nombre d'élèves bien instruits qu'ils produisaient.

Le Ban de la Roche compte six maîtres (deux dans la paroisse de Rothau et quatre dans celle de Waldersbach) qui se partageaient ainsi annuellement la totalité des intérêts rapportés par les mille florins, si bien que chacun en tirait autant de parts qu'il avait présenté d'élèves capables. Ils recevaient davantage pour les plus jeunes, moins pour les plus âgés, le double pour les enfants qui étaient reçus en dépit de leurs faibles capacités, etc. Ceci stimulait les maîtres non seulement à cause du profit, mais encore à cause de l'effet notable produit annuellement, lorsque le comportement de chaque école devait être connu publiquement par rapport à celui des autres, si bien que le maître d'école qui se croyait le meilleur pouvait fréquemment se révéler le moins bon.

À présent ils se laissèrent former plus volontiers que précédemment par mes soins, ce qui constitua journellement ma principale occupation [...]. Lorsqu'ils ne savaient pas convenablement un chant, je l'appris initialement aux maîtres d'école, avec beaucoup de peine. Finalement je les priais de bien vouloir apprendre un peu de solfège sous ma conduite. Au fur et à mesure de nos progrès les enfants acquirent une certaine notion de la musique et ils chantaient souvent à l'unisson des chants instructifs et agréables à vingt, trente et plus, les instituteurs accompagnant ces chants avec la voix de basse. Les enfants y mettaient tant de bonne volonté et de docilité, qu'on ne pouvait que les aimer. Notre chant plut beaucoup aux Ban-de-la-Rochois. Il émut souvent très profondément nos protecteurs strasbourgeois et d'autres encore, il nous édifiait, nous fortifiait et nous éveillait de telle sorte qu'il nous devint toujours plus agréable. Nous étions parvenus à ce que toute l'assemblée entonnât les cantiques les plus courants avec les sopranos et la basse [...].

Le chant qu'ils viennent de réciter, je le fais aussitôt entonner aux enfants en demandant aux maîtres de les accompagner à la basse, et je leur en fournis les partitions [...] Nous avons encore d'autres exercices de chant où les enfants sont entraînés à chanter avec plaisir de joyeuses mélodies. Par exemple dimanche prochain, si Dieu le veut, il est prévu de chanter à l'église de Fouday l'intégralité du choral « Seigneur Jésus, nous voici réunis... » d'après la mélodie d'une *aria* où les filles chantent la prime, les garçons la seconde tandis que les maîtres chantent la basse ; en de telles circonstances, les enfants mettent souvent beaucoup d'application [...].

Je fis apprendre à quelques hommes la basse d'une mélodie, ils suivaient le chant dans cette voix après que les maîtres d'école l'eussent entonné. À la seconde ou troisième strophe, les femmes guidées par des voix exercées se mêlaient au chant qui se poursuivait sans anicroche, dans la mesure où les hommes se laissaient toujours guider par les maîtres d'école.

C'était toujours une grande joie pour moi lorsqu'en été, chevauchant d'un village à l'autre, j'entendais, tantôt sur l'une tantôt sur l'autre colline un chœur de nos jeunes musiciens, qui laissaient entendre parfois des voix très harmonieuses. En dehors des cantiques usuels, je leur en rédigeais moi-même quelques pièces et d'autre part j'adaptais des psaumes et des chants de l'Église réformée sur de nouvelles mélodies agréables (qu'ils copiaient souvent, ce qui leur procurait un bon exercice). À présent je les ai fait imprimer [...].

[...] sur vingt enfants qui sortaient de l'école, un seul à peine savait lire, et encore très approximativement (les maîtres d'école eux-mêmes n'y arrivaient pas bien) [...]

On a introduit certains aspects des méthodes scolaires prussiennes dans les grandes et petites écoles ; à cette fin, il devenait absolument indispensable que tous les élèves aient entre les mains exactement le même livre dans la même édition et puissent voir et apprendre continuellement la même chose en même temps.

Certes, chaque enfant rapportait un petit livre particulier qui était souvent à moitié déchiré, usé, et qui à cause de l'ancienneté de son orthographe était à peine utilisable.

À présent je possède les mêmes livres aussi bien pour les écoles que pour les cours d'adultes, différents cependant pour chaque village; ils les échangent lorsqu'ils en ont complètement achevé la lecture [...].

À peine un enfant avait-il saisi que b, a, fasse ba, et a, b, ab, qu'il devait déjà par exemple épeler p, a, i, x, – pè – ou encore t, e, m, p, s, qui se lit tan (Dans e, a, u, x, par exemple on nomme quatre lettres et une cinquième qui n'est même pas là et qui n'a aucune ressemblance avec les quatre autres et qu'on prononce o). Il n'est pas besoin de dire combien cela rend les enfants hésitants et leur ôte presque complètement l'idée du rôle de la lettre dans la prononciation. J'avais observé par ailleurs que, lorsqu'un enfant prononçait par exemple faveur pour saveur ou bonheur pour honneur et qu'on le lui faisait remarquer: «Ici c'est un s, là un b», il ne savait qu'en faire. Aucun d'entre eux n'avait la moindre idée de l'importance des lettres. Aucun ne pouvait rendre justice au l ou au r en sachant où le mettre et où l'enlever [...].

Ils apprenaient à reconnaître les mots qui revenaient le plus souvent dans leurs livres, d'après la forme et les proportions. Les autres, ils les devinaient plus ou moins par similitude avec l'un ou l'autre; c'était tout leur savoir lire, et à vrai dire, aucun ne savait lire. Leur livre de lecture habituel était le livre de cantiques et ils y retrouvaient bien les mots de Sauveur, Créateur, Dieu, Jésus-Christ et quelques autres. Leur mettait-on un autre livre entre les mains, qu'ils se trouvaient comme dans un pays étranger où l'on ne reconnaît plus les visages. S'ils rencontraient des mots ressemblants, ils prononçaient l'un pour l'autre: Jésus pour je suis, cœur pour cour, herbe ou heureux pour Hébreux; ordure pour ardeur, oiseau pour vaisseau, honneur pour horreur, etc. J'ai vu un enfant épeler c, o, r, p, s, – temps – parce qu'il avait entendu par ailleurs que l'épellation de temps se termine par p, s [...].

Si un enfant lisait (en ânonnant) toute une page se terminant par un mot coupé, le maître n'était pas conscient que l'autre partie du mot était sur l'autre page. On terminait la leçon du jour avec la première partie du mot et l'on commençait celle du lendemain avec l'autre moitié [...].

Les maîtres eux-mêmes n'étaient pas capables d'épeler. Ils laissaient les enfants dire les lettres et ils ajoutaient la prononciation. On ne rassemblait aucune syllabe avant d'avoir épelé tout le mot. Considération, par exemple était épelé: c, o, n – con; s, i – si; d, é – dé; r, a – ra; t, i, on, ces deux dernières lettres prises ensemble et prononcées yon ou nion. À partir de là on pouvait dire habitation, séparation ou ce qu'on voulait car on n'avait jamais mis ensemble: consi – considé – considéra, etc. Pour finir le maître prononçait le mot, mais souvent l'enfant n'en avait pas la moindre notion. Je vis dans une école épeler le mot «estimer» de sorte que la syllabe s, t, i, fut prononcée «ti». Je fis remarquer au maître qu'il la prononçait de la même façon, mais celui-ci ne s'en rendait pas compte. Je dis qu'il manquait une lettre. Oui, fit-il finalement remarquer à l'enfant fautif, tu n'as pas prononcé le t, je veux entendre le t. *Quid cum illis agere* [...].

Je me rendais bien compte que j'avais besoin d'un livre où les enfants pourraient s'exercer un certain temps à une prononciation tout à fait naturelle afin qu'ils en soient suffisamment et profondément imprégnés et qu'ils mémorisent de façon mécanique et indélébile la force des lettres, pour les amener enfin à étudier les prononciations artificielles qui en dérivent. Je ne me rappelais cependant d'aucun livre écrit dans une langue dans laquelle (comme le français) on ne trouve que par-ci par-là et très rarement un mot qui se prononce de manière tout à fait naturelle. [...] J'avais songé au départ, de procurer à nos enfants des livres en latin ou en italien. Mais là non plus tout n'est pas naturel et de plus, comment pouvais-je importuner ces pauvres petits campagnards frustes avec du latin? [...]

Je rédigeai ce que l'on peut appeler un alphabet méthodique, dans lequel se trouvaient décomposées toutes les difficultés de l'art de lire en français et qui permettait de les graver dans la mémoire des enfants, sans règles, grâce à un exercice facile [...]. Dans les six premiers mois qui suivirent l'introduction de ce livre, maîtres et élèves apprirent plus qu'auparavant ils n'en avaient jamais appris.

a b c d e f. g h i
a b ç d e f. g h j

k l m n o p q r ſ.
k l m n o p q r s.

t u v x y z.
t u w x y z.

a b c d e f g h i
j k l m n o p q r
ſ s t u v w x y z.

A B C D E F G H I J
K L M N O P Q R S T
U V W X Y Z.

Voyelles.

a e i o u.
a e y o u.

PREMIÈRE PARTIE.

PRONONCIATION NATURELLE.

I.

Voyelle précédée de la consonne.

(Consonne et voyelle.)

Ba	bé	bi	bo	bu	Na	né	ni	no	nu
-	cé	ci	-	-	Pa	pé	pi	po	pu
Da	dé	di	do	du	Ra	ré	ri	ro	ru
Fa	fé	fi	fo	fu	Sa	sé	si	so	su
-	gé	gi	-	-	Ta	té	ti	to	tu
Ha	hé	hi	ho	hu	Va	vé	vi	vo	vu
Ka	ké	ki	ko	ku	Xa	xé	xi	xo	xu
La	lé	li	lo	lu	Za	zé	zi	zo	zu
Ma	mé	mi	mo	mu					

* * *

Ba da fa ha ka la ma na pa ra sa ta va xa za.

Bé cé dé fé gé hé ké lé mé né pé ré sé té vé xé zé.

Bi ci di fi gi hi ky li my ni pi ri si ty vi xy zi.

A

4

Bo do fo ho ko lo mo no po ro so to vo xo zo.

Bu du fu hu ku lu mu nu pu ru su tu vu xu zu.

Bâti	cité	céda	pâli
défi	midi	pati	lira
fini	Sara	fixa	miné
muni	paré	béni	pavé
rima	limé	lavé	péri
rusé	vola	posé	rasa
pâmé	muré	rôti	tari
puni	mari	ravi	tira
sali	dura	fuma	zêlé
holà	zéro	sévi	haro
fila	hâta	doré	gémi
mira	pâté	pila	sucé
poli	ramé	rida	tâta
vomi	mugi	taxé	logé
Kimi	nagé	lacé	hâlé.

Démoli limité vérité médita modéré ménagé vanité Salomé mérita mesuré bâtira délogé punira révolu désolé député divisé dévora périra lapidé policé domina décédé rumina.

Félicité facilita maturité favorisé vivacité déraciné satyrisé pudicité latinisé voracité régénéré fatalité férocité délibéra.

5

Généralité légitimité générosité mutabilité Municipalité.

Figé révolu rapidité.

NOTA NUMÉRO *MORALITE.*

II.

Voyelle suivie de la consonne.

(Voyelle et consonne.)

Ab	eb	ib	ob	ub	Ap	ep	ip	op	up
Ad	ed	id	od	ud	Aq	eq	iq	oq	uq
Af	ef	if	of	uf	Ar	er	ir	or	ur
Ak	ek	ik	ok	uk	As	es	is	os	us
Al	el	il	ol	ul	At	et	it	ot	ut
Am	em	im	om	um	Ax	ex	ix	ox	ux
An	en	in	on	un	Az	ez	iz	oz	uz

Armé	erra	allé	féal
orna	alla	exil	Moab
Etna	abbé	duel	Péor
arma	ossu	Noël	réel
orné	erré	Baal	Booz.

Obligé exposé admira excité alkali absolu altéré immola assuré affamé irrita arriva allumé arboré exalté exercé annuel Samuel mutuel boréal filial véniel abrogé assidu.

A 2

Pages de l'*Alphabet méthodique pour faciliter l'art d'épeler et de lire en français* de Stuber, publié en 1762.

L'alphabet méthodique fut particulièrement utile pour combattre la difficulté à prononcer et orthographier la langue française. Celui-ci était composé de mots isolés et sans rapport les uns avec les autres. Il comptait plus de cinquante chapitres, dont chacun présentait, à l'aide d'un grand nombre d'exemples, un seul et unique cas de prononciation ; de telle sorte qu'aucun de ces cas n'apparaisse avant le chapitre où il était étudié. Mais ce qui était déjà acquis revenait régulièrement par la suite. Grâce à ce système, on évitait que tous les enfants ne soient simultanément dépassés par une multiplicité et la diversité des prononciations, qui s'écartent de celle de la lettre seule, ce qui les trouble nécessairement et leur enlève le sens de la prononciation naturelle, ainsi que toute notion de la valeur des lettres [...].

Finalement j'essayais de retirer des mots entièrement naturels [dont la prononciation correspond à l'orthographe] de la langue française, en faisant en sorte de ne remplir que quelques pages, et cela réussit. Je choisis d'abord ceux où la syllabe n'est formée que de deux lettres et commence par une consonne : bâti, rima, poli, vérité, modéra, félicité, générosité, etc. J'en trouvais environ cent. Puis vinrent les mots commençant par une voyelle mais mélangés à la première catégorie : armé, réel, oblige, allodial, artificiel, etc. Puis les mots où une seule voyelle forme la syllabe comme ami, lia, avisa, exigé, variété, etc. Suivirent des mots avec une voyelle entre deux consonnes, comme : bref, Brest, blâmé, Gibraltar, etc. J'obtins ainsi cinq chapitres qui remplirent sept pages constituant la première partie de mon alphabet méthodique [...].

La prononciation naturelle avait aussi ses noms particuliers, suivant les différentes constructions des syllabes, comme : consonne et voyelle, voyelle et consonne, voyelle seule, voyelle entre deux [comprenez consonnes] concours de consonnes. Toute la classe devait être attentive. Lorsque tout était analysé correctement, la classe répétait en chœur le mot en l'épelant, signifiant par là son approbation. Si quelque chose était faux, le maître ne faisait rien remarquer mais au moment de répéter la classe gardait le silence et par conséquent les deux élèves fautifs devaient recommencer leur examen et se corriger par eux-mêmes. Si la classe n'avait pas relevé de faute et avait donné son approbation à une erreur, alors un élève qui l'avait reconnue pouvait se lever et dire : « Je proteste ! » Puis, avec l'autorisation du maître, il désignait la faute. De cette façon on obtenait une précision qui souvent surpassait la nôtre, et les enfants aimaient aller en classe. Car c'était pour eux un jeu, au travers duquel ils apprenaient l'application, la discipline, l'attention, l'adresse, la réflexion, etc. [...].

Dans la seconde partie, soit onze chapitres, venaient les premières prononciations irrégulières qui comportaient pour une part les « prononciations » les plus indispensables, comme le c et g dur devant a, o, u, ou après la voyelle, existant dans presque toutes les langues, et pour une autre part seulement celles qui s'écartent effectivement de la lettre, mais qui sont tout à fait typiques de la langue française et parfois plus naturelles que la prononciation normale après des lettres comme h muette, n nasal, e muet et ouvert, l mouillé, in comme dans ain, gn à travers le nez, etc. [...] Afin de tirer un meilleur profit de cette méthode, nous avions attribué à chaque mode de prononciation un nom particulier auquel maîtres et élèves devaient se tenir afin de pouvoir tous les nommer grâce à ce système, et ainsi se comprendre facilement. Les élèves intégraient ces noms très aisément car ils n'en rencontraient qu'un nouveau par chapitre. Cependant, celui-ci était si fréquemment nommé et répété par la suite, qu'ils l'apprenaient aisément, sans même s'en apercevoir [...].

Finalement dans la troisième partie (qui pouvait être isolée des deux premières, reliées à part pour les élèves débutants) suivaient les prononciations irrégulières restantes réparties en trente et un chapitres [...].

Mon ami[1], qui nous avait procuré la fondation scolastique, fit imprimer le livre sur ses propres deniers et donna cent exemplaires aux Ban-de-la-Rochois, sans gratuité complète

1. Le professeur Jean-Michel Ott.

mais cependant à très bon marché [...]. Jusqu'à ce que les enfants aient lu ce livre en entier on ne leur permettait pas d'en regarder un autre. Mais il arrivait aussi, quand ils l'avaient terminé, que nous les voyions lire sans heurt dans un autre, avec un plaisir tel, qu'il était difficile de déterminer si c'étaient eux ou nous leurs maîtres, qui étions le plus impressionnés. [...] Ils en étaient eux-mêmes surpris et demandaient volontiers si c'était la véritable façon de lire, celle des adultes ? Les maîtres d'école apprenaient à présent avec les enfants et reçurent aussi quotidiennement des leçons chez moi [...].

Auparavant les élèves se retrouvaient tous ensemble, la classe durait deux à trois heures, chacun venait pendant quelques minutes devant le maître réciter quelque chose que ni l'un ni l'autre ne comprenaient le reste du temps, étant employé à dormir, bavarder, tout cela dans un ennui insupportable. Chaque enfant avait entre les mains un livre différent et démodé. À présent ils possédaient tous le même manuel et pouvaient simultanément travailler ensemble et se critiquer.

Ainsi apprenaient-ils tant que durait la classe et, justement parce qu'ils apprenaient, le temps ne leur paraissait pas long. Ils apprenaient à présent plus et plus longtemps, et pourtant ils restaient moins longtemps en classe. Je partageai ensuite la classe en trois niveaux : les grands, les moyens, les petits, et je n'utilisais pour chaque groupe que le temps nécessaire, en particulier pour les petits. Grâce à ce système chaque cours durait moins longtemps, et pourtant le temps d'apprentissage pour les trois groupes était plus long qu'avant ; entretemps les maîtres pouvaient cependant prendre du repos [...].

Quand les enfants avaient épelé un mot on les laissait dire syllabe par syllabe, ce qu'était la prononciation de chacune d'entre elles comme par exemple g fort, g faible, i altéré, u nasal, s finale muette, voyelle composée, diphtongue ph comme f, t, i – ci, etc. On appelait cela l'analyse et par ailleurs on en retirait l'avantage suivant : toute la classe y trouvait du plaisir et était ainsi attentive, car les élèves en avaient fait leur affaire. Ils devaient toujours s'interroger mutuellement, demander de combien de syllabes était composé un mot (ou combien de mots monosyllabiques se suivaient), puis nommer une syllabe après l'autre et distinguer chaque type de prononciation [...].

Cependant mon ami (qui nous fut désigné par notre bienfaiteur inconnu de Strasbourg comme administrateur de cette fondation), obtint l'introduction de l'alphabet méthodique à Rothau et l'accès aux primes déjà citées pour les maîtres ; ils acceptèrent également un certain enseignement de ma part. L'un d'entre eux fit même un essai avec les adultes pour lesquels je prêtai des livres. Ils reconnurent depuis lors graduellement l'essentiel de nos institutions, chants, analyses [...].

Les adultes demandèrent s'ils ne pouvaient pas encore apprendre à lire ? J'introduisis à leur attention quotidiennement, en hiver, des cours du soir spécifiques dans les cinq villages de ma paroisse, en alternant les hommes et les femmes d'un jour sur l'autre. En été ils se tenaient tous les dimanches et jours de fête pendant la journée, pour chaque sexe à part et l'un après l'autre. [...] Les grandes, c'est à dire celles réservées aux adultes, ont commencé à fonctionner il y a un environ[1], et continuent activement leur travail. Comme vous le savez, elles ont lieu tous les dimanches et jours fériés durant l'été, séparément pour les deux sexes, dans chacun des cinq villages.

À présent, pendant l'hiver, c'est-à-dire durant les mois de novembre, décembre, janvier, février et mars, elles ont lieu tous les jours, y compris les dimanches, à savoir alternativement, une fois avec la gent masculine et l'autre avec le sexe féminin. Le nombre de participants a tout de même bien augmenté, quoique de façon irrégulière ; ceux-ci quitteront le cours fin mars, alors que d'autres seront admis à leur place, à savoir ceux qui jusque-là avaient été effectivement trop négligents ou craintifs pour fréquenter. La suite nous apprendra si l'exemple et l'évolution des élèves actuels permettront d'en attirer d'autres qui ne peu-

1. Durant l'hiver 1763, cette lettre étant datée de février 1764.

vent cacher leur admiration et leur envie d'y aller aussi. À ce jour au moins cent personnes ont été tirées de leur profonde ignorance de la lecture grâce à ces écoles [...].

Dans les susdites écoles pour adultes, j'ai compté cent cinquante à deux cents personnes, de vingt ans, trente ans et plus, qui ont appris à épeler et à lire. Une fois, à Belmont, je trouvais une mère avec ses deux filles, l'une étant célibataire, l'autre mariée, qui épelaient à l'école. Je devais cependant faire face à toutes les dépenses, l'argent pour l'école, les livres, les chandelles, etc. Les moindres frais les auraient rebutés en partie à cause de leur réelle pauvreté, et en partie de peur qu'une nouvelle charge permanente ne leur soit imposée [...].

Ils achetèrent beaucoup de Bibles de poche que je me procurais et on les leur donna, il va sans dire, au-dessous du prix [...] Auparavant, tout ce qu'ils savaient de la Bible c'est que c'était un gros livre dans lequel devait se trouver la parole de Dieu. (Ils mirent un certain temps à admettre que les Bibles de poche étaient aussi de vraies Bibles...) Ils n'avaient en outre qu'une vague idée de ce qu'étaient l'Ancien et le Nouveau Testament, un livre, un chapitre, un verset (pendant de nombreuses années, ils ne surent pas quels textes je commentais dans mes sermons). Si l'on montrait à l'un d'entre eux le début d'un chapitre en lui demandant de trouver la fin du précédent, il ne fallait pas s'étonner qu'il en soit incapable, car jusqu'à présent on ne leur avait pas enseigné à l'école ce qu'était une feuille, une page, des lignes, des syllabes et ainsi de suite. Ils appelaient indifféremment toutes les lettres «les mots», *«die Wörter»*, etc. [...] Au bout de vingt années de bons et loyaux services, le meilleur et le plus ancien parmi mes maîtres d'école n'a jamais possédé lui-même de Bible [...].

À présent je les voyais apporter la Bible à l'église et au fur et à mesure trouver mes lectures et les suivre. J'ai expliqué à mes paroissiens l'Ancien et le Nouveau Testament dans l'ordre. Je lisais mot après mot, leur faisant percevoir le sens qu'ils devaient y attacher et les bons enseignements qu'ils pouvaient en retirer. Le point sur lequel j'ai toujours fortement insisté c'était de leur dire: «Nous voulions devenir un peuple de Dieu, Dieu nous manifeste clairement qu'il nous veut du bien, rien ne nous empêche d'être heureux dans ces lieux de silence, de solitude et de simplicité, pourvu que nous marchions sous son regard. Son bras n'est pas raccourci à notre égard; notre pauvreté ne l'empêche pas de venir à notre secours et de nous bénir. Que chacun pour sa part contribue à ce que nous réglions notre vie de manière à plaire à Dieu et à imiter les exemples que nous fournit la sainte Écriture. Nous ne voulons désormais plus jamais tenir notre culte sans comprendre.» Tout devait se passer dans la joie et le recueillement. Ils devaient sans cesse se demander s'ils comprenaient ce que je leur présentais et je souhaitais m'appliquer à leur parler avec simplicité et précision, etc. [...].

J'évitais le langage traditionnel de la chaire pour un langage amical mais de bonne tenue. Je leur demandais fréquemment si les choses leur paraissaient claires sous cette forme, s'ils ont fait l'effort de chercher à comprendre. J'évitais toutes les expressions qui me paraissaient trop éloignées de leur vocabulaire habituel. Je m'interdisais cependant de parler le patois, cela leur aurait paru déplacé et ridicule, mais je cherchais à tout leur apporter avec les mots les plus simples et les plus naturels. [...] Je changeais souvent les formules usitées du culte et je ne laissais pas s'installer des habitudes routinières. Je cherchais toujours à faire en sorte que le service divin fût vivant, plein de simplicité et de candeur. Je m'adressais librement à ma communauté, sans artifices, comme un père et un frère, aussi bien devant l'autel que parfois au milieu de l'église; de là au besoin je quittais ma place pour mettre de l'ordre [...] pour aider à chanter, pour présenter quelque jeunesse bien élevée devant la communauté ou lui faire réciter quelque chose, pour intercéder en faveur des enfants et de leur maître [...].

Comme certains apprirent à lire remarquablement bien, je me procurais une réserve de livres utiles que je leur prêtais un à un pour les lire à la maison. J'en acquis environ une centaine; ils furent assez demandés, particulièrement en hiver. Mon successeur a depuis ce temps considérablement augmenté le nombre d'ouvrages de cette bibliothèque. Hormis l'édification, l'exercice dans la langue française et en général une certaine ouverture d'esprit furent les principaux avantages retirés de cette lecture publique (Oberlin, 1762, pp. 84-107).

THÉOLOGIES

Sermon pour l'installation de M. Kolb, ministre à Rothau

Hébreux XIII, 17 [...]

Par conséquent le bon pasteur sera : 1) Tout particulièrement un serviteur, un valet de Dieu, dont le plus grand souci et la plus grande ambition soit de faire la volonté de Dieu qui l'a envoyé ; 2) Il sera rempli d'une fervente charité pour le genre humain pour lequel Jésus-Christ a versé son sang, et par conséquent il sera animé d'un empressement vif et dominant à travailler au bonheur éternel de cette partie du genre humain que Dieu a confiée à ses soins, à sa conduite ; 3) Il travaillera avec soin à découvrir et connaître à fond les défauts, les vices régnants, les inclinations favorites de ses paroissiens ; 4) Il s'appliquera à y trouver et appliquer des remèdes convenables ; 5) Par conséquent ses sermons ne seront pas destinés à faire briller ni ses talents, ni sa science, mais il emploiera et ses talents et sa science pour convaincre, corriger, convertir, sanctifier ses auditeurs en les conduisant à la vive foi en Jésus-Christ ; 6) Le même but sera le motif de ses arrangements et règlements ; 7) Par là, comme le pécheur est un malade qui aime éperdument sa maladie, le pasteur se fera aussi peu aimer du gros de sa paroisse que les prophètes l'étaient, et même le Fils de Dieu que ses auditeurs indociles portèrent, après un ministère de trois ans et demi, à la croix, pour toute reconnaissance de ses fidèles soins, travaux et efforts ; 8) De même donc que les prophètes et Jésus-Christ, il s'armera de courage et d'intrépidité et d'un front d'airain ; il supportera patiemment ingratitude, menace, insolence, médisances, blâmes et calomnies, et toutes sortes de cabales de la part des plus malades de sa paroisse ; il portera tout cela et plus, étant près de donner, comme Jésus-Christ, quoique dans un autre sens, sa vie même pour le bien de ses brebis.

Mais aussi, comme à Abraham, Dieu sera son bouclier et sa récompense : 1) La jeunesse étant plus tendre encore, plus flexible, plus droite, sera sa principale espérance et le champ qu'il cultivera infatigablement, avec le plus de plaisir et d'application ; 2) Voyant combien la jeunesse aussi est gâtée et infectée par ceux qui sont plus âgés, et combien ses travaux sur la jeunesse sont rendus infructueux par la criminelle éducation qu'on leur donne chez eux ; voyant combien peu il gagne avec tous ses efforts sur les adultes, sur les têtes entêtées, les esprits abrutis et les cœurs enrouillés d'une grande partie de vieux, et brûlant pourtant du désir de sauver ceux que Dieu lui a confiés et pouvoir dire un jour, s'il était possible : « Voici, mon Dieu, je n'ai perdu aucun de ceux que tu m'avais donnés. »

Il s'appliquera sans relâche à la prière, afin que Dieu supplée à son incapacité, que Dieu le conduise, que Dieu le dirige, que Dieu brise la dureté des cœurs et lui en donne l'entrée, que Dieu établisse le règne de Jésus-Christ sur les débris de celui de Satan. Il s'accoutumera à cette prière continuelle du cœur, que Jésus-Christ mettait tant en pratique et ne cessait de recommander.

Voilà ce que nous entendons par un bon pasteur. Vous jugez par là qu'ils ne sont pas trop communs et que c'est une grâce très précieuse de Dieu que d'en avoir un tel (Oberlin, 21 décembre 1780, répété le 27 juin 1782).

SCIENCES

Sermon sur l'automne

[...] Qu'il est bienséant, mes chers frères ! Qu'il est bienséant aux hommes, les seules créatures raisonnables de cette terre, d'être attentifs et sensibles aux œuvres de son Créateur, et d'en faire des objets de ses louanges et actions de grâces ! C'est ainsi que fit l'homme selon le cœur de Dieu, David, le roi et prophète. Toutes les productions de la nature, tous ses changements et ses variétés furent pour lui autant de sources de plaisirs et de reconnaissance envers le Créateur ; il célébra, il chanta les beautés frappantes du printemps, les brûlantes chaleurs de l'été avec ses orages, les frimas sombres et humides de l'automne, et les froidures pétrifiantes de l'hiver. Imitons l'exemple de ce pieux roi, jetons avec lui les yeux sur ce qui se trouve autour de nous, voyons si l'humide saison de l'automne a aussi de quoi nous porter à célébrer les louanges de l'Éternel.

Quel changement ! À peine y a-t-il quelques semaines, que la force ardente des rayons du soleil fit soupirer le laboureur et le voyageur après la bienfaisante ombre de quelque arbre ou toit, pour rappeler les forces que la chaleur avait dissipées, et maintenant le soleil semble avoir à peine de quoi nous défendre contre le froid de l'air !

Le soleil a-t-il changé de nature ? Ou est-il sujet comme nous autres hommes mortels à des variations de vigueur et de faiblesse ? D'où viennent ces brouillards, qui tantôt s'accrochent aux sommets de nos montagnes, tantôt volent d'une montagne à l'autre, tantôt s'ouvrent, se partagent, gagnent les hauts et semblent se mettre en chemin pour chercher d'autres pays, tantôt se rassemblent, descendent et tiennent les habitants de la vallée renfermés dans d'humides tombeaux ?

Qu'est-il arrivé aux arbres et aux plantes de toute espèce ? Ils ne poussent plus, leur charmante verdure jaunit, se dessèche, se laisse emporter par les vents, couvre la terre au large et au loin, et laisse l'arbre tristement dresser ses branches nues vers le ciel ! Quelle est la cause de ce changement universel de la nature ?

Voyons là, premièrement, cette cause ou source, et ensuite, le changement qu'elle produit. Et toi, Éternel, monarque des cieux, qui en créant la terre, l'as arrangée avec tant de sagesse, qu'une foule de merveilles succède toujours à l'autre, et que toutes les saisons célèbrent les louanges de leur puissant créateur ! Ô fais que nous devenions plus sensibles aux œuvres de tes mains, et que nous cherchions et trouvions partout des motifs à t'aimer, à te respecter, à te glorifier. Amen.

Voyons maintenant la source des changements de la nature en automne. Notre soleil, étant destiné au service de la terre entière, doit porter sa chaleur vivifiante d'un pôle à l'autre, et produire partout l'été, cette riante saison, pendant laquelle la nature ne semble occupée qu'à préparer nos provisions pour toute l'année ; par conséquent il n'oserait rester dans la même position par rapport à notre pays, il faut qu'il le quitte pour faire visite à d'autres, et leur rendre le même service. Vous voyez qu'en disant que le soleil nous quitte, je parle le langage vulgaire, afin que vous puissiez mieux comprendre. Il suffit d'avertir que les mouvements, que le langage vulgaire attribue au soleil, appartiennent effectivement à la terre. C'est la terre qui tourne autour de son axe et qui se roule à l'entour du soleil en l'espace d'un an. Cela supposé, je continue.

Le 20 mars environ, le soleil se trouve exactement sur l'Équateur, ou la ligne équinoxiale, c'est-à-dire exactement sur le milieu de la terre, entre les deux pôles, et rend par toute la terre la nuit égale au jour, en faisant durer l'un et l'autre douze heures. Dès lors, s'éloignant des peuples qui sont de l'autre côté de la ligne, il s'approche de nous, et montant de jour en jour vers notre horizon jusqu'au 21 juin, en raccourcissant toujours les nuits et en prolongeant les jours à proportion qu'il avance ; la nuit n'est enfin longue que de huit heures, et le jour au contraire est long de seize heures. Le soleil, s'arrêtant si longtemps tous les jours sur notre horizon, remplit les airs et la terre du feu de ses rayons, ce qui augmente considérablement le mouvement des sucs de la terre ; ils s'élèvent avec force dans les plantes, et nous avons alors l'été. Les chaleurs continuant toujours, raffinent les sucs. Les blés, les fruits, les foins mûrissent et nos provisions sont presque achevées. Le but étant ainsi obtenu, pour lequel le soleil s'était élevé vers notre pôle, il s'en éloigne, il nous quitte pour porter son feu bienfaisant aux peuples de l'autre côté de la ligne, qui en attendant avaient eu à soutenir les frimas de l'hiver.

Le 22 septembre, le soleil se trouve pour la seconde fois vis-à-vis de l'Équateur, sur le milieu de la terre, entre les deux pôles. Les jours alors pour toute la terre sont derechef égaux à la nuit, et nous commençons notre automne, en même temps que les peuples de l'autre côté de la ligne se réjouissent du retour du printemps. Cependant, le soleil avance vers eux, pour leur porter l'été, et s'éloigne par conséquent de nous de plus en plus. Nos nuits s'allongent alors, nos journées se raccourcissent, en continuant ainsi jusqu'au 21 décembre ; nous sommes alors au cœur de l'hiver, et les peuples de l'autre côté de la ligne sont au cœur de leur été ; les jours, qui chez nous ne sont que de huit heures, sont chez eux de seize ; et les nuits étant de seize heures chez nous, ne sont que de huit chez eux, à la même latitude méridionale.

Voilà la source des grands changements de la nature dans cette saison. L'éloignement du soleil, qui après avoir fait croître et mûrir nos provisions, de même que les provisions de tous les peuples, qui demeurent en-deçà de la ligne, va porter les mêmes avantages à ceux qui demeurent au-delà d'elle.

Voyons maintenant aussi les changements eux-mêmes, ou les effets que l'éloignement du soleil produit [...] sur l'atmosphère ou sur l'air qui nous environne.

Ici nous trouvons une plus abondante rosée, plus de pluie, plus de vents, un ciel souvent couvert, des brouillards, de la gelée blanche. Quand, pendant les belles journées, les rayons du soleil peuvent agir librement sur notre atmosphère, alors l'air s'étend, et acquiert plus de force. Les vapeurs innombrables dont l'air est rempli s'étendent de même mais deviennent plus légères, gagnent par conséquent le haut, et nous deviennent imperceptibles.

Mais lorsque le soleil a quitté notre horizon, la chaleur de l'air se dissipe peu à peu, l'air se resserre, les vapeurs se condensent, deviennent plus pesantes, descendent doucement sur la terre et rafraîchissent les plantes épuisées par l'ardeur du jour. Et voilà ce que nous appelons la rosée tombante. La rosée montante est celle qui s'élève de la terre, quand les vapeurs qui s'y trouvaient, gonflées et devenues plus légères par la chaleur qui se trouve dans la terre, montent hors de la terre, pour humecter et ranimer aussi les plantes, comme fait la rosée tombante, mais en y entrant par les pores, qui se trouvent à leur surface inférieure.

Or, comme pendant l'été l'air est ordinairement trop réchauffé et les nuits sont trop courtes, pour que les vapeurs aient le temps de se refroidir et de devenir assez pesantes pour qu'elles puissent tomber copieusement sur la terre, vous voyez pourquoi les rosées ne viennent bien et ne deviennent abondantes que lorsque les nuits commencent à devenir longues. Et voilà l'avantage que nous procure l'éloignement du soleil.

La terre, l'herbe, les plantes potagères, les buissons et les arbres, desséchés et épuisés par la chaleur, reçoivent et sucent cette humidité bienfaisante dans leurs pores dilatés, comme dans autant de bouches ouvertes. Les arbres lui présentent la surface de leurs feuilles garnie d'une infinité de petits trous, comme des cribles. Et, en peu d'heures, tout est rafraîchi et ranimé d'une nouvelle vigueur. Ce qui en reste se ramasse en petites gouttelettes, qui garnissent les fines pointes des plantes, ou occupent leurs cavités, et présentent le matin, au laboureur attentif et sensible, le plus charmant spectacle : l'air s'étant déchargé pendant la nuit de ses vapeurs, est pur et serein, le soleil se lève dans sa majesté brillante, et peint partout ses semblables dans les gouttes de la rosée ; vous vous tournez et retournez, et il vous semble que votre pré est semé d'étoiles ; chaque gouttelette brille et chacune représente l'auguste astre du jour, le soleil, en petit. Belle image de ce que nous devrions être et de ce qu'il faut que nous devenions. On devrait pouvoir dire de chacun de nous : comme il y a autant de petits soleils ou de petits portraits du grand soleil qu'il y a de gouttes de rosée, autant y a-t-il de petits portraits du grand Dieu qu'il y a d'hommes au monde, au moins dans notre paroisse [...].

Le soleil, dardant ses rayons sur les restes de la rosée, les raréfie de nouveau. Ils se changent encore en vapeurs qui s'élèvent et sont bues et pompées en partie par la surface inférieure des feuilles d'arbre, ce qui forme la rosée montante, en partie montent en l'air et y sont empreintes et fécondées par les particules huileuses, sulfureuses et salines qui en prodigieuse quantité nagent dans l'air, et ainsi fertilisées, elles attendent le retour de la nuit pour former de la nouvelle rosée et communiquer à la terre les sucs fertiles dont elles sont fécondes.

Lorsque, par la longueur des nuits et l'arrivée des frimas du nord, ces restes de la rosée, au lieu de se ramasser en gouttelettes, se roidissent et sont glacées, on les appelle de la gelée blanche. Elle paraît blanche, parce que toutes les vapeurs changées en de petites lames polies, de même que la neige, réfléchissent les rayons de lumière en entier, car tous les rayons réfléchis en entier nous paraissent blancs.

Venons aux vents. Le vent n'est autre chose qu'un courant ou un mouvement rapide de l'air, qui est excité quand l'équilibre de l'air a été troublé. Il en est de l'air comme de l'eau. Quand vous avez de l'eau dans un vase ou réservoir, et qu'elle y est également haute, elle est tranquille et calme, et elle restera toujours dans cet état de calme, tant que vous ne troublez pas son équilibre. Mais dès que vous aurez brisé le vase, ou fait un trou au bas du réservoir, l'eau en perdant son équilibre perdra son calme, et se précipitera avec rapidité hors de sa place, et ne cessera de couler, jusqu'à ce qu'elle sera également répandue partout.

Quand pendant les chaleurs de l'été, les rayons du soleil ont raréfié et dilaté notre air, il s'est détendu vers tous les côtés et a forcé l'air des pays voisins à lui faire place ; et alors les habitants des pays voisins auront senti un vent qui sera venu de notre pays.

Mais quand, par l'éloignement du soleil, les chaleurs cessent, et ne soutiennent plus l'étendue formée de notre air, alors l'air des pays voisins, dont la force a été augmentée par la pression continuelle du nôtre, ne trouvant plus la même résistance qu'auparavant, fond et se précipite avec plus ou moins de violence dans le nôtre, jusqu'à ce que l'équilibre de l'un et de l'autre soit rétabli, c'est-à-dire jusqu'à ce que notre air et celui des pays voisins soient d'une force égale, également serré ou également étendu et dilaté.

Il y a eu ci-devant des prétendus philosophes qui, oubliant leur néant, et trahissant leur profonde ignorance en fait de physique, ont osé critiquer le Tout-Puissant et demander fièrement : à quoi bon les vents ? Dieu n'aurait-il pas pu entretenir l'équilibre de l'atmosphère ? Pourquoi ces guerres continuelles entre les airs des différents pays ? On leur a répondu que les vents, l'objet de leur impudente critique, sont une des plus fortes preuves de la sagesse divine en arrangeant le monde car :

1) outre que les vents servent quelquefois de verges pour effrayer salutairement, ou pour châtier des peuples, qui oublient leur dépendance du Créateur, en les menaçant de la ruine de leurs habitations et possessions ;

2) ils servent au jeu d'un grand nombre de machines utiles. Par exemple, pour faire tourner les moulins à vent, dans les pays où les eaux courantes sont trop rares ;

3) les vents sont la base du commerce, ce sont eux qui transportent nos marchandises et les productions abondantes de l'Europe dans les pays éloignés, où on les échange contre les

besoins qui nous manquent. Ce sont eux par conséquent qui font vivre tant de milliers de manufacturiers. Sans vents il n'y aurait point eu de coton chez nous et les pommes de terre n'auraient pas été transplantées de l'Amérique en Europe ;

4) ce sont les vents qui amènent à tant de pauvres peuples sauvages et superstitieux les prédicateurs de la connaissance glorieuse et salutaire du Seigneur Jésus-Christ ;

5) ils rafraîchissent les trop grandes chaleurs. Souvent lorsque les vents ont manqué, les hommes et les bestiaux se sont évanouis et ont péri ;

6) ils entretiennent la salubrité de l'air en la purifiant des exhalaisons malfaisantes et contagieuses et en l'empêchant de se corrompre. Quand les vents cessent longtemps de souffler, pendant les grandes chaleurs, il n'y a plus moyen ni de prévenir, ni d'arrêter les contagions et la peste ;

7) ils ramènent le beau temps, en chassant les nuées, qui sans cela souvent nous inonderaient ;

8) après de longues sécheresses, ils nous portent sur leurs ailes les nuages de dessus la mer, qui, en se répandant en de salutaires pluies, raniment nos espérances, etc.

9) nous réservons les autres effets de l'éloignement du soleil à une autre occasion. En voilà assez pour dire avec David : « Éternel, toutes tes œuvres te célèbrent, et tes bien-aimés te béniront. »

Sermon (30 octobre 1774, répété le 31 octobre 1794 et le 10 novembre 1815).

PÉDAGOGIES

Discours sur la méthode

Il y a huit jours que j'ai reçu le diplôme d'inscription dont vous m'avez honoré. J'en fus surpris et assez confus, agréez-en mes très sincères et très intimes remerciements. Je serais ravi, si j'étais capable de concourir en quelque façon à votre but noble et bienfaisant, mais je n'ose plus l'espérer.

Par votre programme, Messieurs, du 15 germinal XI, vous demandez: «Quels sont les moyens de propager la connaissance et l'usage de la langue française parmi les habitants des départements de la République où la langue vulgaire est l'allemand?»

Je n'entreprends pas de répondre à cette question d'une manière à concourir au prix, la place que j'occupe dévore absolument toutes mes forces physiques et intellectuelles, et même il s'en faut beaucoup qu'elles puissent suffire aux travaux qui devraient se faire. Mais vous me permettrez peut-être de vous communiquer la manière dont je me suis pris pour introduire le français dans ce pays patois.

Malgré les travaux infatigables et ingénieux de mon excellent devancier, feu M. Stuber, je trouvais, lorsque j'entrai dans ma paroisse, il y a trente-six ans passés, des personnes, surtout des femmes, avec lesquelles je ne pus m'entretenir sans truchement, et des écoliers de dix-huit ans, qui ne me comprenaient que très imparfaitement et souvent de travers. Ma paroisse comprend cinq villages et trois hameaux. Dans tous ces endroits j'envoyai successivement des institutrices, sous le nom de conductrices de la tendre jeunesse. C'était des filles à talents et d'une excellente volonté. Nous les louâmes de leurs parents comme servantes. Feue ma femme leur apprit à tricoter[1] [...] leur montrèrent des histoires de la sainte Écriture, les leur racontèrent d'abord en patois, puis en français, et les leur firent répéter assez souvent. Je fis une collection de figures d'animaux, collées sur des papiers blancs, où j'écrivis les noms des animaux et quelques détails intéressants. J'imprimai des plantes, et y écrivis les noms français, patois et allemands, et quelquefois les vertus et qualités de ces plantes. Je leur mis en main des petites cartes générales du planiglobe et des quatre parties du monde. Un ami me traduisit des chansons allemandes en français.

Tout cela fournissait à la conductrice de quoi occuper et amuser les enfants toute la journée, et de la matière à jaser. Puis on les promenait, leur montrait les plantes en nature, et les faisait jouer et sauter en présence de la conductrice, qui se mêlait elle-même parmi leurs jeux. Par ces moyens les enfants apprirent bientôt plus de français que leurs parents n'en savaient; plusieurs enfants mêmes se désaccoutumèrent du patois et introduisirent peu à peu le français dans leurs familles. Cependant il fallut vaincre bien des difficultés et des obstacles, qui se succédaient plus ou moins suivant les endroits.

La conductrice que nous envoyâmes au hameau appelé Le Pendbois rencontra une difficulté singulière. Elle ne sait pas un mot d'allemand, et là cependant il y eut des enfants qui ne savaient d'autre langue que l'allemand. Les autres enfants étaient patois, et entre ceux-ci il y en eut heureusement qui savaient aussi un peu de mauvais allemand. Or, voici comment

1. À ce niveau se trouve une note manuscrite d'Oberlin: «Il faut que la copiste ait sauté plusieurs lignes en cet endroit.»

la conductrice s'y prit : elle montra l'histoire peinte, expliqua en patois ce que chaque figure représentait (car les enfants, n'ayant jamais vu aucune figure peinte ou dessinée, ne reconnurent ni arbre, maison, montagne, animal, homme, ni aucune autre figure). Un enfant truchement l'expliquait aux enfants allemands dans leur langue. Les figures étant connues, la conductrice raconta l'histoire en patois, et le petit truchement la traduisit dans son mauvais allemand. Actuellement les patois et les allemands avaient donc saisi le fait raconté. Alors seulement la conductrice leur dit pièce par pièce en français, en la leur faisant répéter, ce qui occasionna souvent de grands éclats de rire, tant le français semblait chose nouvelle et singulière à ces petits sauvages.

Quand l'une ou l'autre conductrice avait réussi à dresser les élèves pour quelques histoires, une carte de géographie, un cahier de plantes ou d'animaux, un cantique à chanter par cœur, elle osait les produire à l'église, où, rangés à l'entour de l'autel, ils eurent l'occasion de donner les preuves de leurs progrès, dont souvent les vieux étaient stupéfaits, et versaient des larmes de joie. Et alors les persécutions et les menaces que nous avions eu à soutenir se calmèrent peu à peu. La plupart des campagnards se raidissent avec une opiniâtreté inconcevable contre ce qu'ils appellent nouveauté, quelque salutaire et excellente qu'elle soit, et j'étais trop heureux d'oser faire cultiver leurs enfants, sans qu'il leur en coûtât un denier. Je m'armais de patience et de persévérance, et je ne tardais pas à moissonner leurs remerciements et bénédictions.

Je joins quelques figures d'animaux et plantes imprimées telles que nous les employons dans les écoles de conductrices et ai l'honneur de vous présenter l'hommage de mon respect.

Correspondance avec la Société d'agriculture, sciences et arts du département du Bas-Rhin, séante à Strasbourg (3 vendémiaire XII), AMS 323-25.

SOCIÉTÉS

Société d'agriculture

De tout temps, j'ai applaudi aux associations patriotiques qui existent en Suisse, principalement celles qui ont pour but l'amélioration de l'agriculture, véritable source de prospérité physique d'un pays. Et, sous le rapport de sa situation montueuse et sous celui de sa pauvreté, le Ban de la Roche a une grande ressemblance avec la Suisse ; il serait à désirer qu'il lui ressemblât aussi sous le rapport de ses institutions économiques. La Suisse fait voir, par toutes sortes d'exemples, combien un terrain disgracié par la nature peut être amélioré à force de travail et d'intelligence. Pour moi, j'ai été jusqu'à présent toujours un imitateur des Suisses, et de leurs frères affiliés au-dehors. Encouragé par un ami zélé du Ban de la Roche, je pris la résolution de former une société économique et de la composer des hommes les plus instruits, les plus éclairés et les plus patriotiques de ma paroisse.

Je m'en abouchai en particulier avec Jean David Bohy, maître d'école à Solbach, et Sébastien Scheidecker : ainsi que je m'y attendais, connaissant leurs sentiments patriotiques et chrétiens, ils entrèrent avec joie dans mes idées. Je pris en conséquence les arrangements nécessaires pour des réunions qui auraient lieu chaque dimanche dans le village où se fait le service divin. Voici les statuts que j'arrêtai :

« Ceux qui ont fait des essais communiquent leurs expériences à la Société et chacun, à commencer par le président, fait à tour de rôle ses observations à cet égard. Le résultat de la discussion sera transcrit par le secrétaire dans un registre que je leur ai fourni. Le même registre servira aussi à la recette et à la dépense ; on y consignera aussi les règlements et les noms des membres de la Société. Toutes les lectures et communications se feront en langue française. On y discutera ensuite sur les moyens d'améliorer l'agriculture ; on échangera fraternellement ses opinions. »

Tout individu qui voudra être reçu membre de la Société s'adressera au président ou au secrétaire ; ceux-là délibèrent conjointement avec M. le pasteur sur le candidat et, s'ils le reconnaissent pour un homme honnête, vertueux et propre à concourir au but patriotique de la Société, sa réception aura lieu quels que soient sa religion, son état ou son origine ; il prendra toutefois l'engagement d'être fidèle aux lois de la Société, à Dieu, au seigneur du comté, à la patrie. M. le pasteur présentera le récipiendaire à la Société à sa plus prochaine séance ; comme signe de son admission, on mettra dans son cantique la devise de la Société que voici : « Vivons pour Dieu et la patrie. » Chaque sociétaire paiera lors de sa réception dix sols.

M. le pasteur promet d'assister au moins une fois par mois aux séances de la Société, il se fera rendre compte de ses travaux et secondera ses efforts par ses conseils. À ce jour, il y aura toujours une collecte volontaire pour subvenir aux besoins de la Société. Tous les trois ou tous les six mois, M. le pasteur inspecte plus particulièrement la Société, et tâche de distinguer les membres les plus habiles. Comme quelques protecteurs généreux du Ban de la Roche ont fait des fonds en faveur de cette entreprise, les trois membres qui seront reconnus être les plus instruits et les plus habiles recevront publiquement des prix en livres. Chaque sociétaire tâchera de se distinguer par une conduite vraiment chrétienne et par des manières fraternelles, prévenantes et complaisantes envers son prochain. Au commencement de chaque année, les registres sont communiqués au seigneur du comté, etc. (Leenhardt, 1914, pp. 100-101).

SYNERGIES

À M. Lavater, fidèle pasteur à Zurich

Très honoré et cher ami, dont le visage m'est inconnu, mais non le caractère, permettez au pasteur de Waldersbach, au Ban de la Roche, de vous adresser un double et sincère merci. Quoique ne vous connaissant pas, vous avez reçu l'année dernière avec tant de bonté ceux qui sont venus vous quêter pour notre église de Fouday, bien plus, vous vous êtes vous-même imposé, si tant est que votre contribution puisse être mise en parallèle avec l'immensité de votre charité et de votre bienfaisance. Le Seigneur n'oubliera pas, dans les comptes de la riche moisson que vous semez, ce sacrifice que vous lui offrez.

La seconde chose qui m'unit à vous par les liens de la plus vive reconnaissance, est l'édification, l'encouragement, l'ardeur à imiter Jésus, que vos *Aussichten aus der Ewigkeit*, si belles, si élevées, si débordantes de foi, ont fait naître parmi nous. Oui, soyez béni, honoré et cher collègue dans le service de notre Sauveur, pour toutes les bénédictions que ce livre a apportées et apportera sans doute encore, à moi-même, à ma femme, à mes élèves ou pensionnaires, à mes connaissances et à quelques-uns de mes paroissiens.

Quel dommage que le développement soit tellement raccourci dans la troisième partie. Vous ne sauriez croire les heures agréables qu'il m'a fait passer avec mes amis et amies. J'avais déjà cherché, avec mes petites connaissances sur la nature, à me faire des représentations du ciel qui différaient assez de nos notions ordinaires, si obscures et si indignes de notre époque, et ce cher livre m'a apporté ces mêmes conceptions, merveilleusement élargies sur de nouvelles bases, et tellement plus nombreuses qu'il m'est apparu comme vraiment nouveau et d'autant plus précieux. J'attends maintenant avec une grande impatience l'ouvrage que vous nous avez promis, vous le meilleur des philanthropes.

Vous demandez dans quel style on vous conseille de l'écrire. Cette question s'adresse à des gens qui sont doués d'autres connaissances et d'autres capacités que celles que le Seigneur m'a accordées. Pourtant, bien que je ne puisse rien tirer de ma tête qui soit spirituel ou poétique, je sens la beauté des œuvres de ceux que Dieu a doués pour la poésie. C'est là ce qui m'enhardit à vous exprimer, non point un conseil, mais un vœu – le dirai-je ? Je voudrais que, dans le développement de vos précieuses *Aussichten*, vous ne soyez lié à aucune forme de style ou de versification et que vous puissiez chaque fois écrire dans la forme que le sujet vous inspirera le mieux, – tantôt en vers, tantôt en prose – tantôt rimée, tantôt à la Klopstock, en un mot, suivant que le sujet demande plus ou moins d'élan ou que vous vous sentez plus ou moins porté à l'une ou l'autre manière. Des esprits comme le mien se trouvent vite fatigués par des œuvres poétiques où la versification est toujours la même. J'ignore ce qu'en pensent les autres et je ne puis parler que de moi, aussi veuillez ne pas considérer ceci comme un conseil, mais seulement comme un souhait, un grand souhait que je voulais vous faire connaître ; aussi bien je n'aurais jamais eu cette hardiesse, si je n'avais connu le caractère aimable que vos livres m'ont révélé et que mes chers amis de Strasbourg, M. le pasteur Stuber, MM. Schweighäuser, Hebeisen, Emmerich et Lorenz m'ont aussi dépeint. Vous voudrez donc bien excuser la liberté que je prends de vous écrire ainsi.

Ne croyez pas non plus que j'attende une réponse : non, ma lettre ne le mérite pas, elle ne mérite qu'un amical et aimable accueil, et cela, vous le lui accorderez sûrement. Je sais d'ailleurs combien vous êtes sans cesse occupé et j'apprécie trop haut la valeur de vos occupations pour me permettre de vous en détourner un seul instant en faveur de mon individu. Oh ! Puissiez-vous, en dehors de vos occupations professionnelles, consacrer à l'achèvement des *Aussichten aus der Ewigkeit* tout le temps que je voudrais vous économiser. Oh ! Quelle riche bénédiction votre première ébauche a déjà reçue ! Combien d'âmes sincères ont été renouvelées, rafraîchies et réveillées !

Je sais bien à peu près les objections que certaines personnes auront opposées aux *Aussichten* ; l'ignorance sur la question du ciel est incroyable chez quelques chrétiens (chez la plupart, devrais-je dire, même chez presque tous), je l'ai souvent observée, même chez des personnes qui lisent passablement et chez lesquelles on ne s'y attendait pas ; presque personne ne comprend la nature qui, pourtant, nous donne sur nos espérances futures des notions toutes différentes de celles dont on a l'habitude.

La plupart des chrétiens sincères qui ont ce qu'il leur faut sont tellement absorbés par les visites qu'ils ont à faire ou à recevoir, par les cérémonies, les toilettes et autres vanités, que, sauf durant quelques heures plus poignantes, ils ne pensent pas volontiers à la mort et au ciel. Si on leur montre le ciel plus beau qu'ils ne le croyaient, leur conscience leur dit : « Tu devrais pourtant t'assurer un peu mieux un tel salut, tu devrais renoncer à ceci ou à cela ! » Mais, comme on ne voudrait pas en venir là, on cherche des excuses, on se dit que l'auteur expose son idée surtout en vue de l'édification, et puis, comme il reste encore une petite épine, on s'en prend à l'auteur et à son œuvre qu'on aurait voulue différente. Et ne vous laissez pas effrayer par ces chrétiens malades.

Les siècles à venir vous béniront et nos enfants, qui recevront dès leur jeunesse des notions meilleures et plus vivifiantes sur le ciel, quand ils seront des vieillards de soixante-dix ans, béniront Dieu à votre sujet à cause de ce qu'Il leur a donné par votre moyen.

Je vous présente encore toutes mes excuses pour ma hardiesse, et j'ai l'honneur d'être, avec les plus sincères souvenirs de respect et d'affection, très honoré et cher ami et collègue, votre serviteur reconnaissant.

Jean-Frédéric Oberlin, pasteur à Waldersbach, dans le comté du Ban de la Roche en Alsace, 26 juillet 1774 (Bodemann, 1856).

UN PONT SUR LE FIL DU TEMPS

Mes très chers enfants,

En vous quittant, je vous lègue ma fidèle garde, celle qui vous a élevés, l'infatigable Louise. Les mérites qu'elle a pour notre famille sont infinis. Votre bonne maman la prit auprès d'elle dès avant sa quinzième année ; elle se rendit utile par ses talents, son zèle, son application ; à la mort prématurée de votre tendre mère, elle fut pour vous à la fois garde fidèle, mère soigneuse, institutrice, – tout absolument.

Son zèle s'étendit plus loin : vraie apôtre du Seigneur, elle alla dans tous les villages où j'envoyais assembler les enfants autour d'elle, les instruire dans la volonté de Dieu, leur apprendre à chanter de beaux cantiques, leur montrer les œuvres de ce Dieu paternel et tout-puissant dans la nature, prier avec eux et leur communiquer toutes les instructions qu'elle avait reçues de moi et de votre bonne maman. Tout ceci n'était pas l'ouvrage d'un instant et les difficultés innombrables qui s'opposaient à ces saintes occupations en auraient découragé mille autres. D'un côté, le caractère sauvage et revêche des enfants, de l'autre leur langue patois qu'il fallait abolir ; pour se faire entendre, il fallait leur parler dans cette langue et leur tout traduire en français. Puis une troisième difficulté était les mauvais chemins et la rude saison, qu'il fallait braver : pierres, eaux, pluies abondantes, vents glaçants, grêles, neiges profondes en bas, neiges tombantes d'en haut ; rien ne la retenait, et, revenue le soir, essoufflée, mouillée, transie de froid, elle se remit à soigner mes enfants et le ménage. C'est ainsi que, pour mon service et pour le service de notre Dieu, elle ne sacrifiait pas seulement son temps et ses talents, mais encore toute sa personne et sa santé. Actuellement et depuis plusieurs années son corps est absolument ruiné par trop de fatigues et pour avoir passé trop subitement et trop souvent du chaud au froid et du froid au chaud, de la sueur au refroidissement, traversé les neiges, y être enfoncée jusqu'au ventre ; la chemise mouillée se gelait ; blessait les genoux jusqu'au sang, en s'y frottant sans cesse par le mouvement de ses jambes ; sa poitrine, son estomac, tout est ruiné et incapable de plus rien supporter. Vous direz peut-être qu'elle en fut récompensée par le bon salaire que je lui donnais ? Non, mes chers enfants, non ! Apprenez que, depuis la mort de votre maman, je n'ai jamais pu parvenir à lui faire accepter le moindre salaire ; elle employait le louage de ses biens, pour faire du bien et s'habiller, et ce fut toujours comme une grâce qu'elle reçut quelque morceau d'habillement de moi et de mes provisions, que je dois cependant à son économie et à sa fidélité. Jugez, chers enfants, jugez de la dette que vous avez contractée envers elle et moi, et combien vous serez loin de pouvoir jamais trop faire à son égard. Dans vos maladies et douleurs et dans les miennes, combien de veilles, de soins, d'inquiétudes.

Encore une fois je vous la lègue ; vous ferez voir, par les soins que vous prendrez pour elle, si vous avez du respect pour la dernière volonté d'un père qui vous a toujours inspiré des sentiments de gratitude et de bienfaisance. Mais oui, oui, vous remplirez mes vœux, vous serez à votre tour, tous ensemble et chacun en particulier, ce qu'elle fut pour vous, autant que vos moyens et votre proximité le permettront.

Adieu, mes très chers enfants.

Votre papa,

Jean-Frédéric Oberlin

Notices biographiques

ALEXANDRE Ier (1777-1825). Tsar de Russie (1801-1825), participe à la campagne de France et conclut, avec la Prusse et l'Autriche, la Sainte-Alliance (1815). Son aide de camp, François-Charles de Berckheim, ancien pensionnaire à Waldersbach et époux de Juliette de Krüdener, obtient une protection spéciale pour le Ban de la Roche lors de l'invasion de 1814.

ANGERVILLIERS Nicolas Prosper Bauyn d' (1675-1740). Successivement intendant du Dauphiné puis d'Alsace, de 1714 à 1724, où il reçoit le titre de conseiller d'État de Paris, secrétaire d'État au département de la guerre de 1728 à sa mort.

ARGENSON Marc Pierre de Voyer de Paulmy, d' (1696-1764). Lieutenant général de police à Paris en 1720, intendant de Paris et secrétaire d'État au département de la guerre. Il aide Maurice de Saxe à réorganiser l'armée et fonde en 1751 l'École militaire. Soutient Diderot et d'Alembert dans la rédaction de leur *Encyclopédie.*

BALSAMO Joseph (1743-1795), dit comte de Cagliostro. Né à Palerme, il séjourne entre 1780 et 1783 à Strasbourg, où il rencontre Stuber et Lavater. Fondateur d'un rite maçonnique, mage et guérisseur, il sera emprisonné et expulsé de France après « l'affaire du collier ».

BANZET Sara (1745-1774). Première conductrice de la tendre jeunesse à Belmont, recrutée par Oberlin en 1770.

BASEDOW Jean Bernard (1723-1790). Né à Hambourg dans un milieu modeste, il est formé à l'école des théologiens luthériens de Leipzig, avant d'embrasser la carrière de professeur, à l'Académie danoise de Soroë, puis à Altona. Appelé en 1771 à réformer l'enseignement des écoles de la principauté d'Anhalt Dessau, il rédige en 1774 l'*Elementarwerk zum Unterricht der Jugend* (Livre élémentaire ou Recueil encyclopédique pour l'enseignement de la jeunesse), et crée à Dessau le *Philanthropinum*, institution éducative soutenue par les philanthropes et les francs-maçons.

BAUMGARTEN Jacques Sigismond (1706-1757). Théologien luthérien allemand, rédacteur de l'*Abrégé de l'histoire ecclésiastique* (1742) et initiateur de l'*Histoire universelle*, dite de Halle, dont la rédaction est achevée par Semler et Schloezer.

BENGEL Johann Albrecht (1686-1752). Théologien allemand connu en particulier pour sa traduction grecque de l'Ancien Testament et son travail d'exégète : *Gnomon Novi Testamenti* (1742).

BERCKHEIM Octavie de (1767-1842). Future épouse de Fritz von Stein. Dans son *Journal* (1789-1795), elle rapporte les visites du poète Pfeffel au château de Schoppenwhir, près de Colmar, ainsi que son séjour au Ban de la Roche en 1794.

BEYCKERT Jean Philippe (1713-1787). Prédicateur à Saint-Nicolas, au Temple-Neuf, puis professeur de poésie et de théologie au gymnase de Strasbourg en 1752. Docteur en théologie, titulaire de la chaire de philosophie et de poésie, il est nommé chanoine de Saint-Thomas en 1759, puis vice-président du Convent ecclésiastique et directeur du gymnase en 1761. Directeur de la thèse de théologie de Jean-Frédéric Oberlin (12 juin 1767).

BLESSIG Jean Laurent (1747-1816). Prédicateur à Saint-Pierre-le-Vieux, directeur du collège Saint-Guillaume, docteur en droit et en théologie, il prononce en 1777 l'oraison funèbre du maréchal de Saxe. Favorable aux idéaux de 1789, ami de l'abbé Grégoire, il eut cependant à souffrir l'exil et la prison sous la Terreur. Président du Convent ecclésiastique en 1795, il consacre ses efforts à la réorganisation de l'Église et à l'éducation.

BOEHME Jacob (1575-1624). Le philosophe de Görlitz est sans doute l'un des plus brillants gnostiques chrétiens.

BOHY Jean-David (1743-1824). Maître d'école à Fouday et Solbach, il épouse le 6 mai 1766 Marie Sara Bernard. Premier de la liste des membres de la société d'agriculture fondée en 1774, maire de Solbach en 1792, il est l'un des principaux et des plus fidèles collaborateurs de Jean-Frédéric Oberlin.

BOLZIUS Johann Martin (1703-1765). Il est l'un des principaux collaborateurs d'Auguste Hermann Francke à Halle, où il participe à la fondation du *Collegium musicum*. En 1753, il est envoyé en Amérique du Nord, à Ebenezer. Oberlin aurait dû lui succéder à ce poste en 1774.

BONSEN Léopold Eberhard (1699-1813). Né à Montbéliard, il fait ses études de théologie à Strasbourg, où il devient vicaire de la paroisse française, puis recteur de l'université de Montbéliard en 1735. C'est à cette époque qu'il accueille Jean-Georges Stuber. Luthérien orthodoxe, il s'oppose aux piétistes et aux réformés. Auteur de *Cantiques spirituels* (1747).

BRION Frédérique Élisabeth (1752-1813). Troisième fille du pasteur de Sessenheim Jacques Brion (1717-1787). Ses amours avec Goethe (1771) lui inspirent ses plus beaux poèmes tels « Petite rose de la lande » (*Heidenröslein*), « Bienvenue et adieu » (*Willkommen und Abschied*) et surtout « Chant de mai » (*Mailied)*. Après leur rupture, Goethe séjourne de nouveau à Sessenheim en septembre 1779. Restée célibataire, Frédérique se retire en 1787 à Rothau (Ban de la Roche) chez son frère Chrétien, puis en 1801 à Meissenheim, près de Lahr.

BÜCHNER Georg (1813-1837). Mort à vingt-trois ans, il est néanmoins l'un des dramaturges les plus célèbres en Allemagne. Dans sa nouvelle inachevée *Lenz*, il relate le séjour du poète à Waldersbach en 1777, lorsque celui-ci tente d'échapper à la folie auprès du pasteur Oberlin.

BUISSON Ferdinand (1841-1932). Coordonnateur d'un célèbre *Dictionnaire de pédagogie*, il fonde et préside la Ligue des droits de l'homme et obtient le Prix Nobel de la paix en 1927. Défenseur infatigable d'un enseignement gratuit et laïque à travers la Ligue de l'enseignement.

CAMPE Joachim Heinrich (1746-1818). Éducateur allemand, précepteur en 1775 d'Alexandre et Wilhelm von Humbolt, il collabore avec Basedow à Dessau avant d'ouvrir son propre *philanthropinum* en 1777. La Convention nationale le fait citoyen français le 26 août 1792. Il est en particulier l'auteur du *Nouveau Robinson*.

COMENIUS Jan Amos Komensky, dit (1592-1670). Souvent présenté comme le père de l'éducation moderne, Comenius, évêque de l'Unité des Frères moraves, entreprend à partir de 1630 la composition de sa *Pansophie*, véritable encyclopédie universelle. Sa *Didactica Magna* (Grande Didactique) reste un texte fondateur pour la pédagogie en Europe. Oberlin utilise son *Orbis pictus*, ouvrage illustré en quatre langues, dans les écoles du Ban de la Roche.

DESSAU prince Léopold de (1740-1817). Prince éclairé qui appelle en 1771 le philosophe Jean Bernard Basedow pour l'aider à réformer l'enseignement des écoles de sa province.

DIETRICH Philippe Frédéric, baron de (1748-1793). Métallurgiste et homme politique. Reçu à l'Académie des sciences en 1786, il est élu maire de Strasbourg de 1790 à 1792. Guillotiné le 29 décembre 1793 après un simulacre de procès. C'est dans son salon que Rouget de Lisle interprète le *Chant de l'armée du Rhin*, future *Marseillaise*. En 1771, il achète le Ban de la Roche, et financera en particulier la construction du nouveau presbytère de Waldersbach.

DODDRIDGE Philipp (1702-1751). Né à Londres et mort à Lisbonne, ce ministre évangélique non conformiste est en particulier l'auteur de *Rise and Progress of Religion in the Soul* (1745).

EHRMANN François (1757-1839). Magistrat représentant les électeurs de Haguenau à la Convention nationale en 1793. À partir de 1803, il occupe la chaire de philosophie morale puis de droit ecclésiastique à l'Académie protestante de Strasbourg. Conseiller à la Cour impériale de Colmar de 1811 à 1816.

EHRMANN Jean-Chrétien (1710-1792). Médecin et botaniste, physicien de la ville de Strasbourg et maître de l'école d'obstétrique et de pharmacie. Oberlin s'est inspiré de son *Marci Mappi historia plantarum alsaticarum* (1742), description de 1700 plantes de la région.

EMPAYTAZ Henri-Louis (1790-1853). Importante figure du « réveil » genevois, il fréquente un cercle biblique piétiste qui s'oppose au clergé rationaliste. Séduit par la mystique baronne de Krüdener, il l'accompagne dans ses voyages à Paris et en Alsace, jusqu'à Waldersbach où il séjourne en 1814. On lui doit des *Considérations sur la divinité de Jésus-Christ.*

FALLOT Tommy (1844-1904). Né au Ban de la Roche, ce petit-fils de l'industriel Daniel Legrand est pasteur à Wildersbach puis à Paris. Créateur de la Ligue française pour le relèvement de la moralité publique, puis du Cercle socialiste de la pensée chrétienne, devenu en 1882 Société d'aide fraternelle et d'études sociales, il est l'un des précurseurs du grand mouvement du christianisme social.

FELZ Jean-Henri (1665-1737). Grand-père maternel de Jean-Frédéric Oberlin, jurisconsulte, né à Klobsheim, nommé à la chaire de droit à Strasbourg en 1695. Il est à l'origine de l'installation du premier pasteur strasbourgeois au Ban de la Roche.

FRANCKE Auguste Hermann (1663-1727). Disciple de Spener, professeur à Halle, il ouvre en 1695 une école de pauvres à Glaucha puis un *paedagogium* inauguré en 1697. Francke est à l'origine du mouvement pédagogique piétiste, qui connaît rapidement une extension considérable, grâce aux étudiants qu'il a formés et qui essaiment à travers le monde.

GAGNIÈRE Anne-Catherine (1733-1810). Conductrice de la tendre jeunesse, elle incarne le versant spirituel de la foi morave, au sein des petites écoles du Ban de la Roche.

GALL Franz-Joseph (1758-1828). Médecin, neuroanatomiste, père de la phrénologie ou craniologie, ou étude des fonctions des différentes parties du cerveau et de leurs relations avec les penchants de l'homme par l'observation de la conformation externe du crâne.

GELLERT Christian Fürchtegott (1715-1769). Poète et nouvelliste allemand, particulièrement représentatif de l'*Aufklärung*.

GOETHE Johann Wolfgang (1749-1832). Le célèbre poète et philosophe allemand étudie à l'université de Strasbourg à partir de 1770, où Jérémie-Jacques Oberlin sera l'un de ses professeurs. Pendant les dix-sept mois que dure son séjour, il initie le mouvement littéraire *Sturm und Drang* (tempête et assaut), rencontre Lenz et Lersé et tombe éperdument amoureux de Frédérique Brion, fille du pasteur de Sessenheim (cf. *Dichtung und Wahrheit*).

GRÉGOIRE Henri, abbé (1750-1831). Curé d'Emberménil, député aux états généraux, évêque constitutionnel de Blois, conventionnel, député sous le Directoire et le Consulat, sénateur sous l'Empire. L'amitié de l'abbé Grégoire pour Stuber et Oberlin ne se démentira jamais. Il entretient en outre une correspondance du plus grand intérêt avec Jérémie-Jacques Oberlin. L'abbé Grégoire est à l'origine du décret du 28 septembre 1791 qui accorde aux juifs leurs droits, et est également l'un des principaux promoteurs du décret qui abolit l'esclavage, le 4 février 1794.

HAFFNER Isaac (1751-1831). Prédicateur luthérien né à Strasbourg, *paedagogus* au collège Saint-Guillaume, prédicateur français, *Freiprediger* et enfin titulaire de la chaire de Saint-Nicolas en 1795. Nommé docteur en théologie de l'université de Halle en 1819.

HERDER Johann Gottlieb (1744-1803). Écrivain et philosophe allemand, initiateur avec Goethe du *Sturm und Drang*. Il a exalté la littérature nationale à travers des recueils de chants populaires.

HERMANN Jean (1738-1800). Médecin et naturaliste, succède à Jacques-Reinhold Spielmann (1722-1783) à la chaire d'histoire naturelle et de matière médicale, avant de devenir professeur de botanique à la nouvelle école de médecine ainsi que directeur du jardin botanique. Ses collections et sa bibliothèque (vingt-mille volumes) sont à l'origine du Musée d'histoire naturelle de Strasbourg.

HERMANN Jean-Frédéric (1768-1793). Fils du précédent, également médecin et naturaliste à la carrière prometteuse, interrompue par une mort prématurée.

HIRZEL Johann Kaspar (1725-1803). Médecin de la ville de Zurich (1761), philanthrope et physiocrate, il s'intéresse avec Kleinjogg à l'amélioration de l'agriculture. Son *Wirtschaft eines philosophischen Bauers*, traduit en français par Jean Rodolphe Frey, sous le titre de *Socrate rustique,* connaît un succès considérable. Appartient avec son ami Iselin au cercle restreint des fondateurs de la Société helvétique.

ISELIN Isaac (1728-1782). L'une des figures centrales de la Société helvétique. Chancelier de Bâle, membre du Grand Conseil. C'est dans la revue qu'il dirige, *Ephemeriden der Menscheit, oder Bibliothek der Sittenlehre, der Politik und der Gesetzgebung* (Éphémérides de l'humanité ou bibliothèque d'éthique, de politique et de législation), que Pestalozzi et Oberlin se côtoient en l'an 1777. Le premier lance un appel aux philanthropes pour soutenir son institut du Neuhof, alors que l'épouse du second adresse ses boucles d'oreilles pour soutenir l'institution de Basedow à Dessau.

JULLIEN Marc-Antoine, dit de Paris (1775-1848). Pédagogue et homme politique, précurseur de l'éducation comparée (*Esquisse d'un ouvrage sur l'éducation comparée*, 1817). Voulant étudier la méthode de Pestalozzi, il séjourne à plusieurs reprises à Yverdon de 1810 à 1812. En 1810 Pestalozzi recommande Jullien au pasteur Oberlin, par l'intermédiaire de Jean-Luc Legrand.

JUNG Johann-Heinrich, dit Stilling (1740-1817). Romancier dans la première partie de son existence, ami de Herder et de Goethe, qui publie son *Heinrich Stilling Jugend* (1777), il évolue vers le mysticisme. Séjourne pour la première fois à Waldersbach en 1812.

KAUFMAN Christophe (1753-1795). Né à Winterthur, Kaufman est l'un des quatre jeunes philanthropes qui souhaitent rejoindre Basedow à Dessau. Lavater, son mentor, le considère comme un génie, et lui consacre quatre portraits aux commentaires élogieux dans ses *Fragments physiognomoniques*. Il est choisi à deux reprises par Oberlin comme parrain de ses enfants. C'est lui qui envoie le poète Lenz au Ban de la Roche, au début du mois de janvier 1778.

KLINGLIN Jean-Baptiste (1657-1725). Préteur royal de Strasbourg de 1706 à 1725. Père de François Joseph Klinglin (1686-1753), préteur royal de Strasbourg de 1725 à 1752, et de Christophe de Klinglin (1690-1759), premier président du Conseil souverain d'Alsace.

KOCH Christophe Guillaume (1737-1813). Né à Bouxwiller, il poursuit ses études au gymnase protestant de Strasbourg, avant de devenir élève, disciple et collaborateur de Jean-Daniel Schoepflin. Recteur de l'université de Strasbourg en 1787, il est, de 1791 à 1792, l'un des dix députés du Bas-Rhin à l'Assemblée législative.

KRÜDENER Barbara Juliana von Vietinghoff, baronne de (1764-1824). Cette femme de lettres, correspondante de Madame de Staël, Benjamin Constant et Chateaubriand, est présentée dans toute l'Europe comme l'apôtre des mouvements piétistes revitalistes. Elle sera à plusieurs reprises l'hôte du presbytère de Waldersbach.

LAVATER Johann Kaspar (1741-1801). Pasteur zurichois, philosophe et théologien, membre de la Société helvétique pour laquelle il publie ses fameux *Schweitzerlieder* (1767), il est avec Iselin le principal promoteur du *Philanthropinum* de Dessau. Oberlin utilise ses *Fragments physiognomoniques* (1775-1778) pour déduire le caractère des individus d'après leur silhouette. Après leur première rencontre à Zurich en 1774, Lavater séjourne à trois reprises chez Jean-Georges Stuber à Strasbourg (1781-1783).

LEADE Jane, née Ward (1623-1704). Animatrice avec Pordage d'un mouvement mystique, les « Philadelphes », inspiré de Jacob Boehme. Oberlin copie de nombreux passages de *The Heavenly Cloud* (1681) et de *The Revelation of the Revelations* (1683).

LEGRAND Jean-Luc (1755-1836). Membre du gouvernement de Bâle, chargé de la direction de l'instruction publique, membre du Directoire de la République helvétique, il est en relation avec Basedow et invite Pestalozzi à diriger l'orphelinat de Stans. Ayant installé ses filatures à Fouday en 1812, il collabore étroitement avec Oberlin au développement des écoles du Ban de la Roche, dans un même esprit évangélique.

LEGRAND Daniel (1783-1859). Fils du précédent, connu pour son combat pour l'amélioration des conditions d'existence des ouvriers, adressant à cette fin des mémoires aux autorités parisiennes signées : « un industriel de la vallée des Vosges ». En 1841, il obtient une loi restreignant l'emploi des enfants dans les mines et dans les usines.

LEIBNIZ Gottfried Wilhelm (1646-1716). Philosophe et diplomate allemand, auteur en particulier du traité de *Monadologie* (1714) : Dieu calcule et crée la meilleure combinaison possible d'atomes spirituels dont se compose la réalité (monades). Connu par ailleurs pour sa pensée logique et mathématique : il invente en particulier le calcul infinitésimal (1676) et les notations de la différentielle et de l'intégrale. Sa physique dynamique rompt avec le mécanisme cartésien. Leibniz est en relation avec toute l'Europe savante.

LEMBKE Franz Christian (1698-1785). Parrain d'Oberlin, il est précepteur au gymnase protestant de Strasbourg et prédicateur à Saint-Pierre-le-Vieux de 1735 à 1745. Privé de son poste en raison de son engagement zinzendorfien, il se réfugie à Herrnut avant de rejoindre Zinzendorf à Londres. Appelé par la Brüdergemeinde de Bethléem en Amérique, il dirige durant trente ans l'établissement scolaire pour garçons de Nazareth Hall.

LENZ Jakob Michael Reinhold (1751-1792). Poète, il étudie à Strasbourg avec Goethe, partageant avec lui la même passion pour Frédérique Brion. En 1774, il publie ses deux œuvres majeures, *Der Hofmeister* et *Die Soldaten*, inspirées du théâtre shakespearien. Büchner écrit une nouvelle sur lui, contant le séjour d'un homme désespéré au Ban de la Roche, et contribue à faire de Lenz le symbole du poète maudit du monde germanique, incarnant la génération *Sturm und Drang*.

LERSÉ François Chrétien, dit Franz (1749-1800). Né à Bouxwiller, candidat en théologie à l'université de Strasbourg, il devient en 1770 l'ami et le confident de Goethe. En 1774, il est professeur d'histoire et de langues modernes à l'Académie militaire de Pfeffel. Conseiller de la cour des Deux-Ponts et commandant de la garde nationale de Colmar durant la Révolution.

LEZAY-MARNÉSIA Adrien, marquis de (1769-1814). Homme de lettres et homme politique originaire du Jura, Lezay-Marnésia se lie avec Mme de Krüdener à Barèges en 1789. Nommé préfet du Rhin et de Moselle en 1806, il crée à Coblence des écoles de sages-femmes et des écoles normales. Appelé à la préfecture de Strasbourg en 1810, il retrouve Mme de Krüdener à Waldersbach, en compagnie d'Oberlin, Empaytaz et Jung-Stilling. Mort accidentellement en 1814.

LINCK Jérémie Eberhard (1658-1743). Juriste et pédagogue strasbourgeois, dont la carrière culmine avec sa nomination en 1732 comme professeur ordinaire de droit public. Son épouse, Catherine Salomée, née Felz (1695-1766), mit en alexandrins le *Polyeucte* de Corneille. Ce sont les grands-parents de Madeleine Salomée Witter (1747-1783), l'épouse de Jean-Frédéric Oberlin.

LINNÉ Carl von (1707-1778). Naturaliste et médecin suédois, fils d'un pasteur passionné de botanique. En 1729, il entreprend la classification des êtres naturels. Il obtient en 1741 la chaire de médecine puis celle de botanique de l'université d'Uppsala. Si la classification des plantes de Linné, basée sur le nombre d'étamines, dont Oberlin s'inspire dans la réalisation de son herbier, ne lui a pas survécu, elle n'en reste pas moins le premier essai du genre.

LORENZ Sigismond Frédéric (1727-1783). Professeur au gymnase protestant de Strasbourg, prédicateur, professeur ordinaire à la faculté de théologie (1768), pasteur de la paroisse Saint-Pierre-le-Jeune (1771), chanoine de Saint-Thomas (1777). Utilisant dans ses sermons la terminologie de Zinzendorf, Lorenz est à l'origine de la conversion d'Oberlin à la foi morave et de sa « nouvelle naissance ».

MAEDER Abel Théodore Guillaume (1765-1834). Pasteur de l'église Saint-Étienne à Mulhouse (1785), membre de la Société pour la propagation du bon goût et des belles-lettres, Maeder est un proche de l'abbé Grégoire, dont il voulait diffuser les idées en Allemagne, de Pfeffel, d'Oberlin et de Pestalozzi. Il est l'un des principaux artisans de la venue de Jacob Pestalozzi, le fils unique du pédagogue, à l'école technique de Mulhouse.

MAPP Marc, dit Mappus (1632-1701). Médecin et botaniste. Occupe la chaire de médecine de l'université de Strasbourg en 1670. On lui doit un *Catalogus plantarum horti academici argentoratensis*… (1691).

MICHAELIS Johann Heinrich (1668-1738). Directeur d'une école de philologie biblique et orientale au *Collegium* d'Auguste Hermann Francke à Halle.

NEUFCHATEAU François de (1750-1828). Juriste et homme politique, administrateur du département des Vosges en 1790. L'année suivante, il fut élu à l'Assemblée législative, dont il devint le secrétaire, puis le président. Le Directoire le nomme ministre de l'Intérieur en 1796. Sénateur en 1800, puis président du Sénat de l'établissement de l'Empire de 1804 à 1806, comte de l'Empire en 1808. Membre fondateur de la Société d'agriculture en 1798.

OBERLIN Jérémie-Jacques (1735-1806). Frère de Jean-Frédéric, le célèbre philologue est titulaire de la chaire de logique et de métaphysique de l'Université de Strasbourg (1782). En 1787, il dirige de plus le gymnase protestant. Ami de l'abbé Grégoire, avec lequel il entretient une correspondance du plus grand intérêt, il est en particulier membre correspondant de l'Académie royale des Inscriptions et des Belles-lettres et de l'Institut de France.

OETINGER Friedrich Christoph (1702-1782). Théologien et théosophe wurtembergeois, inspiré par Jacob Boehme et en relation épistolaire avec Bengel, Zinzendorf et Swedenborg. Élabore dans sa *Theologia exidea vitae deducta* un système conciliant nature visible et monde des esprits.

PELLETIER Léopold Georges. Premier pasteur piétiste du Ban de la Roche, de 1707 à 1712. Dans une lettre à la Conférence des Frères du 20 avril 1806, Oberlin rend hommage à l'œuvre de l'homme qu'il considère comme le véritable fondateur de la communauté évangélique du Ban de la Roche.

PESTALOZZI Johann-Heinrich (1746-1827). Figure emblématique de la pensée pédagogique dans l'Europe des Lumières. Pestalozzi voulut transposer dans la pratique l'utopie de l'*Émile* de Jean-Jacques Rousseau. Il développe et met progressivement en œuvre sa « méthode » pour l'éducation des pauvres successivement au Neuhof, à Stans, à Burgdorf puis à Yverdon. « J'ai vécu moi-même comme un mendiant, pour apprendre à des mendiants à vivre comme des hommes », affirme-t-il à la fin de sa vie. C'est par l'intermédiaire de Jean-Luc Legrand qu'Oberlin a connaissance de l'œuvre de Pestalozzi.

PFEFFEL Gottlieb Conrad (1736-1809). Citoyen de Colmar, poète et pédagogue aveugle, il fonde en 1773 sa fameuse Académie militaire, pour faciliter l'accès à la carrière des armes aux jeunes protestants. Membre puis président en 1785 de la Société helvétique, membre du comité de l'École centrale et président du consistoire évangélique de la ville de Colmar. Oberlin rencontre Pfeffel à deux reprises, en 1778 et 1786.

RABENER Gottlieb Wilhelm (1714-1771). Écrivain et publiciste allemand représentatif de l'*Aufklärung*.

RATHSAMHAUSEN Gérothé II. Issu d'une famille de nobles de Basse-Alsace, qui tire son nom d'un hameau près de Sélestat. En 1471, son château de la Roche, transformé en repaire de brigands, est ruiné par les troupes réunies de l'évêque de Strasbourg et du duc de Lorraine.

REIMARUS Hermann Samuel (1694-1768). Philosophe, théologien et orientaliste de l'époque des Lumières, qui inscrit son discours dans la mouvance déiste : l'esprit humain peut atteindre une connaissance de Dieu par l'étude combinée de la nature et de sa réalité intérieure.

REUCHLIN Frédéric Jacques (1695-1788). Théologien, prévôt de Saint-Thomas et président du Convent ecclésiastique. Professeur de théologie en 1731 à l'université de Strasbourg, il est le maître et le beau-père de Jean-Georges Stuber.

SARASIN Jacob (1742-1802). Industriel et philanthrope bâlois, membre de la Société helvétique en 1774, président de cette même institution en 1794. En correspondance avec Pfeffel, Iselin, Schlösser, Pestalozzi, Lavater, Lenz, Kaufman, etc.

SCHEIDECKER Sébastien (1747-1821). Formé par Jean-Georges Stuber comme son collègue Jean-David Bohy, il incarne la réussite du projet de formation professionnelle voulu par Oberlin. Successivement maître d'école de Fouday, de Solbach et de Trouchy puis de Bellefossse, il remplit en outre avec zèle toutes les fonctions publiques et ecclésiastiques qu'il était en droit d'occuper: maire de Bellefosse (1781), puis de Fouday (1783), juge de paix, député à Colmar, fabricien. Doué pour la musique, il suit également une formation médicale à Strasbourg qui lui permet de rendre de grands services dans ce domaine à la population locale.

SCHEPPLER Louise (1763-1837). Infatigable servante de la famille Oberlin, seconde mère des enfants du pasteur, elle contribue personnellement au perfectionnement des méthodes éducatives mises en œuvre et devient rapidement une véritable conseillère pédagogique auprès du maître.

SCHLÖSSER Johann Georg (1735-1799). Né à Francfort, il étudie le droit à Giessen, Iéna et Altorf, puis entre au service du duc Frédéric Eugène de Wurtemberg (1766). Sa rencontre avec Goethe marque le début d'une amitié durable qui se renforce par des liens familiaux: devenu conseiller aulique du margraviat de Bade en 1773, Schlösser épouse la même année Cornélia, la sœur de Goethe.

SCHWEIGHÄUSER Jean (1754-1801). Professeur avec Jean-Frédéric Simon au *Philanthropinum* de Dessau, il fonde avec ce dernier la première école supérieure de filles à Strasbourg (1779-1783). Marié à Renée Stuber.

SEMLER Jean Salomon (1725-1791). Après ses études de théologie à l'université de Halle, il devient professeur d'histoire et de poésie à Altdorf, puis, par l'entremise de son maître Baumgarten, professeur ordinaire de théologie à Halle. Il est l'une des principales figures du piétisme tardif.

SIMON Jean-Frédéric (1747-1829). Pédagogue, philanthrope et journaliste, élève de Jean-Frédéric Oberlin. Successivement professeur à l'institut philanthropique de Dessau et à la Maison des orphelins de Strasbourg, directeur d'une institution pour jeunes demoiselles protestantes, il devient à Neuwied précepteur des enfants du prince de Metternich. Acteur de la mouvance jacobine sous la Révolution, il publie à Strasbourg *La Feuille hebdomadaire patriotique*, puis la *Geschichte der Gegenwärtigen Zeit*. Professeur de langue allemande du duc d'Orléans sous la Restauration.

SPENER Philippe Jacob (1635-1705). Enfant de Ribeauvillé, où son père était au service des comtes de Ribeaupierre, Spener est l'une des grandes figures du protestantisme européen. La publication de ses *Pia desideria* (1675) est à l'origine du mouvement piétiste, et du développement en Alsace des collèges de piété. En 1686, Spener est nommé premier prédicateur à la cour de Dresde.

SPIELMANN Jacques-Reinhold (1722-1783). Médecin, botaniste et chimiste, il occupe successivement la chaire de poésie grecque et latine (1755), puis celle de médecine (1759) à l'université de Strasbourg. Chanoine de Saint-Thomas, membre de nombreuses académies et sociétés savantes à travers l'Europe.

SPIELMANN Jean Jacques (1745-1810). Fils du précédent, professeur de médecine en 1785, il enseigne à l'École centrale avant d'accéder en 1803 à la chaire de pathologie générale. Également chanoine de Saint-Thomas.

STOEBER Daniel Ehrenfried (1779-1835). Notaire puis avocat, défenseur convaincu de la langue et de la culture alsacienne, premier biographe de Jean-Frédéric Oberlin.

STOLTZ Jean-Chrétien (1764-1828). Professeur d'histoire naturelle au gymnase protestant. On lui doit une *Flore des plantes qui croissent dans les départements du Haut et du Bas-Rhin, formés par la ci-devant Alsace* (1801).

SWEDENBORG Emmanuel (1688-1772). Ce savant suédois exerce une influence intellectuelle considérable sur l'Europe de son époque, autant comme théosophe que comme homme de science. Précurseur de théories comme la structure atomique de la matière, l'origine solaire des planètes ou l'ondulation de la lumière, il fait en 1743 une expérience mystique qui l'amène à la connaissance du monde invisible. Oberlin est un fervent lecteur de Swedenborg.

TISSOT Simon André (1728-1797). Médecin suisse, important vulgarisateur, auteur en particulier de l'*Avis au peuple sur sa santé* (1761), ouvrage de référence pour la pharmacie de charité créée par Oberlin à Waldersbach.

WITZ Pierre (1767-1840). Pasteur et pédagogue né à Mulhouse, immatriculé à l'université de Bâle, il est tour à tour précepteur à Genève, diacre et maître d'école à Mulhouse, pasteur à Bienne, prédicateur français et directeur des écoles de Colmar. En 1802, il épouse Louise Charité Oberlin.

WOLFF Christian (1670-1754). Philosophe titulaire en particulier de la chaire de mathématique et de physique à Halle. Son *Corpus philosophiae* (24 volumes en latin), paru à Francfort puis à Leipzig de 1728 à 1748, se présente comme une doctrine complète et cohérente qui comprend la logique, la psychologie, l'ontologie, la cosmologie, la théologie naturelle, la morale, le droit naturel, la politique et les mathématiques.

ZIEGENHAGEN Daniel Gottlieb (1706-1771). Fils d'un ecclésiastique originaire de Brandenbourg, chirurgien célèbre à Strasbourg. Entre 1762 et 1765, Oberlin est précepteur de ses enfants, en particulier de Franz Heinrich, franc-maçon et ami de Mozart.

ZINZENDORF Nicolas Louis comte de (1700-1760). Formé par les piétistes au *Pedagogium* de Halle, puis par les orthodoxes lors de ses études de droit à Wittemberg, il recueille sur ses terres à Berthelsdorf ce qui reste de l'Unité des Frères moraves et engage la construction du village de « Herrnhut ». Zinzendorf rédige alors les statuts de la « Nouvelle Église des Frères ». Ces piétistes de seconde génération vont développer au cours du XVIIIe siècle, une très importante œuvre missionnaire. Oberlin engage à partir de 1804 une correspondance suivie avec la « Convention des prédicateurs de la très chère Communauté de Frères ».

Crédits photographiques

Musée Oberlin, Waldersbach : rabat de couverture, p. 15, 34, 38, 100, 209, 212 – *donation Killinger* : p. 76 – *dépôt de la Ville de Strasbourg, musée Alsacien* : couverture, p. 5, 10, 24-27, 42, 52, 56, 64, 113, 116-117, 120, 121, 162 (haut), 173-176 – *dépôt des archives municipales de Strasbourg* : p. 60 – photo E. Laemmel : p. 139, 192.

Cabinet des dessins et des estampes de Strasbourg – photo M. Bertola : p. 131, 133, 135, 146-147.

Photo et collection de la Bibliothèque nationale et universitaire de Strasbourg : p. 31, 83-90, 128, 162 (bas), 186, 187.

Centre de documentation et de recherche Pestalozzi, Yverdon : p. 48, 184.

Musée national de l'Éducation – INRP – Rouen : p. 94.

Réunion des musées nationaux – photo René-Gabriel Ojéda : p. 158.

Musée Lorrain, Nancy – photo G. Mangin : p. 154.

Studio DNA : p. 22.

Collection particulière : p. 37, 106-107, 157, 168, 169, 181.

Bibliographie

SOURCES ARCHIVISTIQUES INÉDITES

AMS = Archives Municipales de Strasbourg.
BNUS = Bibliothèque Nationale Universitaire de Strasbourg.
MO = Musée Oberlin de Waldersbach.

HERZOG, Ch., *Comité des petites écoles du Ban de la Roche*, Waldersbach, MO.

LEGRAND, J.-L. (1825), *Précis de ma vie écrit au mois de juin 1825*, copie d'un document autographe (1837), Strasbourg, AMS, ms 199.

OBERLIN, J.-F. (1740-1811), *Sources de réflexions, sujets de prières, actions de grâces ou tableau chronologique d'évènements qui m'intéressent*, Strasbourg, AMS, ms 206-II.

— (1767), *Brevis disquisitio de commodis et incommodis studi theologici*, Strasbourg, *in* J. LORENZ, (thèse conservée à la BNUS, E 163189).

— (1767), *Cahier d'analyse critique de lectures*, Strasbourg, AMS, ms 403.

— (30 octobre 1768), *Sermon pour l'enterrement de Catherine Scheidecker*, Waldersbach, MO.

— (1771), « Médecin », *in Annales du Ban de la Roche*, Waldersbach, MO, p. 49.

— (1771), « Sage-femme », *in Annales du Ban de la Roche*, Waldersbach, MO, p. 50.

— (1774), « Histoire de la paroisse de Waldersbach composée par M. Stuber en 1762 », *in Annales du Ban de la Roche*, Waldersbach, MO, pp. 84-107.

— (3 septembre 1775), *Les amusements des chrétiens*, Waldersbach, MO.

— (1778), *Voyages scolaires et éducatifs*, Waldersbach, MO.

— (1778), *Lois et règlements, in Registre des écoles*, Waldersbach, MO, pp. 9-10.

— (1773), *Bericht an Wohldenkende Freunde von dem zu bauenden Schulhaus zu Bellefosse, in Annales du Ban de la Roche*, Waldersbach, MO, pp. 75-77.

— (juillet 1787), *Analyse des silhouettes des abbés Grégoire et Dieudonné*, Strasbourg, AMS, 428 III.

— (9 vendémiaire III), *Un mot sur la physiognomique,* Strasbourg, AMS, ms 55.

— (1803), *Réflexions sur l'ouvrage intitulé « Exposition de la doctrine physiognomique de Gall »*, Strasbourg, AMS, ms 60.

— (30 mars 1805), « Lettre à la Convention des prédicateurs », *in* L. CHALMEL (1996/2000/2004), *La petite école dans l'école*, Berne/Paris, Peter Lang.

— (20 avril 1806), « Lettre à la Convention des prédicateurs à Herrnhut », *in* L. CHALMEL (1996/2000/2004), *La petite école dans l'école*, Berne/Paris, Peter Lang.

— (14 avril 1807), *Lettre à la Convention des prédicateurs à Herrnhut*, Strasbourg, AMS, ms 164 et 195.

— (2 mai 1808), *Lettre à la Convention des prédicateurs à Herrnhut*, Herrnhut, Archives des Frères moraves, R 18 A 27b [brouillon autographe : AMS, ms 172 ; copie manuscrite : AMS, ms 185-2 ; copie dactylographiée : AMS, ms 164].

— (1815), « Sur l'histoire du pays et les anciennes réunions des réveillés dans la paroisse de Waldbach, au commencement du XVIIIe siècle », *in Annales du Ban de la Roche*, Waldersbach, MO, p. 267.

— (15 juillet 1820), « Études des pasteurs protestants ou catholiques évangéliques », *in Annales du Ban de la Roche*, Waldersbach, MO, p. 270.

— (1821), *Ancien livre des bourgeois*, Waldersbach, MO, p. 218.

STOLTZ, J.-Ch. (1802), *Manuscrit sur la botanique*, Strasbourg, BNUS, ms 6602.

STUBER, J.-G. (2 décembre 1768), *Lettre à J.-F. Oberlin*, Strasbourg, Séminaire protestant.

ZINZENDORF, N.-L. (1741), *Lettre sur l'Église des Frères, leur origine, leur histoire, leur discipline et leur croyance, adressée à la vénérable compagnie de MM. les pasteurs et professeurs de l'Église de Genève* (vol. 2), Paris, Librairie française et étrangère.

OUVRAGES ANCIENS OU D'ÉPOQUE

BAUM, J. W. (1846/1998), *Johann Georg Stuber, devancier d'Oberlin au Ban de la Roche et pionnier d'une ère nouvelle à Strasbourg* (J.-J. Streng, trad.), Strasbourg, Oberlin.

BERCKHEIM, O. (1889), *Extrait du journal de Mlle Octavie de Berckheim*, Neuchâtel/Paris, Delachaux & Niestlé.

BODEMANN, F. W. (1856), *Johann Caspard Lavater nach seinem Leben, Lehren und Werken,* Gotha, Andres Perthes.

BÜCHNER, G. (1835/1995), *Lenz* (B. Kreiss, trad.), Nîmes, Chambon.

COMENIUS, J.-A. (1957), « Panscolie », *in J.-A. Comenius (1592-1670), pages choisies*, Paris, Unesco.

— (1657-1992), *La grande didactique*, Paris, Kliensieck.

GOETHE, J. W. (1941/1991), *Poésie et vérité. Souvenirs de ma vie* (P. du Colombier, trad.), Paris, Aubier.

HIRZEL, J.-K. (1764), *Le Socrate rustique* (J.-R. Frey, trad.), Zurich, Heidegger & Cie.

ISELIN, I. (1777), *Ephemeriden der Menschheit, oder Bibliothek der Sittenlehre, der Politik und der Gesetzgebung*, Bâle, Schweighäuser.

— « Le tableau d'Oberlin », *in Almanach des familles* (1854), Strasbourg, Berger-Levrault.

LORENZ, S. F. (1783), *Gott geheiligte Sonntags Ruhe*, Tübingen, Fues.

MAPPUS, M. (1742), *Historia plantarum Alsaticarum posthuma, opera et studio Joh. Christ. Ehrmanni*, Argentorati, J.-D. Dulsecker.

MONNIER, F. (1859), *Notice sur Daniel Legrand*, Le Cateau, Imprimerie J. Rolland.

NEUFCHÂTEAU, F. (1818), *Rapport fait à la Société royale et centrale d'agriculture sur l'agriculture et la civilisation du Ban de la Roche*, Paris, Huzard.

OBERLIN, H.-G. (1806), *Propositions géologiques, pour servir d'introduction à un ouvrage sur les éléments de la chorographie avec l'exposé de leur plan, et leur application à la description géognostique, économique et médicale du Ban de la Roche*, Strasbourg, Berger-Levrault.

OBERLIN, J.-F. (16 mars 1777), « Lettre à Jean-Frédéric Simon », *in* I. ISELIN (1776/1782), *Ephemeriden der Menschheit, oder Bibliothek der Sittenlehre, der Politik und der Gesetzgebung*, Bâle, Schweighäuser.

— (9 vendémiaire III, 30 septembre 1794), « Lettre à Grégoire », *in* D. E. STOEBER (1831), *Vie de J.-F. Oberlin pasteur à Waldersbach*, Paris/Strasbourg/Londres, Treuttel & Würtz, pp. 484-486.

— (9 vendémiaire III), « Lettre au président de la Convention nationale », *in* D. E. STOEBER (1831), *Vie de J.-F. Oberlin pasteur à Waldersbach,* Paris/Strasbourg/Londres, Treuttel & Würtz, pp. 314-316.

OBERLIN, J.-J. (1775), *Essai sur le patois lorrain des environs du comté du Ban de la Roche, fief royal d'Alsace*, Strasbourg, Stein.

PESTALOZZI, J.-H. (1801/1985), *Comment Gertrude instruit ses enfants*, Albeuve, Castella.

— (1826/1947), *Le chant du cygne*, Neuchâtel, La Baconnière.

— (11 novembre 1810), *Sämmtliche Briefe*, Band. 7, lettre 2 255, Zurich, Orell Füssli Verlag, p. 147.

PFANNENSCHMID, H. (1892), *Gottlieb Konrad Pfeffel's Fremdebuch*, Colmar, chez l'auteur.

REIMARUS, H. S. (1781), *Abhandlungen von den vornehmsten Wahrheiten der natürlichen Religion* (Dissertations sur les plus distinguées vérités de la religion naturelle), Hamburg, Bohn.

SPENER, Ph. J. (1675/1990), *Pia desideria* (A.-M. Lienhard, trad.), Paris, Arfuyen.

STUBER, J.-G. (1762), *Alphabet méthodique pour faciliter l'art d'épeler et de lire en français*, Strasbourg, G.-L. Schuler, Imprimeur sous les Petites Arcades, n° 5.

TISSOT, S.-A.-D. (1782), *Avis au peuple sur sa santé*, Paris, Quai Voltaire.

OUVRAGES ET ÉTUDES HISTORIQUES PLUS RÉCENTS

BIERRY, R. (1969/1977), « Oberlin et la botanique. L'utilisation des plantes du Ban de la Roche dans son œuvre civilisatrice et pédagogique », *in Bulletin de la Société d'histoire du protestantisme du Ban de la Roche*, n° 2 & 3.

LEGRAND, D. (1979), *Sur le travail des enfants dans les manufactures 1830-1855*, présentation de N. Olszack, Paris, EDHIS.

CARCENAC, D. (1986), *Médecine populaire et pratiques thérapeutiques dans la tradition et la légende au Ban de la Roche du XVIIIe siècle à nos jours*, Strasbourg, thèse de doctorat en médecine.

CHALMEL, L. (1996), « Un réseau politique, scientifique et pédagogique au XVIIIe siècle. Histoire d'une lettre », in *Penser l'éducation*, n° 2, pp. 29-48.

— (2001), *Jean-Georges Stuber (1722-1797). Pédagogie pastorale*, Berne/Paris, Peter Lang.

— (1996/2000/2004), *La petite école dans l'école*, Berne/Paris, Peter Lang.

— (2004), *Réseaux philanthropinistes et pédagogie au XVIIIe siècle*, Berne/Paris, Peter Lang.

— (2004), *Le pasteur Oberlin*, Paris, PUF.

HAMELINE, D. (2002), *L'éducation dans le miroir du temps*, Lausanne, Loisirs et pédagogie.

KOCH, G. (1976), *Présentation de la traduction de la thèse d'Oberlin par H. Strohl et M. Kunz dans le « Deutsches Pfarrerblatt » de novembre 1967*, Strasbourg, Koch.

LEI, F. (1994), *Madame de Krüdener 1764-1824. Romantisme et Sainte-Alliance*, Paris, Champion.

MONNIER, H. (1908), *Daniel Legrand et la législation internationale du travail*, Paris, Société générale d'impression.

PSCZOLLA, E. (1985), *Jean-Frédéric Oberlin 1740-1826*, Strasbourg, Oberlin.

ROEHRICH, E. (1890), *Le Ban de la Roche. Notes historiques et souvenirs*, Paris, Fischbacher.

STEHLE, B. (1913), *Der Philanthropinismus und das Elsass. Dessau, Strassburg, Colmar, Markirch*, Strasbourg, Friedrich Bull.

STROHL, H. (1926), « Les idées religieuses de Jean-Frédéric Oberlin », *in Cahiers de la Revue d'histoire et de philosophie religieuse*, Strasbourg, p. 201.

PETER, R. (1981), « Du principe théologique à la morale quotidienne chez Jean-Frédéric Oberlin », *in Cahiers de la Revue d'histoire et de philosophie religieuse*, Strasbourg, p. 351.

— « "Et plus bas, et plus haut !" Principe théologique de Jean-Frédéric Oberlin », *in* Malou SCHNEIDER et Marie-Jeanne GREYER (2001), *Jean-Frédéric Oberlin. Le divin ordre du monde*, Strasbourg, Éditions du Rhin.

SALOMON, A. (1914), *Jean-Georges Stuber, ses ancêtres et ses descendants*, Paris, Berger-Levrault.

WITT, M.-L., Erny, P (2002), *Les Stoeber. Poètes et premiers folkloristes de l'Alsace. 1826*, Colmar, Jérôme Do Bentzinger.

WITZ, P. (1819), *Modèles de prières pour les enfants et les adolescents*, Mulhausen, J. Risler & Cie.

WOLFF, Ch. (1981/1740), *Gesammelte Werke*, I. Abteilung, *Deutsche Schriften*. 21, VI, *Gesammelte kleine philosophische Schriften*, Hildesheim, G. Olms.

Table

Impression et finition
Saint-Paul Imprimeur
55000 Bar le Duc
Dépôt légal : avril 2006
N° 04-06-0324